HSNU
附65th

青初耘藍

CONTENTS

更生晴雨之間

CONTENTS

化育跨界沃壤

CONTENTS

序

校長　卓俊辰

國文科教師推動的每月徵文已邁入第五年，累積了相當分量的絕佳作品，適逢附中六十五年校慶，因而有出書之發想。如此美事，本人非常讚賞，無論如何，願極力玉成。

國文科教師在教學繁忙之際，自發地創立每月徵文，懷抱啓迪藍天之子之文學潛能的理想，其熱忱實令人敬佩。老師們巧其創意，設計別緻的題目，各自大張旗鼓，廣為宣傳，鼓勵同學動筆創作。截稿之後，在眾多佳妙作品中，反覆推敲，審慎考量，費盡苦心方能選出佳作。除了針對佳作分篇評析之外，更對此次來文作整體總評。可謂工程浩大，極為辛苦，然而老師們排除種種困難，堅持起初的理念，不斷的從事此一活動。

得獎作品皆貼於南川，供同學作暫時之欣賞。然而如此佳作，若不集結出版，必然將散佚，且無法廣為流傳。附中學生極為優秀，文采斑斕者隨處可見，得獎之作品乃是菁英中之精英，更為出類拔萃，故理當整理出版，俾其典藏久遠，流傳廣大，使更多人得到啓發與學習。

書名題為「青初耘藍」，其意蘊極為豐富深刻。從聲韻引發的直接聯想乃是「青出於藍」，期待同學不斷的飛躍成長，超越前人的成就。其次，從意義上解讀，「青初」，意謂青澀歲月或青春年華，「耘藍」，指在台北最大的藍天之下耕耘藍天之子的文學心靈，藉著每月徵文，激發同學從事創作的動力，培養觀察、思考的敏銳度，開啓感悟、抒發的能力，挖掘附中學生的文學才華。期待語文教育在附中生根茁壯，文學創作的生命代代傳承。

附中學生承受升學的重擔，也期待多彩的社團生活，加上學校各種不同性質的活動相當頻繁，如何擠出寶貴時間慢慢醞釀靈感，捕捉文思，組織優美的結構，雕飾美妙的詞采，誠屬極大的挑戰。因此每一篇參賽的文章，都是時間夾縫中極為珍貴的創作。本人以為他們必是體會到文學創作的價值，期待提升自己語文表達的能力。而本人更對附中學生寄予如下的期許：「行走時能觀照，安靜時能思考，開口時能演說，拿筆時能書寫」，如此才不辜負上天賜予的稟賦，也才能成為具有語文能力的現代人。

攝影／1263 黃湘怡

青初耘藍

【萌引純真初心】

（窗外）

（喜歡）

（期待）

萌引純真初心—引言

楊可欣 老師

青春時期的高中生活，是一抹青綠，如初綻放的枝枒，飽含著生命力，向外伸出。在藍天白雲中，青色嫩綠的枝葉在時間的引領下逐漸茁壯為一片綠葉成蔭的蓊蓊鬱鬱。

年華歲月中純真而敏銳的心靈，用他們新鮮的視野，抒發著對生活的所感與所悟，他們的字字句句，在各種沉穩、內斂、活潑、新穎的筆調中，流露出附中之心的真淳。那樣的直抒胸臆，那樣誠摯的心靈對話，在在讓人眼睛為之一亮，讓人感到可愛可喜。這就是我們藍天之子，最可貴的初心。

臨窗望去，眼前是一閃而逝的春光，抑或是遠處的山山水水，甚至是一成不變的車水馬龍，但是年輕學子所看見的，卻是平凡生活中，容易被人遺忘的動人之處。現代繁忙的社會中，人們似乎早已不再細心留神窗外的景致，不去注意自己與窗外世界的連結，甚至在心裡砌了一扇緊閉的窗，不去觀望、不去思索、不去感悟。然而，藍天之子卻捕捉到了這些微妙的心境，不論是自公車上的向外一瞥，對新生鳥兒的入微觀察；或是隔著窗，對幽微內心的自我省思；他們的思緒和想像，讓窗戶成為一個個開口，讓閱讀者的思緒不知不覺掙脫禁錮，隨著文字飛翔。自他們眼中望出去的窗外，是一片又一片令人動容的世界。

然而青春生活中，更為不可或缺的，是對一切事物的喜歡。喜歡，這麼一種純粹而美好的想望，無疑是最青春少年少女日子中最美麗的調味料，為這碗名為高中生活的湯頭添入許多箇中滋味。這些陶醉，是生命中無法忘懷的際遇。喜歡女孩笑裡的溫度，喜歡獨自一人的閒適自在，喜歡馳騁河岸的豪爽浪漫，更喜歡生活在這世界中，莞爾的自己。每一次的喜歡，都像個孩童似地率直，是一記直球咻地一聲直達胸臆，瞬間暖了心頭，令人會心一笑。這是流暢豐美的筆調中，亮眼的純真色彩。對周遭人事物的純真喜歡和全然的歡喜，會牢牢的烙印心坎中，這是永遠無法抹滅這段年少的青春記憶。

情感出匣，隨之而來的是視野的鮮明，進而期待自己能綻放生命的熱度。自我的期許，是年輕心靈中值得娓娓道來的心路歷程。他們期待著自己在書本課程之外的成長，期待著所希冀的未來之夢的實現——但最難能可貴的，是年輕之心築夢、實踐願景的動力。在鋒芒四射的年輕歲月裡，定下心來審視自己，為自己加油打氣，相信自己心態的改變和成長，並期許自己能為周遭、為世界盡一份心力，這是多麼熱誠的期盼！這樣有力而富有溫度的聲音，源自於他們的勇於行動的心，如此的動人且美好的年輕生命，所記載下來當中的累積的智慧，這些都是成長的印記。

【窗外】

窗外的世界是變動的、不可掌握的。而窗雖侷限了我們的視野，卻也別致地留給我們一方遠觀但不涉入的空間。

你常臨窗而望嗎？蒐羅到了什麼場景？引起你內心什麼樣的波瀾？請以「窗外」為題，將你所見、所思、所悟，寫成600-800字的文章。

總評

窗外

臨窗而望，是每個人共同的經驗。不管看見的是自然的山水風光，或是繁忙的都市景象，我們看見的往往是尋常或片段的景色。

即便如此，不管住房或飲宴，甚至只是短短的一段公車歸途，人們大多下意識的選擇靠窗的位置，不管所處的空間如何豪華舒適，似乎人都渴望與外面的世界有聯繫，期待藉由這一扇小小的窗，讓心靈的空間向外伸展。

窗外，是自由的；窗內，是受侷限的。

題目設定爲「窗外」，便是將情境設定在「窗裡的人，透過窗户，與窗外空間的對話」。窗不是門，打開之後，我們眞切地走入另一個空間；窗更不是牆，提供絕對的保護卻也帶來絕對的阻隔。

窗是一個機會，讓被禁錮的靈魂，有飛翔奔跑的想望。

這次投稿的篇章中，有不少細膩的彩筆，勾勒出動人的景色，卻未扣緊「窗」，以致筆下呈現的人事物，雖亦有可觀之處，卻似

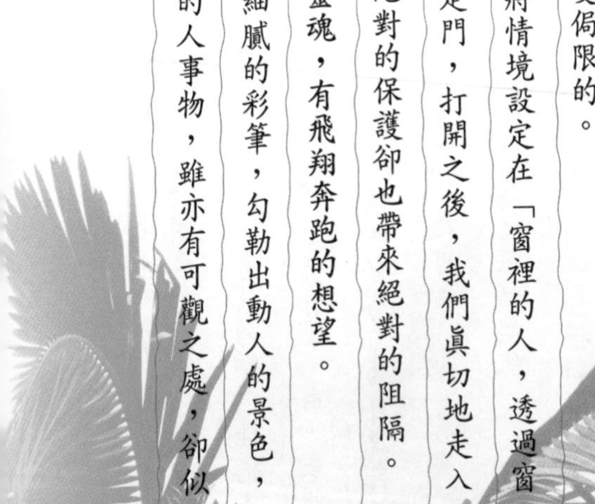

攝影／1281 李維原

乎是隨時隨地可見的，也就失了當初設定此題的用意。

此外，本次的稿件中，出現一個普遍的問題：有佳句卻無佳構，思緒唯美卻紛亂。窗外的世界遼闊，所見亦有無限可能，如果在落筆之前，未能確知自己所要表達的主旨，缺乏通篇的考量，即便有許多佳言妙句，依然容易流於自說自話，一篇讓讀者進不來的文章，也就失去了讓讀者因而理解、產生共鳴的機會。

然而，閱讀這些稿件，仍然讓我們的心情為之躍動起伏。果然年輕的眼睛看許多事都是新鮮的，總能用一些很新鮮的想像引領我們重新看待那些熟悉的晨昏晴雨。

現代刺激繁忙的生活，讓現代人視一切爲理所當然，許多人早已失去了細察與思索的能力，讓我們欣喜的是，有這麼多敏銳的心靈，在日復一日的行禮如儀中，抓住一閃而逝的精彩：在看似尋常的人世，找到爲之哭爲之笑的力量。

這些文字，也打開了一扇窗。

窗外 (一)

1225 林冠嘉

對於窗外的關切，一切都起源於對空間與時間的想像。

剛升上國三時，老師將我的座位安排在教室角落的靠窗位，在這個地處「邊陲」的地帶上，我幸運的避開了其他同學的嘈雜，而窗外的寧靜也正巧吸引了我的注意。我的學校位於住宅區中，當整座城市都喧騰不已時，這裡卻是都會裡難得的和諧。縱使教室的窗戶上加裝了兩層鐵網，依舊能看見學校對面的公園裡，草木恣意地伸展著，兒童在廣場上追逐鴿群的嬉鬧，天空是略淡於愛琴海的藍，僅有幾抹如綢絲的雲朵鑲嵌在這片客家藍染上。從這個角度的窗外，可以看到更北邊的草山，草山的頂上總是披蓋著大片大片的雲朵，是戴著面紗，等待歸人的少婦嗎？偶爾，幾輛拖著黑煙的老摩托車從一旁的巷子裏路過，老婦手上牽著的馬爾濟斯吠過一整條街道，或是不遠北方傳來松山機場轟隆隆的引擎巨響。若非這些聲音的存在，我可能會誤以爲現在自己正坐在鄉間農莊的陽台上，欣賞一片再也熟悉不過的景致。

在距離基測倒數最後幾週的日子裡，每一堂課都顯得凝重，充滿了冷峻的氣

攝影／黃湘怡

息。老師口中吐出的，只剩下警告與不安的氣氛。每當在與一紙一紙的習題拚鬥之後，渾身是傷，筋疲力竭之際，當我趴在桌面上，側臉轉向窗外－那片隔著層層鐵窗的天空。天空還是如往常一樣，是一種濃淡恰到好處的亮藍色，公園裡的歡笑依舊，飛機的起降聲仍接連的響起，遠方草山青青不變……，這是鐵窗外的美麗，是我對自由的嚮往！看見公園裡的大樹，歷經了多少個冬天，卻從未見過它們枯黃；窗外騎著三輪車的老人，載著滿車的紙箱，回收來換取微薄的酬勞，未曾有一日沒看見他的身影；草山頂上的烏雲依舊，可是在烏雲之上的，卻是永恆的晴天。一切都是如此生生不息，他們在提醒我什麼嗎？如果說再寒冷的冬天都阻止不了綠草如茵；如果說再艱困的時局，也不能止住那位老人的堅韌的求生意志；如果說，烏雲終將隨著日光而消散；如果說，我也能像那些轟隆作響的飛機，在這最後的衝刺後，凌雲而去。正是那伴隨著我的窗外，陪我走過那段咬牙努力的歲月。

至今，早已升上高中，窗外的景色不再是我所熟悉的，只有天空仍然和記憶裡的一樣，一樣的淡藍。窗戶永遠是我想像的出口，在疲軟的時候，窗外那一片開闊，總是會使我的思緒沿著空間奔跑，越過地平線，越過夢裡也不能企及的明天，想像著，一個和藍天一樣寬闊的未來。窗外對我來說，不僅是一幅多變的景致，而是心靈的港口，使我有了一個可以探索，無限嚮往的空間。

評語

同樣的一片景致，在作者巧心詮釋下，先有空間上的美感變換，後有時間命題的刻畫，融想像和省思，筆調自然動人，使得這篇文章也像作者的窗景，給讀者溫暖的力量。

窗外 (二)

1210 林妤庭

攝影／黃湘怡

我喜歡一打開窗，就和窗外一大片湛藍撞了個滿懷的感覺。彷彿在窗外有那麼一個容器，可以容納我所有的疲倦、不快、焦慮……等等叫人不舒服的雜物。

人總是嚮往窗外的世界吧！嚮往自由，嚮往無羈，嚮往更廣闊的視野、更豐富的故事。每當我倚著窗，任眼前的景象—不論是晴布或是雨幕—滌洗我的思緒灰塵，我便不禁要讓我的靈魂馳騁在窗外無垠的世界裡了。

我想像從窗外望出去的另一扇窗之內，是否有人正在烹煮今晚的湯；小女孩一邊看著電視，一邊要哥哥趕緊拼完上次未完成的拼圖；領帶胡亂的躺在沙發上，咕噥著這星期實在加太多班了……，窗外該會有多少的生活圖騰隨著時間的巨輪，寫成一大本圖譜！

我想像從窗外望出去，那朵雲要漂泊到哪個國度？或許同樣擁有這慵懶氣氛的希臘？它到希臘聞了夠多的橄欖香氣，才從容的成爲貓咪們的抱枕。或許更遠？或許它在中途就被風吹散？窗外的國界沒有終點，就連我的心也像經歷了一場華麗的冒險，距離長得令人屏息的旅程！

我想像從窗外望出去會是你堆疊的心事，心底的呢喃細語隨著血管在窗外傳輸蔓延，試著把我想告訴你的話寫在小紙條上，摺成我們小時候最喜歡的紙飛機，從窗口發射—但願我的悄悄話，可以抵達窗外的你底心深處。

這窗！是我們生活的分界，每個人都在自己的窗內活動著，何不試著讓窗外的彼此多點交流或互動？這窗也是我們的眼界！窗外總有許多驚喜，如果我們不能走到窗外，將無緣見識到那些廣奇。我願推展我的窗櫺，用更大的「靈魂之窗」和胸襟看待這世界交替的見聞！

而我更想開啓的是你的心窗。窗外的世界，是你最深沉的心裡話，許多你隱藏的面貌都在窗外呈現，不是想窺探你的最私密檔案，而是希望可以多了解你一些，讓你多相信我一些。漸漸的，我們之間那些欄杆都將逐漸模糊，我們的心能更接近，甚至彼此相容！

我喜歡一打開窗，就和你撞了滿懷的感覺。彷彿窗外有個容器，可以容納我所有的疲倦、不快、焦慮……等等叫人不舒服的情緒。

同樣的一片景致，在作者巧心詮釋下，先有空間上的美感變換，後有時間命題的刻畫，融想像和省思，筆調自然動人，使得這篇文章也像作者的窗景，給讀者溫暖的力量。

評語

窗外(三)

1212 楊其儒

流瀉的景和乘著公車的我擦身而過。放學後的下午，天空被淡淡的藍包圍著，一如往常地坐上了車，一如往常的坐在最後一排的位置，一如往常地將書包放置膝上，拿起筆和張盡是塗鴉的紙，我只是靜靜地凝睇，凝睇著再尋常不過的景……

敦南大道上的樹在晚風中舞動，釉綠色的葉像是在做夢，夢著自己能展翅飛翔而不是翩翩地飄落，成了滋潤母樹的養料。少了鳥的雙翼，多了地心引力的牽制，他能否擺脫大自然既定的宿命，讓明日的天空點綴著綠，那築夢的綠？光影在摩天大樓那整片似鏡的玻璃上彩繪，一種截然不同個性的顏彩在透明的畫布上相互交織。時而奪目的光揉雜著夕陽糝上的金粉，吞噬著黑影，擴張勢力，不帶任何一絲的憐憫；時而沉靜內斂的影，滲透至覆罩，有種黑夜的靜和魔力，將夜的斗蓬往上以四十五度的角抛出，騰空旋轉、展開，伸出尖爪，驅趕、震懾著光。光和影侷限在玻璃上平面的空間，相互爭奇鬥豔，在一個表面上與外界隔絕的象牙塔，攀附、渴望著無意義的權和利。藝術家說這是光影變化的藝術，美得不像現實，而在我看來，它像一面鏡，是人們現實生活的映照。多了份沉思，景被賦予著不一樣的價值。

公車繼續緩緩向前，電線桿亦緩緩地向後蹣跚。繫在桿上的纜線更是天眞、更是爛漫，以一種難以捉摸的頻率和節奏上下起伏地隨著底下的稻浪在搖擺、在扭動，然而它的身軀卻被禁錮，帶著手鐐腳銬在跳舞，它似乎告訴我：自由和羈縻是對形影不離的雙胞胎，沒有絕對的自由抑或束縛。視角往下一俯，翠綠色的稻浪，像是剛抹上一層油墨未乾的光澤，在斜陽下，成了遼闊、成了浩瀚，我的心似乎也卸下了一道無形的牆，用種吳晟對土地深沉的愛，用種鍾理和特有的角度和樂觀，用種洪醒夫細膩寫實的觀察力，把握每個剎那和這片綠色海洋擦身的機會，那種心境恰似等待最熟悉的陌生人和自己擦身而過的感覺，期待和喜悅，觸動我的味蕾，但那向左走向右走美麗的錯誤仍舊會發生，它低迴在心靈深處，那一個不爲人知的角落，我猜那是秘密庫存的銀行吧！頓時外公的三合院、那早已成廢鐵的鐵馬，佔據著我的視線，我似乎回到了童年的夏天。逡巡著過去的一景一物，我想觸碰鐵馬上面外公遺留的溫度，我想憶著夏日傍晚那雙輪舞的愜意，當我伸出雙手的剎那，一切的一切隨著公車的向前，和我漸行漸遠，突然龍應台在「目送」的一句話反覆在腦海躑躅：「我慢慢地、慢慢地瞭解到，所謂父女母子一場，只不過意味著，你和他的緣分不斷地在目送他的背影漸行漸遠。你站在小路的這一端，看著她逐漸消失在小路轉彎的地方，而且，它用背影默默告訴你：不必追。」

淚水模糊了我的視線，當它滑落我的臉頰，我才恍然發現，我還在台北，在等著紅燈的公車上。放學的路上，我徜徉在半夢半醒間，一路上的窗外，有幾分實、有幾分虛？又有多少是在現在、有多少是過去？我想那窗景就像光影混融的玻璃窗，時時刻刻不忘變動交替。公車上的窗外，我愛，因爲它有想像的力量、有生命的深度，最重要的是，我可以回到過去，回到純真。

評語

藉公車外一幕幕窗景，寫內心裡一段段感情。把閃亮多變的畫面與紛至沓來的思緒巧妙連結，情景交融，設喻精妙。

窗外（四）

1182 許淳涵

窗外，秋深了。

垂在槭樹上的那只鳥巢破敗了，像一枚掉進河裡的紙燈籠，明滅間，去了。

那是七月的事。裹著早晨的疏懶，我臨著窗台，啜著第一口牛奶。槭樹旁的玫瑰叢，偶爾，給風逮著了，搔胳肢窩笑彎了腰；樹上參差的紅葉曬昏頭了，一愣一愣地痴笑。枝椏間，彷彿有個甚麼被半遮著。我湊上前，看明了是個鳥巢，儼然是團從楓丹白露飄來的乾草，鬆泡泡的，看來是柯洛(1)未乾的油畫，給幾片紅丹葉看門。顯然，它們不夠敬業，究竟給我發現了！

一對綠繡眼在我家住上了！小倆口張羅著草枝，沒理會我，任我狠狠看了一上午。芥末色的小傢伙，挺著滾圓的白肚子，在槭樹的青紅陣間來去，眉眼間那圈繡白，宛如佛朗明哥吉他的競賽，躍跳殘影間，只見迷眩的可愛，一如輪指迷人。時間瀉在千百個不情願離開上，我懷著「先夫人不殘鳥雀」一般的虛榮，沉浸在白雪公主的美德中，這情景，這粉，這顏色，把我瞄染成一個洛可可(2)仕女吧！不會過分！

鳥兒，好似荷姆斯天使(3)，宋人花鳥的逸趣，婉轉玲瓏，癡心徽宗，全給他們洩了底。「山禽矜逸態，梅粉弄輕柔。已有丹青約，千秋指白頭。」莞爾之際，我正要舉起相機，只見鳥兒一撲翅鑽回了林裡，我倒成了崔白《雙喜圖》裡那隻大灰兔，促狹惱了人家！

他倆忙的，是認眞事。巢既成，鳥媽媽趕緊一屁股坐下入了定，糊塗了幾天，大夥認定是有了蛋了，小鳥兒，就是在許多個爹爹媽媽的期待下出世的。「其鷇可『仰而望』也」，我不知又憐又喜地過了幾個禮拜。我憐的是，我看他們一家人看得入興，脖子瘦了、肩膀僵了；鳥媽媽忙著飛著，沒惱過累，蟲子一條一條地餵，孩兒一口一口地吞，「嬰仔嬰嬰睏，一暝大一寸；嬰子嬰嬰惜，一暝大一尺」，鳥兒的兒歌，我沒學，想也是會的了。

「梁上有雙燕，翩翩雄與雌。銜泥兩椽間，一巢生四兒。四兒日夜長，索食聲孜孜。青蟲不易捕，黃口無飽期。觜爪雖欲敝，心力不知疲。須臾十來往，猶恐巢中饑。辛勤三十日，母瘦雛漸肥。喃喃教言語，一一刷毛衣。一旦羽翼成，引上庭樹枝。舉翅不回顧，隨風四散飛。雌雄空中鳴，聲盡呼不歸。卻入空巢裏，啁啾終夜悲。燕燕爾勿悲，爾當返自思。思爾爲雛日，高飛背母時。當時父母念，今日爾應知。」

白居易的詩，過了千餘年仍白得要人心碎。我領著行囊，和窗外的巢窩道別，去了夏令營。我明白，當我見到小傢伙的光頭生滿了青黃的毫毛時，是我該目送他們的時候了。然而，兩個禮拜，十四天，是一次決絕的裁割，在某天餞行的白日夢中——我會親手爲你們刈下一根玉蜀黍……。

巢空了。

也許，我家窗外地質錯動了，槭樹被掉包了……。窗外彎曲的電纜訕笑著我的幻想如唇線上揚，那曲線，被著急的鳥媽媽跺跳得越發凹陷了。我總是在涼風抖擻過葉梢時歡喜，空的歡喜。是時，龍應台的新書《目送》發行了，封面草綠鵝黃的交織塡塞著，一如鳥兒羽背逗趣的芥末色——「所謂父女母子一場，只不過意味著，你和他的緣分就是今生今世不斷地在目送她的背影漸行漸遠。你站立在小路的這一端，看著他逐漸消失在小路轉彎的地方，而且，他用背影告訴你：不必追。」

窗外，秋深了，葉落了，不必追。

(1)柯洛（Jean-Baptiste-Camille Corot, 1796-1875），法國風景畫家，以新古典畫技與寫生清新著。

(2)洛可可（Rococo）源於裝飾藝術，盛於18世紀法國，畫作多以小天使（cherub）與戀愛情節妝點。色調粉嫩，描寫貴族情調與田園風景。

(3)Hermes，希臘眾神的信差，守護邊界與旅人、牛羊與牧人，是個機智的詞辯家，也是慧黠的偷兒。

評語

攝影／黃湘怡

將父母呵護子女的無私，作了最深情的詮釋。觀察入微，取材新穎。而細膩的感觸、精鍊的文句，使字裡行間處處充滿著詩意。

窗外㈤

1173尤謙

枝條在風中窸窣，落葉在空中迴旋，不由自主地伸出手，試圖阻止落葉的飄零，卻被一片冰冷擋下，想要拉開這堵透明的牆，枯葉卻已落地。

回首人生的片段，有多少次是因著中間隔了一扇窗，令人只能旁觀，卻無法有所作為？又有多少次在打開窗之後才發現，時機已散失在風中？

或許是窗上的霧氣令你錯失了那位隔壁班的女孩，還是深夜的車窗倒影讓你遺漏了許願的流星，抑或是過於強烈的反光，阻止你照下一抹彩虹的倩影，或著，或著，或著⋯⋯，太多的美好流逝只因為一扇窗！

其實，我們的人生處處是「窗」，只是我們不自覺罷了。窗外，是稍縱即逝的落葉，窗內，是遲疑的我們，不敢果斷地拉開窗子，勇敢地伸出手，抓住那片葉子，抓在那機會！

攝影／黃湘怡

爲什麼我們總是站在窗後面猶豫，拒絕推開窗戶，而讓機會獨自飄去？可能，是因爲我們不敢面對窗後的強風，害怕冷冽的寒風會使人受涼；可能，是窗外正下著雨，我們擔心伸出去的手會被打濕；也有可能，我們懷疑，少了這一片看似不存在的透明間隔，距離產生的美好會在瞬間消失殆盡，原本跳著芭蕾的楓葉只是自由落體，一抹俏麗的彩虹只是水滴的折射；可能，可能……，太多的因素使我們只能站在窗後渴望和嘆息！

但，轉念一想，刺骨的冷風可以用一件外套擋下，雨打溼的手可以烘乾，但逝去的機會卻永不復返；美好的幻滅或許令人無法承受，但不管是落葉還是落體，它還是豔麗的楓紅，不管是彩虹還是折射，它還是完美的七色拱橋，不論外表如何改變，機會還是機會。只要我們不畏懼風雨，無畏地伸出手，就可以阻止機會墜落下去！

又一片紅葉自枝頭跌落，這次，我不再猶豫，拉開窗，伸出手，抓住這一葉，同時，告訴自己，不論何時，不會再讓任何一片葉，從我的窗前飄走！

評語

同樣的一片景致，在作者巧心詮釋下，先有空間上的美感變換，後有時間命題的刻畫，融想像和省思，筆調自然動人。

【青初】

【喜歡】

喜歡是一種美感的距離；喜歡是一種無負擔的愉悅；喜歡是源源不絕的活力源泉；喜歡是生命裡真誠卻又單純的想望。

一丸日出，一葉歸帆，一個想念的人，一件無法忘懷的情事……。同學們，你有沒有回想起什麼樣的人事物，因為喜歡，而令你擁有豐富而難忘的記憶呢？

現在，就提起筆來，請以「喜歡」為題，書寫你的思念、你的喜歡吧。（文長不超過2000字為限）。

總評

喜歡

本次徵文主題——「喜歡」，應徵的稿件約50件，與上一次相比又明顯減少喔！其實，「喜歡」來自日常的情感，對於年輕的你們而言，如果每天的日子只侷限在書本與教室之間，看到的只有成功與失敗，聽到的只有讚美與不滿，那麼，屬於情感多元層面的深入陳述，或是豐富的感受能力，將會更需要年輕生命的高度開發！

可喜的是，我們附中的同學擁有一片廣闊的學習藍天，以「喜歡」爲題開發自己的年輕生命，所展現的感情層面眞是各有不同，令人感受到生命透過一種「喜歡」的心情。其實可以發掘出平凡生活中的驚喜，造就出不平凡的「心靈經驗」。只要你願意正視自己的情感，並且好好深入感受這些情感的來源，相信你必能體會細膩情感的流動與生滅。

像這次的徵文中，有的同學藉著「喜歡」心情的摸索，體悟了生命充滿無限的可能；有人擺脫拘束，喜歡孤獨時刻，照見澄澈清明的自我；有的只是喜歡騎腳踏車的感覺；有人喜歡雨天，喜歡雨天在涼亭避雨；更有人也喜歡孤獨，因爲孤獨是一種感覺。我們可以看到原來「喜歡」的對象不一定眞要是「一個人」的。

應徵稿件中多數還是以對異性的情誼爲主題，相信是受到「喜歡」兩字的鼓舞吧？其實，只要能讓我們能感受到作者的情感來源，書寫情感層面的深刻感受，呈現出非情緒性的體悟或發掘，都是「喜歡」的最佳表現。不過，我們也可以進一步想想，面對書寫的視窗是不是也需要多角度的開發呢？

一切還是從生命的本質出發吧！

攝影／黃湘怡

喜歡㈠

1174 陳毅鴻

深夜，漠然孤立的屋頂，冷冷望著燈火微熙的空街，及幾窗透著光的暗樓。享受著被黑夜吞噬，只留下一個人的世界。狂風襲樓，我，獨自一人高踞於空城之上，欣賞著十二點鐘沉睡的台北市，欣賞著在城間遊蕩的孤獨。

我，喜歡孤獨，它就像是個戒不掉的癮。

並非崇尚自我，也不是自許清高，更不是憤世嫉俗，或許是看得太清，察得太明，像是天際的孤鷹，看透人們粉墨胭脂所蓋的污痕，看透光鮮面具後的陰影，和掛著千兩計算的笑容。刀光，在臉上那彎明月下，隱隱閃爍。我不忍看，看著人們活在人們和自己的謊言之中，卻不自知，甚至樂在其中。

我們，又何嘗不是呢？

在擁擠的都市中，人被禁錮於慾望的枷鎖之中。猜忌的高牆，將人僅有的一點良知，一點又一點，切得肢離分碎，毫無交集…高後方空洞的眼神，好遠好遠，把艷陽下的我們凍成了一片雪，好冷好冷……試圖拋下一切，遠走高飛，卻發現自己困在現實框架裡的孤獨，在不被了解的黑暗中。耳機那頭的Mr.Lonely正尖著嗓音嘲笑著我：「You are nobody…」。一闋寂寞，像是浪人般的憂愁，獨走於沒有目標的盡頭……

孤獨的滋味，嚐來竟如此的五味雜陳。

但，孤獨就像一曲離騷，似陽春白雪，卻無人能了。一個人的咖啡店，細細品嚐，苦澀卻意味深長；一個人散步，緩緩提足，能走出不同的人生；一個人坐摩天倫，漸漸來到天頂，就會知道幸福的味道……一個人，能沉澱出許多不同的想法，能在嘈雜中得到眞諦。孤獨，能悟得月的圓缺，人的生死，能使自己的步伐更加堅定，邁向永遠……

人口越來越多，寂寞也越來越深，藍調的味道，漫步於城裡的每個角落。孤獨是一個人的狂歡，狂歡是一群人的孤獨，也許喜歡上孤獨，是爲了躲避那過於喧囂的孤獨，進而聆聽生命的低語吧！在自己的步伐下，那種桀傲不遜而低調的身影，坦然迎接空無一人的孤獨。

毅鴻同學喜歡孤獨，孤獨是一種感覺，不容易描寫。毅鴻先由至高點觀看人群，發現人們都是「活在人們和自己的謊言之中，卻不自知，甚至樂在其中」；其次，毅鴻跳脫人群，藉由獨自品嚐咖啡、散步……等具體事實，細膩地描繪孤獨的感覺，並以流暢的文筆道出獨自享受的趣味。

評語

喜歡(二)

1190 徐少騫

飛快的往前奔跑，享受風掠過我的額頭、輕而急促的親吻我的臉頰，或者頑皮的吹起我的髮。加上一段肆無忌憚的長嘯，喔——喔——喔！我一個左轉，一個右轉，時而悠哉緩慢，時而疾速奔去。我喜歡，喜歡跟我的小捷安特一起跳舞。

比鄰新店溪，在陽光底下，波光粼粼。我們總是想著今天白翅的長腿漁夫在哪裡捕魚？有時才瞧見它，它便振翅飛往彼岸的台北市。在這裡，爸爸老向我們喊：「有魚跳上來了。快看！」小捷安特，你看到了嗎？那些魚兒跳出水面，多像學著海豚跳芭雷。

雨勢方歇，地上一處處都是水窪，每個水窪都有自己的天空。我稍稍加速，水面便畫了一條筆直的線，而我已將小小的天空剪開。哈！我剪開了天空，這竟然令我感到些許的得意。一路上，我們便聯手剪開了無數個天空。但回來時，每座天城都完好如初。聽說，是用漣漪縫了回來。唯一的瑕疵是幾乎每朵雲都左移了一點。

怪異的引擎聲響起，一架遙控直昇機飛往天際，正要如風箏般脫逃時，身子便無法控制的右迴旋一圈，直直地飛往河岸，中途又折返回去。我們曾看著這一幕，看得出神。它飛上天空了！我聽到孩子們驚呼，我也和著：「它飛上天空了！」

但是，我的小捷安特，我不會遙控你。我要你感受我手心的溫度，我會一直陪你盡情奔跑。

我們來跳舞吧！這河岸是我們的舞台，虹，是我們的伴奏。我們一個轉圈、兩個轉圈……。我們俯衝而下，一會兒又輕輕踏著舞步，一二三四，二二三四，三二……。我簡直要飛起來了。左轉、右轉，這彎曲的道路，身段如蛇，我們在此，跳得更加盡興、熱情。

風，靜而輕柔。悄悄整理我的頭髮。我們即將回家，腳仍不住數著節拍，一二三四，二二三四，三二……。小捷安特，在你身旁我便是舞者，不管原本我的舞步多麼笨拙。小捷安特！我喜歡，喜歡和你一同跳舞。

我喜歡自己在看著窗外時，嘴角上揚的樣子。

評語

少騫同學喜歡騎腳踏車。

本文以擬人的筆法，描寫捷安特在新店溪旁的奔馳，享受風掠過身旁的樂趣，觀看小白鷺捕魚，驚呼遙控飛機飛上天空。第五小段更以對話的方式顯示少騫對小捷安特的關愛。最後甚至將捷安特化為自己的舞伴，一路數著拍子，跳著舞步，回家。全文內容豐富，文筆細膩。

喜歡㈢

1206 李常德

雨，沿著新月般的屋簷緩緩滑落，那滋潤萬物的雨，斯文地澆灌著大地。

避雨是這個時節最浪漫的邂逅，這座古致的涼亭頓時從佈景中跳出成了主角。有隻身奔跑前來的少年，也有撐著小傘的少女吱咯咯的凌波而入。

我是那個從不拄傘的少年，不管是上山走到學校，還是放學道路旁等著校車都要經過這座涼亭。為百穀帶來潤息的雨，每每這個時節，總會讓我在此處停下腳步。

靜靜的觀著雨，看山巒之間的雲氣遶繞，就恰似靈蛇悠遊山間，看著就有說不上的樂趣。陶醉之際卻發現那兒有個女孩，坐在涼亭的石凳上正默默望著雨。

「雨總打落朵朵落英，讓滿是詩意的騷客留詩、遺詞，不知你是否跟我想的一樣？」我走近了女孩的身旁問道，期待她也能一起分享屬於我的浪漫情懷。

那女孩始終沒回頭搭理我，只是若有所思的望著那飄飄陣雨。

陰濛濛的天空還鑲有幾塊白淨的雲，雨，緩緩的灑落於萬物，還帶點濘土味和花香，看著看著雨滴都漸漸的撲打到我的臉上，它是這麼的輕柔，但卻不令人厭惡，這場雨是老天爺給農家報喜的雨，也是最靜的雨。

那女孩打開了放在一旁的袋子，拿出了一張還沒完成的畫和畫板，開始靜靜的一筆筆勾勒，沒有答應，我只能繼續看山邊的景色，聞我的花香。

天色慢慢暗了下來，該是返家的時候了，我與那女孩道別，她卻沒有回應我，彷彿在繼續摸索著她心中的那幅畫，我一面細細的踱步走出涼亭、一面看著她專注的神情，看著看著都有點痴了。

第二天，也下著同樣的雨，放學的路上，我又留在涼亭裡看雨，那女孩也來了，這次她已經拿出了畫板，坐在一樣的角落用手遮了半耳，做了個順風耳狀，我跟她打了聲招呼，她卻把食指放在唇邊示意我不要出聲，好奇之下我便學著她捧起耳根子一齊聽。溪流潺潺聲、鳥兒細細的啼聲、風似緩緩的蕭聲，原來這雨並不沉靜，我第一次用耳朵聽到春天。

她跟我笑一笑，繼續了她的畫作，而我則是拿出了隨身的筆記本和筆，想用詩句，描繪自己所聽到的春天。

又一個暮色，我照例跟她道別，這次她回了我一個微笑，有溫度的那種。

隔天，天空忽地晴了，我的心卻一沉，這段偶遇是否也即將隨之消失，想到此處不免感傷，雨它終究會停。

這一天我摘了野邊的牡丹，當作信籤夾在我要送她的詩句裡，我抱著忐忑的心到了涼亭。

一樣的女孩，坐在一樣的位子，和一幅剛完成的畫正放在一邊，靜靜的眺望遠方的翠浪。

畫裡是一個涼亭、被雨打響的枝落、捧著露珠的葉片、裊裊山煙的秀景和連成一片的天地，畫裡的涼亭坐了一個拿著一本書和一支筆的男子。

畫的右下角隱約留了一處空白。

「把詩題上吧。」女孩對我微笑。

我的春天，現在才醒。

評語

常德同學喜歡雨天，喜歡雨天在涼亭避雨。

本文描寫在涼亭避雨時與女孩的一段邂逅，由「那女孩始終沒回頭搭理我」到「『把詩題上吧！』女孩對我微笑」，對於情誼進展的描繪層次明晰，結語「女孩對我微笑。我的春天，現在才醒」，餘韻無窮，耐人玩味。

然而，第一次與女孩碰面，我刻意與女孩搭訕，女孩都沒有回應；第二天，我跟她打招呼，她卻示意我不要出聲。這樣的進展似乎又快了些。

攝影／李沛宸

【青初】

【期待】

四季遞嬗，又到了寒氣逼人的冬日。

正值歲末，雖然厚重的冬衣上身，感覺人們的身體好像笨重了不少。但是，心靈卻依然可以自由和輕盈。只要擁有一顆期待的心，不囿於外在環境的限制，相信每一個當下都是暖暖的冬陽。

期待，使我們對未知充滿前進的力量；期待，使茂伯終於讓自己的音樂成為演唱會的重頭戲；期待，使社會大環境的險阻低潮不再只是一則則負面而絕望的故事。即將揮別過去一年，期待來年的到來，你有多少的「期待」呢？日子繼續在走，我們在日子中繼續成長，如何讓一次次的「期待」，成為生命中美麗的實景，而不只是空空的「期待」呢？

請以「期待」為題，文長以800--1000字為限。

總評

期待

1204彭兆緯同學的〈期待〉基於人類終極關懷的思想，以哲學的方式，超越了一種厭倦混亂社會的心情，期待我們的生活環境是一個充滿溫暖、公平的社會。

墨家之徒摩頂放踵地追求世界和平，而彭兆緯同學卻以人心中本有的誠懇、關懷，道出如同墨子的理想社會，卻不苦於自我的實踐方式，讓我們能夠生活在如同桃花源的空間。

而1190孫欣妙的〈期待〉又是什麼呢？他期待來年能提昇自我內心的境界，摒棄心中的雜念，看到周遭的光明與美好。他以冥想、沈思與閱讀作爲提昇心靈的方式，並與勇氣、定力爲伴，時時警惕自我。全文詞語優美，段落明晰。從自己眞實的生活和生命出發，不僅切合文章體旨，讓讀者在閱讀的過程中，更能感覺如陽光般充沛而溫暖的希望。

至於1193賈之帆的〈期待〉呢？這是一篇樸實無華的小小作品。沒有炫麗奪目的文辭，讀到的是一份單純可愛的心思。作者向來視好心情必來自好天氣、烏雲密佈必然心情低落爲理所當然，突然驚覺事實並非如此；因而體認唯有轉變心境、踏實經營，方能有美好的期待。

也希望常有如此乍現的靈光，豐富我們的生活、開闊胸襟和視野；更期待用心經營之後，享受平凡生命中更多的精彩。

綜觀這次同學們投稿的作品，對於「期待」二字的掌握多能以正面樂觀的角度加以抒發，充滿年輕學子應有的熱情和胸懷。但是，之所以只有三篇文章獲獎，最主要的原因，就在於同學們面對一個「題目」和題目之後的「引導文字」時，往往會主觀的「望題生義」，而忽略了「引導文字」裡所希望你們達成的一些條件。請一一仔細閱讀再斟酌，當會發現，〈期待〉一文，不是敘寫過去的追悔，也不是只有描寫「期待」的抽象心情。若能一一將期待的深刻心情與對未來期待的人事物具體加以描寫，相信這已經能符合〈期待〉一文最基本的要求。

新的一年，新學期的開始，以〈期待〉一文爲徵文的題目，主要是希望同學們不但是每天背著書包踏進每日的課堂，更要以一顆期待的心情，以實踐的行動來完成自己的每一個「期待」喔！

最後，以1204班彭兆緯同學的文字共勉之：

一樣的月光，一樣的照在我們的大地上；一樣的溫柔，一樣的散發在我們之間；一樣的期待，凍結了我們的欺騙，開闊了我們所希望的未來；期待，充滿在人世間當中，感懷我們彼此間的溫熱之情。

期待㈠

1204 彭兆緯

攝影／黃湘怡

一樣的月光，釋出了一樣的感動；一樣的期待，盼望著那曾傾巢而出的思想，我的期待僅是如此。

混亂如甜得發膩的蛋糕，嚐了一口，令人感到噁心。活在當下，四面八方都這片混亂攜帶的衝擊，隨著無數次的擺蕩，它擴散至各地，左右人們無辜的心。

消息的傳播無遠弗屆，正如這片混亂，一點突出帶來各方位的掃描，傳送至各媒體，然後影響著我們。對於此現況，我感到十分難過，人們的思想竟會被一黑色的方盒子侷限住，令人心灰意冷。但這盲目的聽從，顯現了巨大的問題，即是媒體的操控能力。

我的期待僅是如此，一個袋子即可容納。對於社會，每個人未來對自己也能保持著一份誠懇，期待便會從中萌芽，我夢想著這桃花源之感，可惜，失望抵擋了我，原因不外乎我期待的事，大家都忽略了……

我的期待僅是如此，一隻手即可掌握。媒體的煽動、人們所受到的屈辱，一一道出，我想社會是每個人生活的重心，期待應不該就此遠離，只要植入每份期待、每份關懷，生活就不會充滿欺騙，社會將不被汙濁籠罩，我們就能感覺到彼此的溫暖。

夢想圍繞著我們，日子持續的凋謝，而每一年，我們都能記取教訓並成長茁壯。今年，懷抱著不爾虞我詐的心思，抒發著真摯的情感，讓社會安穩的轉動，而不是滯留原處。縱使太過理想，但這份平滑能不被粗糙之面所阻饒，我相信能把這期待持續發光，在未來保持著平衡的社會。

一個藐小的期待，但卻希望不只是我，而是全世界都抱持著此想法，完成公平、互相善待的境界，正如墨家之想法去互相愛他人，有別於之前那種一觸即發的戰爭情況。

一樣的月光，一樣的照在我們的大地上；一樣的溫柔，一樣的散發在我們之間；一樣的期待，凍結了我們的欺騙，開闊了我們所希望的未來；期待，充滿在人世間當中，感懷我們彼此間的溫熱之情。

評語

作者厭倦了混亂的社會，因此期待我們的生活環境是一個充滿溫暖、公平的社會。墨家之徒摩頂放踵地追求世界和平，而本文的作者卻以人心中本有的誠懇、關懷，道出如同墨子的理想社會，卻不苦於自我的實踐方式，讓我們能夠生活在如同桃花源的空間。

期待(二)

1190 孫欣妙

寒冷的歲末，凜冽的寒風刺骨，踏著沉穩的步伐迎接全新的一年，回顧這一年之間似乎成長了不少，不論是在學校活動或是在生活中都有一番新的體悟，昔日的怠惰變成如今的成熟，在時間的歷練中學習，在挫折中成長，在人生的轉角處思考，用知足的心期待，我鄙視單純物質的渴望，我期待那內心深處的解放，在深夜中祈禱，在繁星下自省，揮別今年，我期待。

當一個人純粹追求身外的滿足，內心是貧乏的，改變從心開始，我期待自己摒棄表面虛華的功利，轉而提昇自我，渴望改善惡習所帶來的負面結果進而嘗到行爲美善的果實：常常我爲自己的自我要求所苦，無中生有的焦慮，心神不寧的生活，脾氣像個止不住的氣球愈吹愈大，傷人傷己；苦於自己不經思考的言行，在無心中詆毀、批判他人，害人害己。從本身做起，洗濯最本源的污穢，才能徹底擁有知足與感恩，每一天才會有眞實存在的喜悅，而不是流於社會俗流的苦惱。

空談不如實踐，規劃是期待完成的基石，第一步提昇心靈的方式就是冥想、沉思，找出一切煩惱的根源，是必須有堅持勤奮的心才能日日實現．新的一年可要有毅力決心成爲期待路上的夥伴，除此，書本上文字的引導也能成爲我的良師益友，廣泛的閱讀是我努力的目標，生活中惱人的習慣更要好好根除，諸如遲到、穢言、煩躁的脾氣和健忘……等，都是長年累積的毒瘤，在在地悄悄吮吸生活中的美好。我要拉勇氣作友，請定力作件，加上深刻的期盼，用心除去這些損己行爲，不論過程中遇到艱難挫折，我期待自己能面對克服，爲自己的康莊大道努力邁進。

新年新期待，我在內心期盼，但我不要等待，行動是化期待爲實現；祈禱是化等待爲動力，相信內心外在的成長茁壯是未來我定會完成的目標，我有自信、信心去迎接新的一年，我用輕快的步伐走過昔日的美好與失望，在晨曦中盼望，在朝雲裡微笑。成就出新的一年，我期待著。

評語

攝影／黃湘怡

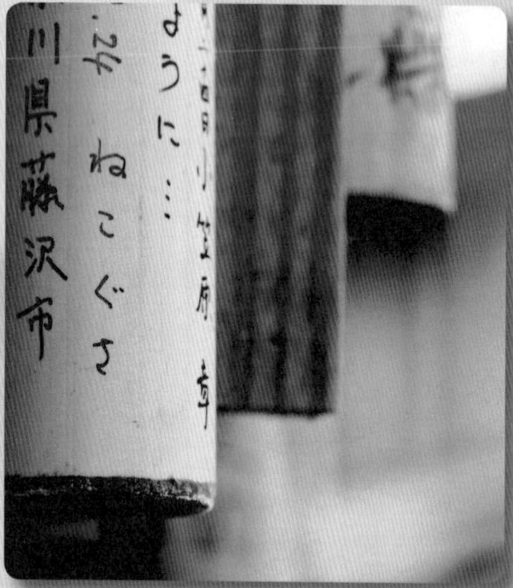

作者期待來年能提昇自我內心的境界，摒棄心中的雜念，看到周遭的光明與美好。他以冥想、沈思與閱讀作為提昇心靈的方式，並與勇氣、定力為伴，時時警惕自我。全文詞語優美，段落明晰。

期待㈢

1193 賈之帆

那天傍晚走在街上，天邊皎潔的月吸引住了我的目光。停下了匆促的腳步，我靜靜地欣賞著這萬里無雲的晴空。頭頂塡了滿滿的湛藍，然天際泛的卻是淡淡的橘，其間接合以無瑕的黃暈，漸層得多美麗！我已有許久沒有戀上冬的景，那日所見的一切著實讓我驚嘆。一日的好天氣，竟可以給然帶來如此美好的心情，因此我期待，期待著每天都能夠擁有如此美好的天氣。

再仔細思索，我似乎常對生活中的一景一物感到著迷，並抱以無限的期待——期待春日的細雨和芬芳，期待夏至的酷熱及奔放，期待秋天的唯美與蕭颯，期待冬季的白雲還有陽光——不論身處何地，對我而言，時時刻刻都有些什麼値得我們去期待。

正因如此，從前的我曾經自然而然地推定，美好的天氣帶來美好的心情，而美好的心情必然也是隨美好的天氣而來的。當艷陽高照時，便不知不覺地感到怡然舒暢，就算是原本不太愉快的心情也會更爲釋懷；然而當烏雲罩頂的時候，卻會感到一陣莫名的低落，彷彿自己正籠罩在愁雲慘霧中，縱然是正値怒放的心花也會蒙上一層淡淡的陰影。

然而久而久之，便會發現這並不是個好現象。晴朗的天氣固然能夠使人心情轉好，但是每逢陰雨的天氣，陰沉的氣息卻會加倍地困擾我的心情，而這會使的我的情緒變得更爲不穩定，就如同天氣的轉換那樣頻繁。

於是我決定改變。我不能夠單單只期待美好的天氣，而是要去轉變自己看待這個天氣的角度，以不同的眼光、不同的思考模式來面對那些曾經讓人情緒低落的天氣。或許，再從其中獲得不同面向所帶來的哲理。舉例而言，當烏雲佈滿天空的時候，我試著去發現雲朵多姿的變幻，而不再只是膚淺地看到它的灰暗，我也會試著去想像在那一片片烏雲的背後，是另一幅更爲廣闊的晴空。

自從我的心態有所轉變之後，我發現自己能夠更愉快地度過每一天，縱使今天天空中浮現的不是我最喜愛的天氣，我也能更轉變心境去細細欣賞眼前的一景一物。當然，我依舊能夠對未來懷抱著滿心期待，但我已不再對不盡理想的當下充滿怨懟。正所謂：冬天來了，春天還會遠嗎？我願意以愉快、踏實的心情來走過每一個冬天，並滿懷期待的迎接明春的降臨，用心體會每一次事件背後的意義，享受生命中珍麗的實景。

評語

這是一篇樸實無華的小小作品。沒有炫麗奪目的文辭，讀到的是一份單純可愛的心思。作者向來視好心情必來自好天氣、烏雲密佈必然心情低落為理所當然，突然驚覺事實並非如此；因而體認唯有轉變心境、踏實經營，方能有美好的期待。

也希望常有如此乍現的靈光，豐富我們的生活、開闊胸襟和視野；更期待用心經營之後，享受平凡生命中更多的精彩。

筆記

攝影／1263 黃湘怡（下）
1268 李沛宸（上）

青初耘藍

*

【等待葉的趨光】

*

(遲到)

(心情)

(遇見)

等待葉的趨光－引言

李黛顰 老師

青春雖然只有一次，卻是一生最常回憶的時光。

如同一顆已萌芽的種子，在陽光的關照、雨露的滋潤下綻發出新綠的葉脈，等待再抽高、再蘖生，等待來日茁壯成一樹濃蔭，蔓衍出屬於自己的一方空間。而這等待向陽的時刻，最是讓人憧憬與期待。因為未來的無限可能，因此教我們不能把青春空度、教我們可以恣意汲取、盡情開創。

藍天之子們尤其能體會箇中三昧，在這三個徵文主題：〈遲到〉、〈心情〉、〈遇見〉中，紛紛以一種青春來各自表述。有的澎湃激昂、慷慨陳辭；有的器度雍容、侃侃而談；有的蘭心蕙質、洞悉世事；更有的純真明淨，以那樣涉世未深的眼來觀看、晶瑩無玷的心來感受，寫下清新而雋永的青春篇章，讀畢不禁令人莞爾：這樣可愛聰慧的附中生！

在等待葉的趨光中，誠如選文作品中所言「孤獨的期待或許痛苦，但際遇沒有日程，我們沒有辦法精準的預測人生歷程。」（1210林妤庭）生命旅程難免會發生他人或自己的遲到，可貴的是等待的耐心與把握的契機。而成長過程的心情是沉鬱的？還是喜悅的？抑或是「東邊日出西邊雨」那般捉摸不定？同學說得好：「人若能懷抱居易以俟命的澄靜，吟唱出自得的心情之歌，當能活出生命更輝煌的境界！」（1240林家安）在伸展枝枒、追尋陽光的同時，身邊也不乏許多因緣際會的「遇見」，同學是這樣註解的：「生命好像魔術師的雙手，而我們，有著不同的花色和臉孔，是一張又一張的紙牌被隨意地排列交錯著。這樣隨機而無常的組合序列，或許就叫做遇見。」（1210沈俐）我們在附中相遇，也在文學中遇見，交織出的一方難得的風景，激盪出的是成長的養分與力量。

且靜待明春時的枝繁葉茂，雄據一方。

【遲到】

「遲到」是大多數人都有的經驗吧！是不是時間到了，自己還到不了特定的場所？或約好的人還沒出現？或以為會發生的事件還沒開始？因此錯過什麼呢？有沒有「尾生抱柱」的淒美？你的「遲到事件」是什麼？有何感悟？請書寫你的經驗或觀點，敘事、抒情、論說皆可，文長600～1000字。

總評

遲到

本次徵文來稿踴躍，共75件，非常感謝所有國文老師大力推動以及同學熱烈響應。經過縝密的初審、複審，評審教師進入最後討論階段時，驚嘆多篇作品的深刻思想和瑰麗文采，於是捐出部分評審費用，將得獎同學增至7名，足見這次徵文成果豐碩。

《遲到》這個題目引發共鳴，大概是人人都有經驗、感悟。從個人上學、上班、約會⋯遲到了，聯想到尾生抱柱，又想到子欲養而親不待⋯還有提及留侯與圯上老人之約，也有焦急未能水落石出的眞相、或慨歎來不及的歷史正義⋯⋯題材廣泛，內容豐富，呈現同學們的多樣經驗與觀點。

三位評審均看重作品的思想與藝術。無論作品偏向細膩摹述、或恣意抒情、或慷慨論證⋯⋯皆無不可，但要避免俗氣、平庸。「俗」，例如：約會時男女朋友遲到發生車禍死了；「庸」，例如：鬧鐘壞掉上學遲到下次改進⋯⋯等等。得獎作品非但免去庸俗，更拓寬命題，筆耕出心田一番澈悟。待我們讀完，便能豁解他們穎脫而出的理由。

生命中最無可奈何的「遲到」是什麼？最難能可貴的「遲到」又是什麼？你的作品在這次徵稿中「遲到」了嗎？國文科教學研究會舉辦的長期徵文一直等著你，可別又遲到了！

遲到(一)

1210 李昆儒

一個身影在圍牆外奔馳，但七點半的鐘聲一響，我知道，我又遲到了。

紛亂的行程綿密地交織在你我的生活中，七點半到學校、晚上八點和女朋友看電影、下週交學習單……。但計畫總趕不上變化，即使安排妥當，總有幾個地雷使我們的行程延誤了。遲到的人當下焦急不已，等待的人卻滿面不耐煩。滴、答、滴、答，遲到是一顆顆的炸彈，只要一不小心，「碰！」的一聲便使我們粉身碎骨。

有時，生理時鐘也會遲到。空姐在經歷長期的疲勞轟炸後，往往要想辦法調適時差；月經偶然地遲到了，女孩便成天憂心忡忡。百花爭寵之際，一株玫瑰因爲生理時鐘的遲到，只冒出一個拇指大的花苞而遭受冷落。但在百花邁向凋零時，這株玫瑰亭亭玉立地盛開而受到蝴蝶及蜜蜂的青睞。人們常想方設法要跟上大家的時間表，玫瑰卻因爲堅持遲到的時間表，而成爲衆人的焦點。

遲到往往使我們失去，失去我們的所愛，全勤獎、國文分數、一個得獎機會、一份友誼、一份高薪工作……等。但有時遲到給了生命一個緩衝，看著窗外的風景，我們拋開了生活中的雜務和名利，在短短的十分鐘，單單欣賞天地之美，頓時間嘗到生命中的閒適與自在。遲到，使我們有捨、有得。

歷史的公義有時也遲到了。一紙諭令經過了無數的驛站和馬背，但當御史在刑場上高喝「刀下留人！」時，留下的卻僅剩無言的冤訴。歷史上有多少人因爲遲來的公義而付出代價，甚至是歷史的醜名及生命的血價啊！

然而，對某些人而言遲到的公義卻成了化妝的祝福，使他們換個角度重新審視自己。孔子當官的機會遲遲不來，使他轉而教育下一代並迫切地向諸侯們宣導仁政。雖然在當代看起來孔子是個徹底的輸家，但在他身後儒家影響了千千萬萬的人；歐陽脩被貶滁州後才明白：身爲讀書人的初衷並非飛黃騰達，而是回到老百姓的身邊，切身地了解他們的苦痛並爲他們發聲。

而使遲到的公義轉爲祝福的是什麼呢？是內心之自覺。正因明瞭歷史公義的遲到是一種生命的考驗，他們決定面對並在當中學習，因此最終能化悲劇爲金粉。然而這心靈的自覺有時會因爲外在環境的影響而遲到。但不論如何，這遲來的心靈自覺亦是美好的，因爲不論是早來、即時、或是遲到的自覺都比沒有的好。尚萬強因爲社會的不公不義掩蔽了他的善心，但在大主教饒恕他的那一刻，他的善心自覺了，而使他再次有了向上的意志。

遲到是生活之必然，就像每個人都曾出過糗一樣，但重點在於我們如何去看待遲到以及在捨得間獲得生命的平衡。

滴、答、滴、答，時間仍不停地催促。快遲到了，心中平靜地說著。

評語

全文內容豐富、結構完整，作者將「遲到」的失與得反覆對比，遲來的不只有生理時鐘、玫瑰盛綻的花期、追求所愛的機會，甚至是歷史的公義、後代的評價，但最重要的莫過於心靈的覺醒，唯有在人心徹底覺悟後，才能在時間之蝶翩翩飛遠之時，留住一絲芳馨。最後，再藉《悲慘世界》中主角對善性的體悟，為全文主旨作了最佳印證。

遲到㈡

1210 林怡瑄

夕陽西下，我站在海邊，拿起相機，按下快門，試圖捕捉餘暉的最後一抹倩影，「夕陽無限好，只是近黃昏」，夜幕降臨，遲到的我，無法留住燦爛的斜陽，只能興嘆。

自古以來，人們總在遲到中後悔，因錯失良機而留下千古遺憾，「狡兔死，走狗烹」，劉邦誅韓信，漢景帝誅周亞夫，朱元璋誅徐達、常遇春，遲到的覺醒，使多少名臣將相一世英明毀於一旦；太史公受腐刑，一代名將岳飛因「莫須有」蒙冤而葬身奸佞之手，遲到的正義，釀成了多少冤獄；鴻門宴上，項莊舞劍，范增持玦，項羽因一時婦人之仁，養虎遺患，遲到的抉擇，使山河變色，贏家的棋變輸家的棋；遲到的眞相，又使多少忠臣烈士背負一世罵名，含恨九泉，遲到的軍令，遲到的聖旨，遲到的諫言，遲到的豁達……。人們只知光陰飛逝，年華似水，卻不知該如何把握當下，只知道乘勝追擊，卻不知急流勇退，「遲到」在歷史上駐足，徒留遺憾。

「樹欲靜而風不止，子欲養而親不待。」遲到的孝順，使多少浪子悔不當初；「過盡千帆皆不是」，遲到的歸人，使多少人柔腸寸斷，又辜負多少人在望夫台上的癡癡等待；「還君明珠雙淚垂，恨不相逢未嫁時」，遲到的情感，粉碎了多少人的美夢，又使多少人消得憔悴，悔恨終生……。人們只知此情可待，卻不明白到那時已是惘然，總在我們驀然回首時，早已人去樓空，物是人非，而使我們淚濕春衫袖，空留惆悵。

夜深了，春寒料峭，一陣略帶寒意的海風，喚回我掉入時光隧道深淵而怵目驚心，久久不能自己，今天我錯過一抹夕陽，將來可能錯失更多，甚至可能遺憾終生，唯有及時把握，抓住機會，才能掌握一切，畢竟歷史總是一再重演，機會永遠不等人。

評語

攝影／黃湘怡

遲到將留下多少恨事？

怡瑄從錯失春天海邊的一抹斜陽，遙想到歷史上，忠臣良將因遲到的覺悟、正義、抉擇，造成千古的冤屈；寫到身邊無數因遲到的孝順、賦歸、情感，致使美夢成空，抱憾終生；把握當下，珍惜現在，就是呼之欲出最恰適的結語了！

文章寫來廣度、深度、厚度皆備。

遲到 ㈢

1210 陳婷

我們經常把遲到定義成較具負面意義的那一類詞語，在國語字典的解釋裡，遲到是：到達的時間超過了既定的時限。中國流傳的故事裡，也不乏有因遲到而造成悲劇的例子。

唐朝著名詩人杜牧曾與一女子相約十年爲期，必來迎娶。但等終於功成名就之後卻已經過了十三年，女方早已被許配他人，爲三個幼子的母親，而詩人只能空留「綠樹蔭濃子滿枝」之憾。比起杜牧，崔護倒是幸運的多。傳說中有此一說，崔護在偶然出外踏青時曾獲一位少女賜茶，互生了愛慕之意，後勤於科考無暇拜訪。再去尋放這段舊事，卻無緣見到伊人一面，於是寫了首著名的「題都城南庄」。後來才輾轉遲在那位貌比桃花的少女斷氣之後，才又再相見，幾度哭喊，或許是這樣的深情打動了上天，姑娘還魂，兩人有情人終成眷屬。這樣美好的結合，對他們而言，也許遲了一些，但是誰又能反對說，經過了這樣的波折，他們想要與彼此相伴的心，便有了更深的基礎。

我們常常說的遲到，都是對人而言，但是有時候對風景，我們亦是遲到了。拜現代科技所賜，我們能夠到達的地方幾乎是無遠弗屆，但是，那顆可以細細品味山水風貌的心，又是不是緊緊的跟在我們身邊呢？又，我們是不是可以眞正領悟深藏在這天地之後的大美呢？唐宋古文八大家之一的柳宗元雖常遊山玩水，走訪名山勝地，但在始得西山宴遊記中，他提到了「心凝形釋，與萬化冥合。然後知吾嚮之未始遊，遊於是乎始。」直到他登上了西山的那刻，他才體會到說旅行的眞正體悟與滋味，眞正的遊歷由此開始。對於之前他曾拜訪過的大江南北，他的心是遲到了，遲在那時候沒有辦法眞正領略那片大美。但天地是何其開闊寬容，它們就靜靜佇立著，看著旅人們來去往返，不催逼、不指責，他亦是在等待，等待著接續著我們身子而趕來這片勝景的一遲來的體悟。

甚少遲到的我，卻時常忍受等待著別人不守時的煎熬。由於實在慣於每天緊湊、分秒必爭的生活，等待這種空檔的時刻，對我而言是奢侈的浪費。但是每當我惱怒於別人的遲來，我就會想起，那些曾走過的、屹立千百載山水的教會我的寬容，或許有些遲到是必要的，因爲在那段不在計畫之中的時間裡頭，會讓我們領略更多不同的風景。

國學素養豐厚的陳婷，總能自在從容地優遊文史典故之中，最難能可貴的是她能獨具慧眼地提出自己的見解，溫柔敦厚地涵泳出個人的情味，並化作日常生活的智慧，「因為在那段不在計畫之中的時間裡，會讓我們領略更多不同的風景。」

評語

遲到(四)

1210 童方怡

「遲到」，是一場無情的玩笑！

沉重的上課鐘聲，將因劇烈運動而狂跳的心猛地打入谷底，頂著一頭來不及梳理的可笑髮型，端著一臉尷尬討好的心虛表情，在眾人隱忍笑意的眸光中，迅速溜進教室哩，對上風紀股長無奈的視線，眼睜睜看著完美的出勤記錄隨著今日的點名單留下那枚汙點。暗自埋怨方才那場和時間的賽跑以及故障的手錶，低咒了一聲：

「就差那麼一步呀！」

生活中，類似的情況層出不窮。持了的那方懊惱、悔恨不已，被耽誤的一邊更是氣憤難平，然而也只能搖頭嘆息，「遲到」，壞了多少風景。學生的遲到亂了一堂充實的課；職員的遲到砸了一紙關係生計的合約；情侶的遲到臭了本該是浪漫的氣息。當其中一方憤而拂袖離去時，只聽某個角落正傳來時間和命運績效沒能掌控自己生活者的刺耳嗓音。

有時，玩笑開大了，實在惡質得過份，往往在命運和時間的聯手捉弄下，錯失了那抓不住的緣。人生中，多的是那時機不對的遺憾，自己的領悟遲了，就只能目送該把握的機會和將到手的成功遠去。世界上，更多的是病床前，來不及見最後一面的悲悽哭喊。不好笑的玩笑，鉅細靡遺的詮釋了「遲」的殘酷一面。

倘若沒有「遲到」的攪局，世界是不是會少一點悲劇？不歡而散的約會少一點，來得及緊握手中的緣分多一些。生不逢時的英雄少一點，守信的尾生和準時赴約的張良多一些。歷史會不會因此而改寫？

遲到的玩笑諷刺著不懂珍惜把握的可憐人，不留情面的斥責、警惕著鬧笑話的我們。睥睨著我們以看似迅捷實則匆促忙亂的腳步掙扎著要追上時間。事實上，要停止這一切鬧劇，還要看自己是否有決心改變。

站在約好的地點，不遲到，只因學會掌握時間要從自己先做起，看透一場汲汲營營的眞面目，在等待的同時，期待著對方下回的準時，僅有一句淡淡的玩笑話想說：「嘿！瞧你狼狽的，又遲到囉！」

評語

由個人生活中常有的「上課遲到」經驗說起，描寫生動，用語幽默，之後再就「遲了的一方」與「被耽誤的一邊」二者的心理作一分析，設想周到，構思巧妙。接下來進一步探究不同情況的「遲到」所造成的各種輕重不一的後果，步步推進，層層深入。末了再三反思，自我惕厲，不僅能呼應首段題旨，亦足以發人深省。

遲到㈤

1210 簡晏庭

在七點半的鐘聲響完後，才一個人失魂落魄的闖入教室，面對盡忠職守的風紀股長，理由總是編得冠冕堂皇。這種情況從小到大不知重演多少遍了，我並非無理取鬧，只是總不甘心讓鐘面上乏味無溫度的數字主宰我的生活。

現代人的生活壓力大，密度高，擅長精準地計量時間，換算成爲可以花用的利潤，實踐「寸陰是競」的警語。因此，赴約會時，往往出現早到的氣得急跺腳，晚來的愧疚得無地自容這樣令人啼笑皆非的情景。

相較之下，我們的先人們對於時間則沒有如此嚴格的標準。少了生硬的框架，生活自然優雅許多。他們恪守四時的韻律，全神貫注依賴感覺而活，從容的步伐踩在蒼悠的人類歷史中，殊不知這項傳統美德將在某一代的繼承中遺失，導致之後的人們持續過著在時間的縫隙中藏頭露尾的生活。

評語

如何在現代繁忙緊張、時間嚴重被切割的年頭，不被遲到主宰行動，不在時間的縫隙中藏頭露尾的生活，簡婷全文寫來處處流露過人的智慧和雍容的氣度。

的確！是一篇瀟灑之作！。

車廂門倏地開啓又猛然關閉，悠遊卡一張又一張的通過剪票口，這一切的動作皆以迅急到令人咋舌的節奏進行著。每個人彷彿都在趕赴一場自認爲最重要的集會，腳步從不願意爲誰而停歇。各大書店的書架上陳列著各式關於時間管理的書籍，整個社會都在宣揚、歌頌光陰的寶貴。顯然的，現代人大多厭惡等待，更排斥那些遲到的人。他們沒有牛郎織女的濃情繾綣，唯在乎每一分一秒所帶來的蠅頭小利。

古人曾云：「人生不相見，動如參與商」自有他的道理存在。的確，兩個人要在同一個約定的驅使之下，排開人群、穿越街道與巷弄、走過天橋、車陣與紅綠燈，懷著期待與微焦急的心情抵達同一個地點，出現在彼此帶笑的眼眸中，已是不易。只要中間的一個小環節發生錯誤，那麼恐怕彼此就會被捲入兩個平行的宇宙中，從此失去聯繫。有這般美好的緣分，豈能不感激涕零?至此，若要再計較那些時間上微小的誤差值，更顯得幼稚且無稽。

人總笑牛郎織女一片癡心，但生而爲人總要爲了誠摯的羈絆而傻傻的執著不前。畢竟，唯有將時光濃縮而成的情感才能永垂不朽。

遲到與否原來就是由人所定下的，主觀的想法，但你自己的人生步調，只有你能決定。於是，我寧願恣意一些、瀟灑一些，多一點憧憬與貪戀。如果光陰是會有走到窮盡的一天，那麼我想把握每次的緣起緣滅，坐在石頭上看一片白雲升起。

遲到 ㈥

1213 范絅晉

向晚的蒼穹被劃開一道血口，暈染的殘紅逐漸往西方褪去，凝重中帶有一點肅殺之氣。星期五是注定要與時間賽跑的。補習，是一趟艱鉅的旅程。五點三十分，當粉筆與鐵槽撞擊的那一刻，「鏗鏘」，心中的不安與急迫變伺機而出；體內燃燒的靈魂將我帶離不宜久留空蕩教室，捋起衣袖、背包一拎，轉身一個健步便飛身疾走。全程一分鐘，毫不馬虎。

命運扼住了我的咽喉，心態決定了一切，準時，是責任，抑或是孤注一執的強求？「不會遲到」，我如是告訴自己。找個包子囫圇吞了，空虛溢滿十五歲的稚嫩心靈，操場上打球的人群，僅是閃動的灰朦色塊，搖晃公車與窒礙狹小的立足之地是何等摧虐？擁擠的人群叫人無法喘息。芳草淒淒，我隨著漫野的狂風搖擺羸弱的身軀，我僅是曠野上的一株小草，儘管是叢聚的，但皆爲不熟識的面龐，我必須自己承擔時間的責任。而他，時間，就在一旁揶揄、訕笑。街口轉爲紅燈的時刻，是我唯一能仔細觀看窗外人群的時候，同樣的步調，彷彿上演著一首又一首大黃蜂的飛行，震顫的十六分音符挑起了緊繃的情緒，在他們的眼中，我也只是個過客，一縷輕煙，或者一抹殘影。

有一件事我很清楚，世界上最公平的事情就是時間不會停止它的腳步。推開補習班的門，似乎引起了不小的關注，老舊木門的咿呀聲與幾百隻眼睛的斜睨，我已成爲令人嗤之以鼻的遲到者。像是一位爲時間壯烈犧牲的勇士，內心的譴責，織就了一層厚厚的繭，將我緊緊地包覆著。整個過程，是對生命的傾注，還是盲目的服從？對我而言，時間並不會寬恕任何人，遲到，便是殘缺，缺少了內心的踏實感與圓融。但是，當黑暗悄悄來臨，夜歸的時刻，天上掛著一輪清亮的滿月，可以緩緩踏著步伐享受徐風的微涼，驀然回首，不顧一切追求的過程似乎彌補了那一塊缺角，像油亮的蛋黃酥，是那麼渾圓，那麼可口。

或許，眞正遲來的是一顆懂得放下的心境吧！還有千百個爲時間而苦的莘莘學子奔波在繁忙的街道上，這個過程是最值得努力拼卻的一醉。甘美的人生需要苦澀來襯託。漫步在台北的夜晚，我明白一天已將結束，微笑，不知不覺已掛在嘴角。遲到，不全然是壞事；遲來的圓融，比天上的滿月更圓、更吸引人。

回首向來蕭瑟處，也無風雨也無晴。頂著熠熠繁星，我還有很長的一段路要走……。

評語

開頭以黃昏的天空切入，營造出都市中繁忙緊湊的步調，將自身“遲到”的過程描摹得深入又細膩。後段心境寫轉折，體悟到人生中的遲到亦是一種感動，恰如藝術作品裡的留白，生命中些許的不圓滿卻能完整另一幅風景，遲來的圓融能為高頻震動的琴弦譜一節溫和柔雅，抑或加幾個休止符、幾段連結線，讓演奏者稍稍喘一口氣；亦能使滿夜星子的清亮晶瀲注滿疲倦雙眸，驀然回首時，方能不負這一醉的絕美。

遲到(七)

1210 林妤庭

我不耐煩地抬頭看了一眼跑馬燈，醒目的紅字緩緩推移著，恰好搭上了一個平板、壓抑的廣播女聲：「各位旅客請注意，由於XX站發生人員入侵軌道事件，列車暫停行駛，請趕時間的旅客改搭乘其他交通工具，造成您的不便，請見諒。」看來又是一起跳軌案短暫地癱瘓了捷運的正常運行，我的心裡升起了一絲悵然，這幾個月以來，這樣的延遲頻繁了些，我站在空蕩蕩的月台上，白線後方似乎只剩下我一個人在等車了，大概有許多人沒有辦法稍候先離開了吧！但我想等一下，我低頭看著軌道灰壓壓的色調，在心裡揣測著那月台的深度—軌道縫隙間的這些人們，在閉上眼前的那個原因，會不會其實連那種深度都填不滿。

其實可以再多等一會兒，人生需要多一點的耐心。

我猜想，他們在這之前必定已經等待了很久吧！所謂的絕望者原本在黑暗中等待著生命一道遲來的光，但終究光來得太晚，而他們在某一個關頭放棄了等待，決定讓遲到一扭身，成爲萬劫不復的晦闇。孤獨的期待或許會招致痛苦，但際遇沒有日程，我們沒有辦法精準的預測人生歷程，於是遲到成爲了生命許多時候必然的結果，能夠忍耐不期然，就算是珊珊來遲，該來的就是會來，只要我們希望，並那樣子努力過。我惋惜，也許那遲到的一個光點，已經在路上了，一個距離人們很近很近的地方，只是有些人閉上了眼，徒然地閉上了眼。

同樣的廣播聲又再度響起，月台邊閃起了亮晃晃的進站警示燈，「各位親愛的旅客，XX站的軌道入侵事件狀況已排除，列車將恢復正常營運……列車即將進站，請旅客在白線後方候車，謝謝。」

就算是遲了些，但終究會讓我們等到「狀況已排除」的時刻，「只是遲到而已。」我寬慰地想，踏進了車廂繼續我的旅程。

評語

攝影／李沛宸

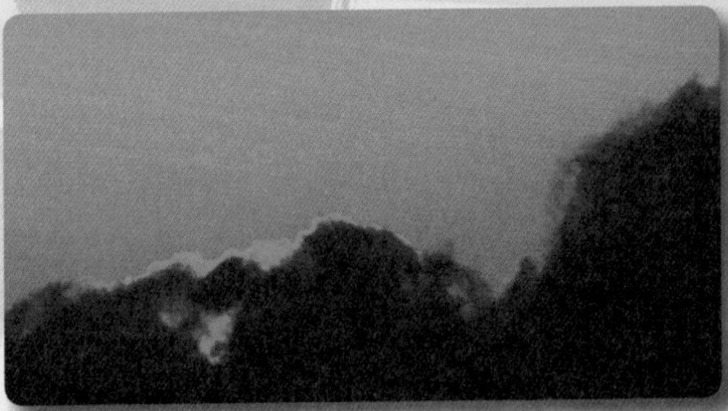

捷運暫時癱瘓，因為某人在某個站跳軌了。

無辜的學生、上班族都跟著遭殃，要遲到了！

作者此刻卻想著：生命中最恐怖的遲到莫過於此——希望！活下去的希望！她悲憫在月台線後苦苦等待一線生機、受盡折磨、卻終究等不到那希望之光的人；她確定那光源存在、光點已然拋出、甚至離受苦的靈魂僅一步之距……就這麼可惜，疲累的心輕輕閉上雙眼……

這篇文章非常耐讀，值得細細品味。或許文末可以再做什麼樣的加強，不過啟悟人心之功已達成。

【青初】

【心情】

今天的心情，也許是平淡的；昨天的心情，也許是悲傷的；而明天，卻有可能是快樂的。是的，這就是心情。人的心情是千變萬化的，也時常是陰晴不定的。不同的時間、地點和處境，都會使不同的人產生不同的心情。請試以「心情」為題，寫出一己的心情變化與轉折，與其中的所得的人生體悟。請用散文體以敘事、抒情或論說方式呈現，文長以600～800字為限。

總評

心情

關於〈心情〉這個題目，命題老師的目的在於希望同學留意自己微妙的心情變化，或許是憤怒難平，或許是煩躁不安，或許是哀傷不已，也或許快樂如枝頭上唱歌的小鳥……，不管是正面積極樂觀心情，抑或是消極負面憂鬱態度，其存在都有其意義，因爲心爲萬物之主，能掌握自己的心情變化，才能坦然悅納自己，進而做自己的主人，活得開朗，活得自在，這是我們人生一項很重要的課題。

因爲在題目的引文中提到：「寫出一己的心情變化與轉折，與其中所得的人生體悟」，因此，寫作時應由個人經驗著手，在文章裡提到引發個人心情的「事由」，接下來再論述自己的心情：起初的心情爲何，自己是用何種態度來面對，或喜、或悲、或怒、或怨，最後再說明自己的思路如何峰迴路轉，柳暗花明，豁然開朗，心念一轉，爲自己的心情另闢蹊徑，從而獲得人生體悟。

本次徵文收到的作品，部分文章在敘述事件上佔了過多的篇幅，而最重要的心情陳述或者付之厥如，淪爲遊記；或者全篇用對話方式呈現，描繪暗戀而失戀的過程，流於小說型態；或者未能掌握題目要求，僅就詮釋「心情」二字的定義發揮，而未見個人的心情，遑論人生體悟，以致不合題意。或有作品描述坐公車時因瀏覽景物而觸動思緒，抑或是寫進入高中階段的遭遇與心情變化，雖有人生體悟，然而寫來卻不夠深入，僅止於浮泛論述，欠缺貼切具體的事跡與意涵。

由參賽作品中，可見參賽同學寫作之用心與努力，然而在審題方面，希望同學們能夠更精準；在題材的擇取上，能夠更加開闊，培養宏觀視野；文字的駕馭上，能夠更加優美洗鍊，平時寫作時注意這幾個方向，相信日進有功，假以時日，定能創作出令大家讚賞的佳作。

因爲此次徵文截止日期接近期末，故徵文情況未若以往踴躍，評審老師在依照徵文主題仔細推敲琢磨後，選出三篇優選作品予以獎勵，勉勵同學們寫作不輟，再接再厲，更期待寫出更好的作品，帶給大家一場回味再三的文學饗宴。

心情㈠

1182 許淳涵

我高三。

三個月前，我是紐約大學阿布達比新校四年獎學金的台灣候選學生，現在我不是了。我的窗上還貼著她的校徽，倒影裡我真美，現在我不認識窗裡那名乾瞅著我的肥婆。

拾獲一枚尾羽不代表已經乘坐上飛天的鳳凰，一度我是篤定的，我篤定我雙腳早已離了地，離了生養我教育我，復推擠我讓我渴望遠走高飛的地，台灣，一度，我離開定了。在雲端，當我寐間的夢滑過半個歐亞大陸，大山磊磊，小了，大洋渺渺，窄了，滑過半個歐亞大陸我寐間的夢，遼闊到星星也迷了路的天際，近，近到如降落沙漠城市時，從燈燭到野火般竄進眼瞳、那帶風帶沙的光塵。一切既夢幻又真實。我的黑眼珠、印地安那大姊的綠眼珠、匈牙利帥哥的褐眼珠、俄羅斯?女的藍眼珠，骨碌碌地在貝殼白的清真寺裡打轉，在月下灰黃的沙漠瞎矇，大家約好了，營火映著一張張十七八歲的臉，十個月後，同學一場，再聚一回。屆時，我們提的行囊會更重，腳下卻是輕快的，我

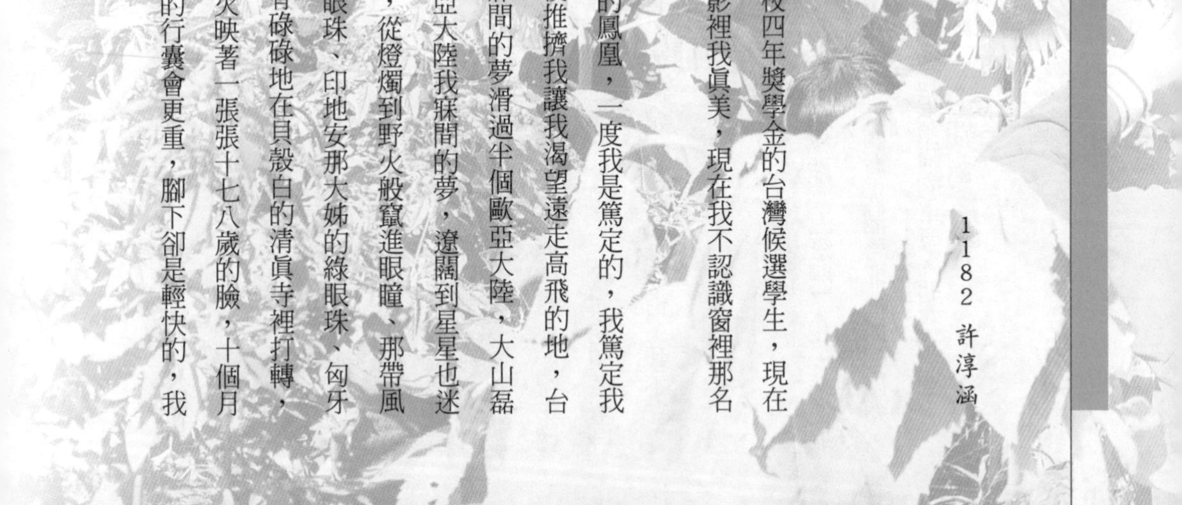

攝影／黃湘怡

們的笑聲會更爽朗，心底仍爲命運的禮物默默地歡喜，這不是一趟遠赴波灣的度假，這是我一生最華麗的轉折——。

見笑了。這一千零一夜的書一回都還未說，沉香屑已掉了我滿身。

燈下，當地帶回來的木刻駱駝行旅一行，跋涉在五個學期凌亂的書本間。一枚紫羅蘭色的校徽別針，躺在一旁，亮晃晃的，我每看一次淚下無聲，滿喉嚨鐵鏽。大家在facebook上七嘴八舌地歡呼恭喜，我在你熟睡時來一句，你趁我日夜相隔，回一串氣勢磅礡的表情符號。是的，百八十經度之外我聽得見每一計滑鼠喜孜孜的點選、每一方鍵盤熱烈地敲擊，每一個既陌生又熟悉的生命在慶祝年輕的成功，我恨不得自己重活一遍，多添一世微薄的福分，如此，我便能如願讓自己溺死在這狂喜的漩渦，而非擱淺在十二月半的濕冷。我沒有錄取信，我不在線上。

我只有一方溢滿失落的空信箱。

我身上插著灰髒醜陋的翅膀，滴著水，還黏著幾粒沙，滾離開了我，滾進最深的湖心底去。十二月半，湖頂想必是結了冰了，上頭有人溜著耶誕節的冰刀，有人剪著糊窗的紅紙，零落的最後幾片樹葉是給春天預購的車票，貼在湖面。

下頭水裡，有一個人在哭泣。

評語

以細膩而優美的筆調，寫出自身的經歷，將個人的心情，用洗鍊而具象的筆法呈現，寫來傳神，使讀者亦隨著作者一同喜悅，憧憬未來；一同承受落榜的落寞，感受力十足。行文層次分明，環環相扣，懇切動人。

心情(二)

1210 林妤庭

東邊日出西邊雨，心情陰晴不定、不可捉摸，晴時微風徐徐拂過，心湖上淺淺淡淡的波紋，一個接著一個，像絲綢般溫柔的撫慰著；而有時它也會被掀起狂暴的波瀾，翻捲著把我們揪到懸崖之上，嘗著普羅米修斯幽深的痛苦和絕望。

我們的生活，也一直以一種微妙的關係，和自己的心情互相影響著。身體遭遇會對我們的心情產生不同的效果；而我們的內心狀態，也將決定我們處世的態度和價值觀，因而能做出不一樣的抉擇和行動，創造不同的結局。兩者相伴相生，推動了一個永不止息的循環。

而我們可以決定這個循環的起點。我們能夠先被動的接受外在的風，再做出因應，亦能先主動的爲自己豎起照明的火把。在大環境的不可預測中，心情上若找到一種不變和穩定，就能進而突破我們感性的宥限，消除生命決策的框架。心情的確可以變幻莫測，然而就像川劇變臉的藝術一般，心情可以有很多臉譜，但無論轉換得再快、技巧再純熟，終究都是疊在一張永恆不變的臉上。撥開那些變動的部分，我們一定可以在底心找到一種最眞實、最赤裸、也最無可改易的狀態，這就是我們所有人生旅程的前提啊，那個足以當作我們一切起點的心情。

這種心情的成分，有著對自我本質的肯定，和熊熊的對生命貞定的熱情，這種熱情不是外在的風可以輕易熄滅的，如同鐵匠的高爐一般，爲了冶鍊出最多的鐵而持續性的鍛燒著，這也是一種最不受污染的大無畏心情，因爲一切尚未開始，所以無所畏懼，而這樣的心情正因爲難以變動，我們便從基部建立起堅不可摧的堡壘，得到眞正的勇氣。

抓住了心情的根本面，我們便可以最理智的活著，掌握所有的無法預見，爲自己好好的作決定，推展開因無悔而坦然的良性循環，眞正找到屬於自己的好心情。

攝影／黃湘怡

評語

以泛論的筆調，綿密運思，藉具體意象演繹抽象見解，連屬有條理，活脫較不足。

心情㈢

1240 林家安

若說，空谷幽蘭以清新脫俗而爲人歌詠；鵬鳥因摶扶搖直上而受人禮讚；那麼，人若能懷抱居易以俟命的澄靜，吟唱出自得的心情之歌，當能活出生命更輝煌的境界！

心情，是人們與外在環境共鳴的感覺，也是人們內心不可思議的感受。有時，我們開心快樂；有時，我們悲傷難過。開心時，喜悅之情在心中盪漾，化成一句句生命的驚嘆。大音樂家蕭邦看到情人的小狗兒逗趣的模樣，遂開心地譜出動聽的〈小狗圓舞曲〉；詩仙李白在與堂弟們快意酒酣之際，椽筆一揮，〈春夜宴桃李園序〉就成絕唱。他們，都在自己心情最舒暢激昂之際，唱出對生命最好的禮讚，留下永恆的心情。

然而，心情既有巔峰之喜，也必有蹊豁之悲。在一次公布成績的午後，我煩悶地坐在桌前，懊惱著那些粗心填錯的答案。我沮喪的心情，隨著〈魔笛〉中薩拉斯托大祭司厚重的聲音，下沉到了地心深處。頹靡反覆，心中忽然揚起蘇軾赤壁的賦歌。被貶黃州，自是蘇軾人生最深沉的悲境。然而他並沒有困於自憐，反而藉由道家的思維，以領悟與困頓作對話，從變與不變，惑而不惑，來超越心情的悲喜。那麼，我呢？我是否也應該放下短暫的失敗，前去追尋更卓越的生命之歌？撥雲見日，寵辱不驚，嘴角微微上揚，彷彿聽見不絕如縷的洞簫聲，在我心中迴盪。

心情如歌，超越爲曲。以歌和曲，方知曲之動聽。是的，生命缺乏的一向不是心情，缺乏的是感悟它的靈魂與超越它的心境。就讓我們抱持著一顆敏銳的心，深深地感受心海的起伏，開拓屬於自我更加燦爛的明天！

評語

攝影／李沛宸

有時候，心情的轉折是不可言喻的，但作者卻能娓娓道出自身情境、類比於古人境遇的思考作投射，並且從中獲得超脫，得到心靈的安適和心情的開朗。起承轉合的布局和結構也堪稱完整，此為文筆高明之處。

筆記

【青初】

【遇見】

我們都希望遇見美好的人事物，因為那使生命更加豐富精采。然而生命也有意外的邂逅或遭遇，不盡然美好，甚至是厭惡的一切⋯什麼是你感受最深的「遇見」呢？或你對「遇見」有何感悟？請以「遇見」為題，寫一篇結構完整的文章。敘事、抒情、議論皆無不可，文長約600～800字，不得以詩歌或書信體裁寫作。

總評

遇見

本次徵文收到五十九件作品。或許截稿日期與第一次段考接近，加上高三同學忙於課業，件數不多。老師們認爲高三同學不妨利用每月徵文，增進自己的寫作能力，其實也是爲大考作準備。

關於〈遇見〉這個題目，命題老師的用意在期許同學們留心自身遇到的人事物。這些邂逅也許令人欣悅、或厭憎……也許看似正面、或負面……但好好解讀、詮釋，便能從中體悟這場「遇見」的意義，便能珍惜此當下我「遇見」的一切，都是絕無僅有、最眞實的生命課題。

威廉．布雷克寫道：「一沙一世界，一花一天堂。掌中握無限，剎那即永恆。」又提醒世人：「我們在黑暗中生，在黑暗中滅。靈魂在光照裡，卻沉睡。」我們身處的宇宙如此浩瀚，萬事萬物無一不向我們揭示眞理。我們有眼耳可遇之而成色成聲，有鼻口可嗅食而得百味，我們還可以膚觸、心感、腦思、知覺……這不就是生命最大的恩賜嗎？遇見萬物之神奇卻無動於衷，難道不是最茫昧的嗎？

聖修伯里在荒漠中遇見小王子，重拾眞樸之童稚。你我心中不也都有個小王子？只，我們何時再與那純潔無染的自己相遇呢？人終其一生渴望遇見他人、攀搭他人，卻遺失了自己，又爲什麼呢？

文王遇見太公，劉備遇見孔明，有君臣魚水之樂；管仲遇見鮑叔，伯牙遇見鍾期，有知己知音相惜。

孔孟奔波天下，干訪明君卻不遇；千里馬與駑劣駢死槽櫪，苦苦等待伯樂亦不遇。千古以來，仁人志士、英雄豪傑悲慨抑鬱的也很多呀！這時候，只能順處逆境，視自己的境遇爲磨礪石、爲修練場，那麼，柳宗元也能貞定於永州了，蘇大學士也能豁達於儋耳了……這就是人不知而不慍怒的君子們安頓身心的智慧。

這次的投稿作品，普遍傳達同學們年少細膩易感的情思。多數從微觀的角度，呈現青春特有的悟解。文字之綿密雕砌有之、濃烈之情感奔放有之，令人惋惜的，是題材選取較狹仄、視野不夠宏闊，因此未見更上層的傑作。

評審老師嘉讚你們愛好寫作、期待你們更上層樓。因此殷切叮嚀：莫把或精緻或粗糙的日劇韓劇偶像劇當成文學陽光、空氣、水。深厚的作品永遠來自深厚的作品。多閱讀經典與嚴肅文學，你們的文學生命才能延續。

但願你們的筆不輟、心不麻木、文學不死！

遇見(一)

1210 沈俐

生命好像魔術師的雙手，而我們，有著不同的花色和臉孔，是一張又一張的紙牌被隨意地排列交錯著。這樣隨機而無常的組合序列，或許就叫做遇見。

十二月三日星期三，升上高中後的第一個冬天，一樣地搭擁擠的捷運放學；一樣地圍著黑色的毛料圍巾走進圖書館大門。自修室依然座無虛席，所以腳步在同一張地毯上來回穿梭……等待某個不知名的讀者站起身離開，留下一個空蕩，而暫時溫暖的座位。後來我找到了它，一個靠走道左手邊，面對圖書室底，從玻璃門數來第二排的座位。我的頭腦開始運作，不停頓地轉動了大約半小時，發現身旁的座位進行了一次世代交替。替補的是一個綠色的書包，它的主人丟下它，從中拿出幾本書和一瓶瓶裝礦泉水放在桌上，或許是爲了晚餐而暫時離開了。

那些叫做遇見的，可能都開始於一瓶瓶裝礦泉水。在我的腦袋又繼續與數學纏鬥了一段時間後，瓶裝水的主人回來，取代了綠書包的位置。所以左眼的餘光裡，多了一個紮紮實實的男孩子。在記憶裡，是穿卡其色制服；留乾淨俐落髮型；戴著白色耳塞式耳機的。倘若再多描述一點的話，是專心記著英文單字的；不曾拿出手

攝影／黃湘怡

機來把玩的。稍作休息時，有別於大家低悶著頭趴睡，面向右邊側睡，那樣的男孩子。

那些叫做遇見的，可能都深刻於一對白色耳塞式耳機的主人。連我自己也不相信，但那天我確實很認眞地唸書——達成了預定的筆記進度，也一直維持著充沛的飽滿精神。我沒有留到自修室關門的十一點，也沒有暗自記下一個紮實俐落的名字，但是回家的路顯得異常愉快。魔術師的雙手輕輕擺動，只是微微地移動，紙排就重新獲得了一種排列。我還是一樣地在下了擁擠捷運後，圍著黑色毛料圍巾走進圖書館大門。沒有再坐過同樣的位置，也沒有再用同樣快樂的心情走過回家的路。接近考季之後，自修室的座位越來越難找，我索性不再去了。

那些叫做遇見的，可能都停止於某一年的冬天，而這樣隨機而無常的組合序列，就叫做遇見。自己爲白色耳塞式耳機的主人取了一個紮實俐落的名字，然後存起來，存在那次遇見。

評語

人與人偶然交會之際所產生的微幅心靈脈動，畢竟像船行過後的粼粼波光，終要復歸平靜。作者以日常生活中一次和陌生人的萍水相逢為主軸，若有似無的微妙情愫為伏流，平淡流利的敘事基調，完美營造出「遇見」「隨機而無常」的氛圍。

遇見(二)

1182 許淳涵

一個炎熱的下午，我刻意避進花蓮一個山居的村落，尋一個部落的印象。山林把村子圍成了一只小圓桶，汲滿了陽光，房舍沉在桶底，吐著蜃氣。

幾個警察扎在路口，和一旁的塑膠花拱門在樹色中一樣觸目——在村子裡，豐年祭仍舊會是豐年祭。一個大鐵棚，綴著茅草柱，人們都罩在下頭。縣長官員來了，道賀穀倉的豐年，也慶祝票箱的豐年。他們被擁在席中央，身軀塞在阿美夾襖裡，脖子套在花環裡，看舞，看他們的政績。

與其說看舞，不如說是涼拌戲服、愛迪達與健康操，原住民的勇士們，身穿不太傳統的傳統服裝，腳踩愛迪達，不情願地舞著，敷衍著。台上台下，都在空轉。幾個毛孩子，在影子間玩狗；老外看得入興，停不下數位相機。老外終究是老外，入此山林，得到的，大概是他們所謂的「深度」。

我索性踩著路，逛進了田間。夾道的檳榔樹，把日光篩得更勻淨了，也把擴音喇叭擱得遠了，留下一絲清潤。水之湄，草墩旁，我餘光掃見一幢幢影子，有水牛四頭。那四雙牛角，彷彿有青銅的遺傳，橫在頭上頗有古趣，但我沒有撫摸的膽量；牛肚皮黑溜溜的，活像四顆插在木樁上的大皮蛋，呼嗤呼嗤還吐著氣兒。隔著幾株含羞草，我們相看兩不厭了起來。人牛之間，這樣的互動讓我釋然了好多。算是一種慰藉、美麗的遇見。那牛不只替村子耕田，更有種鎮轄地方的資格。

也許，牧童總會離職；牧笛的歌，會換成直笛教本；池畔楊柳青，有朝一日將填成綠檳榔一畝。然而，當人跳起不知所云的舞、道起不知所云的謝時，牛與尊嚴仍會拴在一旁，等著。畢竟，舞，會跳完；豐年祭，會結束；田，卻總是要犁的。因爲，飽垂的稻禾比起看官的拍手，眞實多了。

回了家，我開了書櫥裡難得一亮的照燈，因爲，裡頭也一直擺著一只石牛，新雨後的泥巴色，和著墨紋。背著書林，牠瞇瞇眼的笑從沒淡過，喜氣之餘，多了份溫厚。原來各樣的山水，點上牛隻，趣味都像新朋友一樣奇妙。我的石牛順理成章地成了櫃裡的新寵，我把它擺在最醒目的位置，紀念後山巧遇的靈秀。

評語

揭穿部落賤賣文化傳統、譁眾取寵的假面，直探被人遺忘，失落已久的原鄉本真。作者用筆犀利卻仍不失溫厚。雖有部分語意朦朧未盡之處，然大醇小疵，終不減本文立意取材的高度。

遇見㈢

1210 林妤庭

後來，我並不知道他是否注意到身旁有個16歲學生，臉上掛著驚懼，揉合著慌亂心跳所造成的不安。在這家麻雀雖小，五臟俱全的小書店，來來往往的學子在氣氛淳樸的空間穿梭，平添了幾分溫馨。那天，正當我準備結帳時，有個男子突然神色急切的闖了進來。

他在我身旁慎重的向老闆展示出掌心的13元硬幣。明明是和緩的天氣，透過櫥窗可以看見金烏昂揚的抬起下巴，這個陌生男子卻仍戴著厚重的綠色手套。

「老闆娘，這次我全部錢都給妳！東西快給我！」老闆娘抬起頭，讓老花眼鏡下的視線轉移到綠手套上。

「你這個人很奇怪吶，就跟你說不夠，強力膠一條也要15元，差2塊還要買……」我聽出了她的厭惡和不耐，彷彿這並不是她和他第一次打交道。

「我眞的只剩這樣啦！老闆娘，妳好心點，強力膠一條賣我啦！」

「錢嘸夠就麥食啊！食那個袂衝啥？！實在是……」此刻，我的所有疑惑突然明朗。站在我眼前這個男人，是個毒品成癮的受害者。他只能掏空自己的口袋，以度過心靈空窗的時刻。

遇見這樣一個人，我害怕，但也有些憐憫。我不敢想像在那綠色手套下，他的手會怎樣瘦骨嶙峋，憔悴蒼白；那到處破洞、脫線的皮襖之下，將是一副被虛幻的刺激折磨的軀體；我不願想像他拿掉帽子後，慘綠、消瘦、凹陷的面容，更不想親眼驗證，一個一頭倒栽進毒海之中的人，行爲的脫序或瘋狂。

遇見了這血淋淋的例子之後，我重新反思他們的處境。吸毒者是何其窘迫和不堪，他們無法自拔的自我「獻祭」，直至人生被壓榨殆盡，只剩有化學成癮因子的血液。無止盡的毒癮，是強大的黑洞，將他們帶到絕望的中心，與黑夜爲伴。他們一定也掙扎、沮喪，好像走進了死胡同裡，徒留迷惘和蕭條。

多叫人可惜！極少數的人能被及時拉住，回到正常的生活，卻有更多人得爲自己的選擇承擔著比天重的痛苦，而被壓得傴僂，終究全身迸裂……。

一股噁心的臭味衝上我的腦門，男子驀地轉身，衝進文具區拿了一條強力膠，急忙拆開包裝，臨走前，只丟下一句：「嘸食我會死啦！」和放在櫃檯的外盒和13元銅板。

我不知道在這之後，他該何去何從。或許只有眞正遇見身受其害的人們，才能讓我得到不同以往的覺醒和警惕。我們該給這群社會邊緣人的，除了懲罰之外，更該鼓勵和支持他們展開新生活。目送他離去，我眞誠祝福我遇見的這名男子，和所有等待被遇見的這群徘徊的人們。

評語

摹擬幻境，逼真栩栩，情節的切換、人物的安排……真是高手！

遇見㈣

1210 張依婷

風的左邊，是一叢淡雅的小白花。

風的右邊，是一株花瓣已疏的樹。

冬末靜謐的午後，依然散步到圖書館，走上長長的河堤，在沒有陽光灑落的視線裡，初遇在道的兩旁佇立已久的花。想瀟灑無視地走過，卻又被那若有似無的馨香拉回，清新，高雅。回首尋找花香的來源，啊！是那叢喚不出名的小白花。不自禁地想伸手探觸那纖弱的花瓣，想像觸感會如同她看起來一般溫柔吧！

我終究沒有伸手，也許是爲了不想驚擾這段美麗且寧靜的相遇。

另一旁的一株小樹，淡粉的花瓣在風中顫動，我抬頭讀著她在風中的律動，依舊是不知名的花朵。枝頭上新貌的嫩芽，仔細一瞧，還有幾個小巧、含苞待放的花苞，我才驚覺春天即將到來，或者說她早已默默地走來，輕哼著一支曲，喚醒這群沉睡已久的可愛。

最美的花開是花兒未開時，當我看著這群滿藏心事的花苞時，我這麼想著。醞釀著一份新生與盼待，未經綻放，不必因爲即將凋零而遺憾。眼前粉白的花苞是這城市角落裡未被了解的期待，靜默在河堤上，是我讀著她們的心事？抑或是她們在讀我？又是她們在生活裡與我相遇？還是我走進他們寧靜的夢裡？

不必想太多，總之這是場不寂寞的邂逅，至少對彼此來說。

之前再次遇見了那兩株植物，大部分的枝枒都已被綠葉填滿，掩蓋了花朵的芳蹤，尤其那株開著淡粉紅的花的小樹，翠綠的令我有些認不出來，你問我是否爲此失落遺憾？不，不是的，我會抱著守候的心情等待，等待小花再度捎一封幽香的口信給我，等待另一次未開卻最美的花開。

冬末春初，我遇見一群不知名的花，且讓我留一片朦朧，無須探究她們的芳名，因爲那已在她們吐露的美與芬芳裡成形。生命裡，我只須記得這場相遇與這城市中花兒給予的美的覺醒。

即使記憶開始模糊，使人遺忘每場與人、與事、與物的初遇；即使再次相遇，因爲彼此的改變，而認不出、而徬徨，請你依舊用期待的心情感受生命中每場邂逅，在迷離中逐漸找回那股熟悉，在失落中發掘不曾有過的體悟，也許你會在某個沉默、悠閒的片刻想起最初的相遇，可能是在一個冬末靜謐的午後。

評語

時空轉換巧妙自然，花開的編寫，極是精密，造境抒發己意，能親切流暢，此番遇見真是溫馨可人。

遇見㈤

1190 董艾鈴

我家後面那條巷子是我出門與回家的必經之路，來往的人不多，由於巷子狹窄，車子總會避開這條路，遂成爲貓狗流浪的天堂。而我，第一次遇見牠是在五年前一個黎明的早晨。

還記得，那一天是風光明媚，空氣中充滿清新花香的春天，由於急著上學，隨手抓了熱狗走進巷子等待媽媽發動摩托車。此時，在深色的車陣中，出現了非常不搭的白色，好奇心使然，我躡手躡腳的走向前，白色的身影穿梭於黑色的輪胎之間，最後緩慢的探出頭顱，用黑的發亮的眼睛打量我——是一隻狗，一隻毛茸茸且一身雪白的狗，即使身上覆蓋了一層薄薄的塵埃，從牠身上發出的光采卻擋不住。猶如甲蟲般的眼珠直勾勾的盯著我手中未吃完的熱狗，於是我將它放在地上，一點一點怕嚇著他的往後退，也許是擋不住誘惑，牠如履薄冰似的走來，一邊還盯著我的一舉一動，似乎怕我後悔撲上去跟牠來個搶食大戰。此時，仔細一瞧，我發現牠是隻約兩歲的混種狗，從身上的狗牌，判斷的出是隻有主人的狗，但似乎被遺棄了。

之後幾天，牠在附近東嗅西嗅，似乎在尋找著東西，也許是牠的主人吧！而一陣子後，我就沒有再看到牠，是被收養了嗎？我不知道，至少，我希望如此。

再見到牠是在三年後孟夏的中午，陽光熱辣辣的烤著柏油路。而我疾步步向家門，渴求從家中覓得一杯透心涼的水。遠處一個熟悉的身影走來——是牠，身上有幾處掉毛，原本亮白的毛色變的些許的灰白，但走起路來雄姿英發，自信滿滿。眼眸不如以前閃亮，卻有幾分深邃。僅僅看了這一眼，等我一回神，牠又失去了蹤跡，不知何時能再見到牠，偶爾，這樣的念頭會浮現，卻很快像被引起的波紋很快的消失無蹤。

最後一次遇見牠是在蕭瑟的秋天，我瞥見了牠，我驚訝的發現牠老了好幾歲，原先天真、深邃的眼瞳變的黯淡無光，直視著前方，似乎看破了世間世事。脫毛處滲入點點殷紅，後腿一跛一跛，走在路上像極了孤寂老人，充滿惆悵與悽涼，就這樣牠緩緩的步入地平線盡頭。

我想我再也不會看到牠，牠走出我的生命，也許永遠不會再回來！而現在，我時常會想起這短暫出現在我生命中的過客。

評語

以溫柔細膩之筆，刻畫棄犬與作者生命中幾度偶遇的截面；季節場景的轉換，又恰與流浪狗的漸趨衰微隱隱呼應。而欷歔於流浪狗悲慘遭遇的同時，也讓人深刻感受到作者敦厚慈愛的心懷，在日益冷漠疏離的都市叢林裡，尤顯得溫暖而可貴。

攝影／黃湘怡

筆記

攝影／1281李維原

青初耘藍

【攀沿夢想枝椏】

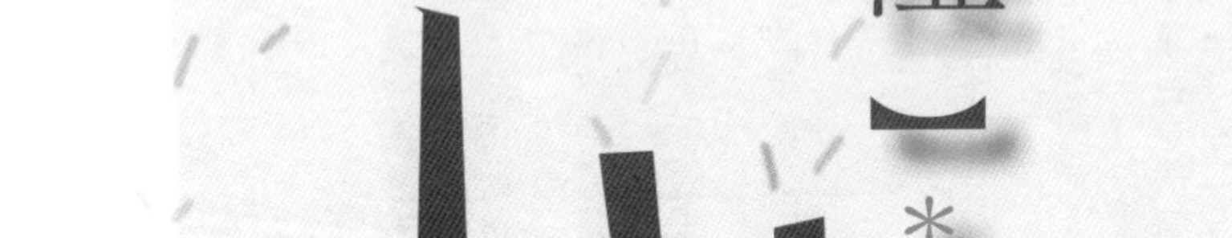

（轉彎）

（旅行）

（一條反覆行走的路）

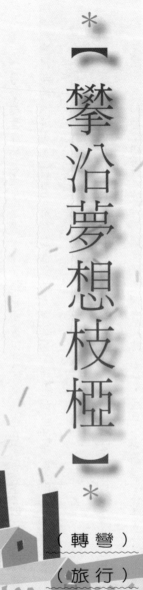

攀沿夢想枝椏——引言

江翊君 老師

座落在寸土寸金的城市心臟裡，按理說是容易窘迫缺氧的，然而這條名為附中的動脈永遠輸送著最有活力的血。比起外面的世界，在校園裡登樓仰望，頭頂的這方藍天確實像井一般，但十來歲的字典裡沒有坐井觀天這個詞，他們的眼光乘著中正樓前的鳳凰羽翼，搏雲而直上，一層又一層攀越青春的領空；或者，除了追求高度以外，有人也在意著人生的密度與廣度，他們穿梭在流年的隙縫中，一針一針織起散落的天光雲影，涉世尚淺的步履來不及考慮停滯，總是時緩步時疾行，探勘起生活種種地貌。

走下去，在漫遊的旅程中，不必跟時間競速，就和流逝的歲月悠然相見，有的身影流轉成風，有的靜坐成霧，或者誤闖進了某個有光的洞口，成為他方的漁人愛麗絲。山重水複眼前一片黑暗，看他們如何大膽轉彎，挑戰不能預期的事物，放手讓生命的河流帶領他們穿越幽深密林，即便不知迎來的究竟是平蕪或是海洋；看他們碰壁傾跌時，如何再說服自己拍拍塵土向前走去，期待柳暗花明後的豁然開朗，只有親身踐履其上才知道下一站該往何方。

行到盡處，也許這條路什麼也沒有，倒也不妨坐下來，仔細傾聽葉落、松果爆裂或泉水叩問石頭的聲響，伸手感覺雲奔跑後似有若無的呼吸。旅行的本質或許源於思念，回首道阻且長的過往，跋涉至此，當初的伊人已消失在迷霧茫茫的水湄，然而願意啓程的初心勇氣、追尋的過程中視聽聞動的時時刻刻，便足夠成為旅行真正的意義。

在旅行間，我們都是常人；

在談論旅行經驗時，他已經是個詩人。——夏目漱石

許多年來，不斷有人從此處出發，踏上新的旅程，而每一個遠行歸來的旅人，也不斷熱切地述說著途中的風景，無論再日常的瑣事，在回憶的稜鏡裡都能折射出充滿詩意的光。這群勤於在心靈的田裡筆耕的夢行者，以人生旅思為沃壤，以文字為犁鋤，種下一顆顆夢的種子，有的或許是傑克的魔豆，當藤蔓迅速伸展爬升，一座通往天空的雲梯於焉落成；有些可能是冰原裡的橡實，封凍多年後需要慢慢的滋潤暖護，等它抽芽成苗，直至巨木參天。

合抱之木，生於毫末；千里之行，始於足下，每一顆種子都折疊著一個夢想，每一個步伐都預演著一種精彩，且凝視這些旅者上下求索路遠致之的心靈投影，隨著枝條的伸展，一寸寸地向上攀沿，彷彿聽見樹下迴盪後來者仰望時的琅琅笑語，與它們的卷舒自如相互映襯，在陽光與風之間，生成一葉葉新鮮的姿態。

【青初】

【轉彎】

在路上，我們有時候遭遇攔阻、障礙，只得退後或轉彎。也有些時候，被其他風景誘引，自己決定轉向、轉彎，另創新局。路，不一定都筆直。迂迴蜿蜒是達成目標的方式呢？或見風轉舵的心態呢？你對「轉彎」有何體悟？請書寫你的經驗或觀點，敘事、抒情、論說皆可，文長600～1000字。

總評

轉彎

本次徵文時間頗長，但件數不多，同學們錯過一次施展身手的機會，非常可惜。所幸來稿水準相當高，呈現同學們的生命感悟與文字能力，有可觀處。

《轉彎》這個題目有很多例子可以聯想，例如：孔子熱心政治轉而作育英才，諸葛亮耕讀南陽轉而投身政治，彭澤縣令八十日乃大嘆不如歸去……「用行」、「舍藏」之間，有許多欣悅與無可奈何！還有，魯迅的手術刀轉個彎，變成譴責小說；切格瓦拉的摩托車轉個彎，變成革命份子……爲何有這樣的新選擇？（或新手段？）

沉江的屈大夫，何以始終不肯轉彎？從容赴

攝影／李維原

義的文丞相，堅持的又是什麼？孟子大丈夫，富貴、貧賤、威武都不能教他轉彎，憑依的究竟是多強大的能量呢？那寧可曳尾塗中、說什麼也不肯當神龜的莊叟，行踏的是多麼狹仄又孤寂的筆直之道啊！

「轉彎？不轉彎？」出題老師並未指涉是非對錯，就是希望同學們多多觀察、思考、體驗。

要言之，人生如此驚奇，正因爲有許多轉彎處；人之所以成爲這樣、那樣、成爲唯一無二的自己，也正因爲在轉彎處有如此決定、作爲、與心境。

感謝所有來稿同學，重視這個活動，思考這個題目，並且有了文字。也希望這不僅是某個作文題目，而是生命題目。

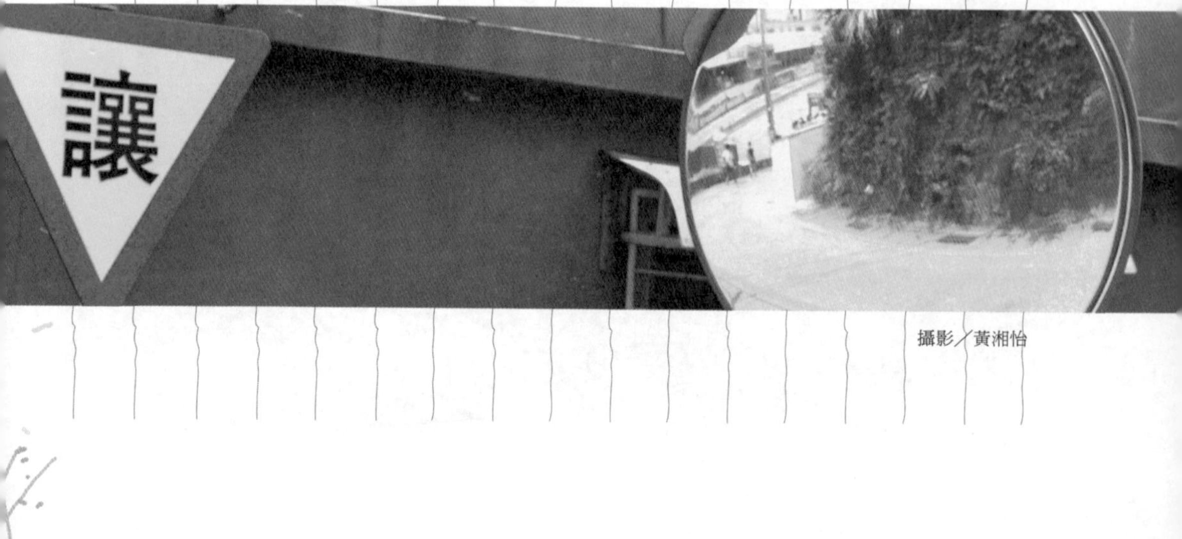

攝影／黃湘怡

轉彎（一）

1210 簡晏庭

假使將人生的旅途編爲兩個選項，一邊是坦蕩蕩的大道，另一邊則是千迴百轉的山路，我肯定會不假思索的踏上較崎嶇的那一條。因爲我貪戀著每個高度的獨特風景，每次失足帶來的撞擊，以及每處轉角將會遇見的你：我的旅伴。

所有的一切，我要用跫音去踏響，用汗水去見證。世界上最美的東西，應該是彎道吧！它似乎蘊含著無限可能，帶來下一個契機與無限的挑戰。在山重水複的絕境，轉一個彎，柳暗花明的景象往往讓迷途的旅人留下激動的熱淚。

「有時候，最迂迴的路或許才是最近的路。」當時，電話那一頭的妳是這麼巧妙的回答我的。沒錯，有時候，唯有走到了山巓，才能眞正嚐到何謂孤獨的滋味，才有資格直問自己內心的貧乏與弱小。也許我的眼前正擋著一座山，我沒有愚公的恆心，但妳教會我如何轉彎。面對再艱困的難題，沒有經過峰迴路轉的奮力，又如何知道另一處沒有更開闊的風景等待妳去擁抱？

這是一種面對的智慧，求生存的謀略。即使我永遠不會曉得轉彎的另一端藏匿著多少風雨，但至少，我相信追隨自己選擇的方向，勇敢實踐自己信仰的人生。

但轉彎更象徵著嚴酷的無常。就在決心改變方向的那一刻，及要承受過去所擁有的愛就此灰飛煙滅。在完成自己的歷史前，成長的軌跡總是一段段倔強的曲線，一旦跨出腳步，就無法回頭。即使有無盡的眷戀，回首，一切早已沒入轉角的另一頭。我們接因此感到徬徨，在深摯的牽絆和殘忍的現實間拉扯。

這是轉彎的眞相，也是愛與夢想的衝突點。也許有那麼一天，我也能很平靜的和別人訴說：在過去的某個彎道，我曾邂逅了一些男孩和一些女孩。我們一起在陽光下奔跑，在雨幕中翻滾跳躍，曾一同看星星，在幽微的光線下許下夢囈般縹緲卻眞誠的願⋯⋯

所有眞正哀傷與歡喜的故事都是這樣開始的吧！一個彎道。你和我。

我情願這樣想：在眾多的道路中，我選擇了較孤獨的一條。轉彎帶給我的是矛盾、驚喜和嚴寒的試煉。它塑造我柔軟、堅忍、富有智慧。我要用生命的全部去見證自己到底能釋放出多少的光芒與熱度！因此，我不拒絕轉彎。

下一個轉彎，又是另一個故事。

我相信會圓滿的，總有一天。

評語

本文精顯枝蔓，「轉彎」的目的是為了「遇見你」？抑或是「追求人生更崇高的自我挑戰」？未能清楚表述，是美中不足處。不過，整體而言，作者頗具文采，文字的經營十分精緻，並漸漸流露出個人的風格；闡述主題亦頗有深度，尤以後半段為佳。

轉彎（二）

1213 范綱晉

現實，是一則浮泛的謊言，我們無時無刻不被他牽著走，自己卻無洞察眞相的能力。常感嘆生不逢時，得不到自己所要的，而攫來的無奈與哀戚往往使人陷入泥沼。在筆直與迂迴之間作抉擇，現實畢竟是剎那的存在，拋卻一顆執著固我的心，轉換自己的方向。

曾幾何時，我在一場重要的考試中失利。天地仍是在運轉的，它們以無盡的嘲笑與揶揄將我摒除在歡笑的世界之外，任由內心的懊悔與怨懟將我逐漸腐蝕，滄浪之水亦無法洗盡我的傷痛。夏蟲沒有爲我沉默，唧唧的嘈雜聲仍搖響在這沉遲的大氣中，這時的我彷彿只剩下軀殼，眞誠的性靈已交由命運擺佈。就如渺渺時間長河中的過客，不留下一絲印記，它早已隨迷眼的風沙逝去，不帶走一片雲彩。我不禁想問自己：現實爲何如此冷酷無情？在付諸汗水與血淚後的天際竟是如此灰濛，爲何想望與現實總是相差甚遠？我似乎無法從人生的初響就洞見人生天梯的最高處，取而代之的卻是錯綜複雜的抉擇過程。此時的自己應該就是在其中一個分歧的路口吧！只是我看不清前方的道路，執著的媚惑太深。想轉彎的心境是很難達成的。

聖嚴法師曾留下了他的四它名言：「面對它，接受它，處理它，放下它。」我們總害怕選擇一條不同的道路；我們總無法相信轉彎所能開創的新境界，筆直通常代表艱辛與苦難，就譬如爬山有兩條路可走，直接攻頂所面臨的危機與困難度相對較高，且一失足成千古恨。蜿蜒卻通常表示安全與閒適，雖然到達峰頂的路途比較長，但能停下腳步欣賞自己未曾察覺的可愛事物。轉彎，可以說是另一種層面的進步，問題就只在於自己有沒有辦法放下身段，體驗這人生的大美。

我最後選擇轉彎，「春有百花秋有月，夏有涼風冬有雪，若無閒事掛心頭，便是人間好時節」，我知道人生這條路還有一大截未走，當然，它絕對不會是筆直的，轉彎後的路途何嘗沒有好處呢？讓自己的心坦然去接受，現實只不過是一個標誌，境隨心轉，它是可以被打破的。這場考試或許曾帶來苦痛與折磨，但往事的傷口將如過往雲煙，只留待追憶與憑弔。

筆直抑或蜿蜒，貴在權衡。讓自己還諸天地，轉向生命的出口。

評語

作者以一次失敗的考試經驗為主軸，敘述自己的心情轉變，近而體會出「轉彎」的真義。取材雖非獨特，但陳述心境的轉折過程，十分真誠細膩；對於「轉彎」的詮釋，亦頗有可觀之處。

轉彎（三）

1210 童方怡

轉彎，一個簡單的動作：偏頭、側身、調整視線，生命將爲此而有所大不同！

換個角度看，一座島嶼可以有慵懶的沙灘在這一頭，而有險峻的峭壁在那一面；一處村莊可以是落後蠻荒在這個角度，卻是率真純樸在那一個層面；一個人也可以稱爲眾人景仰頂尖，又稱爲曲高和寡的邊緣，一切取決於觀者的位置和取景點。目光隨著轉彎而有新發現。

換個角度做，各退一步的條約和互不相讓的戰爭同樣可以取得共識；理智解釋和高聲咆哮同樣可以表達意見；重新振作和一蹶不振同樣可以算是正常反應，一切端看執行者想用哪條途徑得到哪種結果。手腕隨著轉彎而做出改變，改寫了生命的部分樂章。

換個角度想，失敗會是經驗的累積；忙碌會是體力的鍛鍊；壓力更是行動的驅策，定義只能由思考者決定。腦筋的轉彎帶動了主

攝影／李維原

宰一切的心，扭轉了人生道路在眼中的景象。

在生命的旅程中，大大小小的障礙和挫折散佈於道路上，轉彎成了一種必備的技能，讓人見識到不同的景物面貌、打造一條只屬於自己的路、填滿胸中思緒的空虛。一個連著一個的角度轉換、一次又一次的調整方向，這才是眞實的人生之路，轉彎則是一種前進方式。永遠的直線衝刺只能體驗正前方的視野，伴隨彎道而來的，可能是全然不同的新生命！

未來是那麼的難測，轉彎卻可以很簡易自然，只要稍稍轉移方位，生命多了更多可能！

評語

攝影／李沛宸

轉彎是一種視角的改變，讓我們不致跼促一隅；轉彎是弘擴思想的辦法，讓生命有更多可能。這篇作品字字珠璣，觀念成熟，非常精鍊。倘使有實例，自當更加文采爛然。

轉彎（四）

1210 沈俐

我們總在轉彎之中相遇，也在轉彎之後離別。像潮汐必然的漲退；像日夜規律地交替。然而，是否我們只能一起走到這個路口？

一開始，我們都一樣，陌生、魯莽、目中無人地在自己的單行道上闖蕩。然而，原來轉彎，並不是種偶然。最初的那天，你從容出現在我漫漫大道的街角——沒有人能記得，我們是如何從互不相識，一點一滴地把日子走成了一段一段肩併肩的旅行。像是兩顆質量相等而孤懸星際的天體，憑藉著不知從何而來的萬有引力，支持彼此繼續穩定地在黑暗裡迴旋。

為了守護這樣暫時的恆定，我甚至會試著阻撓別人的轉彎。那個當下我無法瞭解，為何在這個小小的，你我構成的宇宙之中，會有其它的星體闖入。試著用身體去阻擋，卻在原本光滑無瑕的地方留下一抹又一抹的疤；試著用意志去否定，卻把當初堅毅不屈的信仰拽開一道又一道的縫。直至那時，我還不明白，原來也會有別人轉進你我的道路的……。逼近的路口令我慌了腳步，我倉促的運行卻讓我們更逼近那個轉彎處。終於有一天，我的宇宙安靜了下來，你從容地從我的引力範圍脫離——你轉了彎，有了另一個三百六十度的圓。

唯一直行的只有時間——它排開了所有腐朽和重生，將我們的存在推過，或是推往下一個轉彎處。就這樣看似無目的地旅行，或許開始另一段並行；或許又拋下什麼牽絆或承載；或許試著走回那路口；又或許，其實我們會一轉再轉，直至同一扇門前……。

我們總在轉彎之中相遇，也在轉彎之後離別。轉彎把生活繞成互相盤旋的藤，攀登上沒有邊際的青春。我不再覺得會在下一個轉彎的時刻失去什麼——我們總是轉彎著，我們也都正轉彎著。

評語

一個人的旅行，或許是緣分吧！使我們相遇。展開了兩人併肩的旅程，轉彎之中相遇也好，轉彎之後離別也罷！人生的路要繼續的走下去。而時間也持續帶來不同的同行者。全文善用形象化的譬喻，使意念生動活潑，作者企圖恢宏，描寫的主題是人生的旅途，反而使命題「轉彎」只不過是個角度的小問題，建議作者在盡情發揮之際，不宜偏離軌道而使流於漫無邊際。

轉彎（五）

1210 張依婷

我們因爲不同的理由而轉彎：爲了走向自己的歸屬；爲了逃避而轉進小小的暗巷裡；爲了豁然開朗而改變路途；也或者，只是漫無目的地亂走，轉過一個又一個街角，不曾留戀地。

於是，我也轉了彎，爲了看見下一個轉角那未知的風景。

等我意識到時，散步、看風景已成爲我生命中那存在的必然。不必刻意尋找什麼，只是單純地走著，走過生命中每個寧靜的，喧囂的，清晨的，黃昏的街道，偶爾也走進某些人心中小小的世界。總是這般地走著。

是前方那股期待在誘惑著，尤其每個路口、每個轉角，都成爲自己好奇的理由，想著：是否轉角後的月光比較美？是否街角的咖啡比較香？又是否我能撞見另一個誰？轉彎的瞬間，龐雜的心思翻攪著心情，期待，愉快，卻又隱藏著一種對於失落及未知的懼怕。只是，誰又不曾在期盼的同時害怕受傷？害怕受傷的同時，卻以恐懼醞釀著期盼？

依舊，我們一次又一次地選擇了轉彎，心中抱持著對那絲美好的期待，心甘情願地接受了美好的消逝所帶來的悵然若失，也心甘情願地爲成爲記憶的美麗片段暢然地哼一支小曲。在轉彎後的落寞憂傷與豁然開朗間徘徊，那麼地心甘情願。生命不必活過多大的歲數就會明白，轉角後的月光可能黯淡；所期待的風景也可能在踏出轉角的瞬間裂成碎片。然而，微笑的原因是：發現成爲碎片的人生風景，照出了自己最初、最眞、最美的樣子。

無論轉彎的理由爲何，總是爲了離開原本的所在，即使明瞭不是每個轉彎都會帶來那種豁然，心中卻時常吶喊著：「拜託，帶我走，我想去遠方！」好像在這冒險的路途上，我們就能得到某種解脫，不一定是心底眞正渴求的，卻使我們拋下上個路途的羈絆與牽掛，重新成爲自己的自己。

我眷戀著每一段走過的路，它們成爲或許會褪色，卻絕不被磨滅的風景畫。依戀的同時，卻不停地走著。我是那想轉彎，找尋歸屬的人；是那擇己所愛而追尋的人；也是那漫不經心地走著的人；更是爲了逃避而轉彎的人。

但，又爲了什麼而逃呢？

是爲了讓自己有足夠的空間去醞釀期待吧！當生命走到將近絕望，所有曾經的嚮往都被生活磨盡，於是轉了彎，發覺有個小小的角落足以容納自己，溫暖，且寬慰。我們拋下原本令人失望的旅途，躲進角落裡的小宇宙，讓靈魂回歸完整，讓曾經的期待復燃。

總是盼望著每個生命中的轉彎，即使大人們的警告帶來多少不安，依然孩子般地，渴望瞥見，轉彎後，那可能是美好的美好。

評語

轉彎的理由可以各式各樣。作者的轉彎，只為了愜意流覽每個角落的不經意。文章起筆思路輕盈曼妙，一路帶領著讀者經歷不同的省思和心情變化：曾有失落，也有盼望；時而溫暖滿足，時而苦澀難耐……進而層層照見人生不同的風景。把十七八歲少年的成長探索，真誠地表現在字裡行間，是一首可誦可吟的青春之歌！要提醒作者的是，在吟誦之餘，切忌段落流於支離而使文意失焦。

筆記

【青初】

【旅行】

「旅行」真是一件美好的事。

無須高陳生命意義，也未必非得花大錢、挪長假，旅行，可以很容易。

有喜歡咀嚼孤單的獨行背包客，也有愛共聚喧鬧的揪團者；有習慣做足功課，跨越重洋的遠行者，也有隨興攤開地圖，騎著小折慢遊小鎮的樂活族；選個時尚城市迴旋共舞，或者踏查歷史老街的情味；用簡單緩慢的呼吸邂逅山林中的自己，或用俐落快捷的身手拼湊異域的行腳……用自己的方式、想法，便有了一次能記憶一輩子的旅行。

快把你蓋上記憶戳章的旅行經驗與我們分享吧！

■ 寫作要求：

1、文中須寫出。

(1)旅行目的地(國家、島嶼、城市、鄉鎮、名勝等)

(2)所使用的主要交通工具(火車、郵輪、捷運、單車、徒步等)

(3)心得分享

2、文長約600字。

總評

旅行

「旅行」是可以很貼近生活的。稿件中大部分的同學都是以生活場域的周邊爲旅行點，藉由與平日不同的節奏，體味到相異於日常的況味，腳步慢了，情感柔了，思慮活了，文章便會內蘊著眞切的感動，此次的作品幾乎都具有這樣的特點，篇篇讀來總令人不自覺地循著作者的情思，優游在縱橫交錯的旅行地圖裡。

攝影／李維原

旅行（一）

1210 沈俐

彷彿還可以感覺到從火車車窗外的陽光灑在手背上的溫度，那個氣溫稍嫌高了點的四月十二日，我們四個，旅行去。

車票上的終點站寫著菁桐。多麼好聽的名字。但我們的目的地，是它的前一站，平溪。離開了城市的範圍，就情不自禁地被湧入的綠意給侵犯了。鐵軌一直彎曲向著前方那我們無法確切說清楚在哪裡的小鎮，距離的弧線也是一樣的，我們都鋪著各自的鐵軌，雖然現在還在同一班列車上搖晃。

不被節慶或電視取景團隊叨擾的平溪，是緩慢而飽滿的。連人影都很稀疏的街弄之中，除了蜷趴在地上瞌睡的大白狗搖著的尾巴之外，似乎沒有什麼別的是正移動著的。我可以清晰地記起在只有我們一桌客人的豆花店裡嘴裡微甜的黃豆香。也記得你們臉上的表情，但是我沒有辦法眞切地分辨那都代表了什麼樣的思緒和心情。

我心裡知道，在這樣的日子裡我正佔有的這種溫柔，可能再也難以複製到任何一個未來的日期了，我心裡知道。當我們像這樣地旅行去，一切好像都看起來那麼地平鋪直敘，卻又悄悄地迂迴在每一個轉角，和每一顆被帆布鞋的鞋底所踢過的小碎石頭。

在那個小小的鎮裡，好像有很多條路我們都來回地踏過了好幾次。但是又有哪一趟路程是眞正一模一樣的呢？不同的景物在不同的時間點往我眼裡竄，有時是一紅一綠的郵筒它們鮮明對立的倨傲，有時是導覽牌上刻著的日語所營造的錯亂。那支有名的速食麵廣告曾經生動地在身後的石板路上演，一次又一次的村長廣播，一次又一次地小女孩跑回家享用煮好的速食麵，直到導演露出滿意的微笑。那麼我們的生命呢？如果那一瞬間我能意識到那場旅程就是我從來不該放手讓它流逝的，美麗得無可比擬的永恆，我能不能即時喊卡，讓以我們為主角的那一秒，永遠以同樣的嘴角上揚的角度滯留在不斷吹過平溪小路的風裡呢？

因為回程的火車還要好一陣子才會再進到平溪車站來，我們索性沿著鐵道走到那個擁有美麗命名的菁桐，終點站變成了起點，最終我們開始朝通往壅擠和紛擾的路狂奔。那一天的合照成為了我手機裡一直不肯刪除的照片，有我的大紅色包包、你的白色T-shirt，有你的黑框眼鏡，也有你的格子襯衫。隱隱約約，好像還有我們在鐵路邊大聲唱著的歌。歌詞訴說著很多的不知道，和很多的不明瞭。那天的旅行結束之後，我們得到或失去了的什麼早已隨著夏天的到來，被午後雷陣雨沖淡。如果我還能再問一個最後的問題，可能是：嘿，下一次，什麼時候，我們，再旅行去？

評語

文中處處流洩一股信手拈來的筆趣，有著不被既定行程僵固的自在灑脫。懷著細膩的情思，帶著年輕的隨性，旅行的深度就這麼不經意地拍進手機，透過紀念照中五彩斑斕的青春，讀者可以嗅到定格住的美好與永恆。全文真誠不造作，意趣豐富。

旅行㈡

1213 楊翔宇

同樣的早餐吃久了，同樣的音樂聽多了，厭了、煩了，我們尋求改變；日子也是如此，天天日日、反反覆覆，多渴望偶而離開最熟悉的生活，穿越一段旅途，置身另一個世界。

另一個世界的定義不包含遙遠，短短不到半個鐘頭，我與腳踏車便輕盈地到達了，涼風吹拂，淡藍色天空鑲著深白色的雲朵，油綠的草地上，狗與主人追逐著，這兒是市區邊緣的河濱公園。相較於城市，微風取代烏煙，寧靜的路燈取代繽紛的燈光，輕鬆的神情取代緊張的心情，順著河走，左側可見連續不斷的草原中，有球場零散地座落著；右側是溫柔的河，總是願意仔細聽我訴苦，也不介意我只爲了一段沉默的陪伴，而佔用他的時間。

走在翠綠與淡藍的交接線上，看到那兒人們的恬淡，聽到那兒人們的寧靜，感受到那兒人們腳步的輕盈，平時蹲在都市籠子裡的我，早已忘記草地和河所帶來的那一份心情。忘記是因爲曾經記得過，順著河走，漸漸地，熟悉的感覺淺淺浮現，是一種感受不到拘束的世界，可以任意隨著清風奔跑的愉快，也可以恣意地在草地上翻滾，甚至累了便可以繼續徜徉在美麗的夢中；如此的感覺不就是兒時與親人遊玩時的情緒嗎？而今，我無法任這種情緒在心中繼續沸騰，年紀不同了，不被允許，也漸漸地忘記了。

攝影／黃湘怡

一趟短短的旅行，我離開我熟悉的都市生活，到河邊更接近大自然，竟發現我也離開了這充滿壓力的生活，到另一個世界尋找從前不懂壓力的我。若言，旅行是離開熟悉的生活而到另一個世界去闖蕩，那麼，人生道路上，從前的我，熟悉那種無憂無慮的生活；而今，那個我早已不復存在，是否代表著，他也踏上了一個美麗的旅途呢？

評語

攝影／黃湘怡

今昔交織，首尾照應，進而勾勒出一種生命哲理：生命所以不斷向前，正因為，前方永遠有一段美麗的旅程在等待我們。

旅行㈢

1213 高靖崴

乘著清涼的微風，頂著夏天難得和煦的陽光，出發，循著蜿蜒的公路，幾位騎著單車的少年堅定著駛向目的地——九份。

那是一片蟬聲喧鬧的下午，幾杯透澈的氣泡水、幾顆晶瑩剔透的冰塊、多少千瓦冷氣的吹送，才稍微抵擋了酷熱的盛夏。咖啡廳的二樓，我凝視著窗外，習以爲常的台北生活——來來去去的陌生臉孔、閃爍變化的黃綠紅、擁塞忙碌的交通、灰塵廢氣瀰漫朦朧，空氣中籠罩著一股莫名的沉重，彷彿人與人之間隔了堵高牆，保護了自己卻豎立了寂寞。疲於一成不變的生活，迷路的思緒告訴我：是該與大自然好好對話的時候了。於是約了幾位朋友，隨性地翻開地圖，異口同聲的決定文化氣息環繞，依山傍水的浪漫古城——九份。

天剛破曉，我們便從集合地出發，趕著清晨山上的新鮮空氣，一陣又一陣舒爽的微風從身旁呼嘯而過，直接迎向臉上，彷彿整個人都隨之清醒了。不久我們這一列車陣就慢慢的抵達老街，人來人往的傳統巷弄，除了瀰漫著各式各樣美食特產的香氣之外，還飄散著一股文化的餘韻芬芳。不同於都市的忙碌擁擠，而是多了一份人情味與慢步調的自在！走在這條老街，同時也品嚐了一段屬於這裡的歷史。與老街告別後繼續往山頂前進，樹葉蕭颯清脆的聲音是大自然獻上的配樂，枝頭上鳥兒的啁啾細語是最動聽的天籟，綿延的山櫻花營造出一條最美的大道，一路的美景令人心曠神怡。攻頂後映入眼簾的是一片如詩如畫的風景，往山那面看去，起了一陣

評語

山城的寂寥、浪漫；山路的迤邐、幽美；心靈的悸動、震懾，都在這次美麗的邂逅，可見一斑。跳脫了一般遊記的窠臼，巧妙地譜出優雅動人的旅行樂歌。

柔白的霧，纏繞於山腰並慢慢的爬升；往海那面看去，則是一顆金黃的夕陽渲染了整片海洋，捲起一波波金黃耀眼的浪，兩幅大自然的鬼斧神工，使平日的煩惱瞬間變的渺小與微不足道，所有不愉快的回憶都能拋至九霄雲外！

太陽緩緩滾下山頭，下山的路上吹著強勁又寒冷的風，大夥們不時打了些哆嗦，但仍是開心的回憶今天發生的種種，相信這就是旅行的意義吧，雖然明天開始日子又會再度恢復正常，但我想很多今天所邂逅的感動是無法淡忘的吧？

風光明媚，是我們與九份邂逅的背景。夕陽餘暉，在我們心中留下了烙印。這是一趟完美的旅行，更是一段美麗的記憶。

旅行(四)

1208 姜玟君

我想，不管未來的我對漸漸逝去的記憶能否清晰，只要我閉上眼，那照耀在我紅通通眼皮上的烈陽和流動著海風的氣息，便會瞬間如記錄片般的在腦海中放映。那是一個美麗而充滿了生氣的夏天，在泰國普吉島。

就這麼坐上了飛機，擁抱著藍天白雲，讓心跳奔馳了四個小時，迎接我的是風和日麗和艷陽高照。藍綠寶石般在陽光下閃耀的海面，連接著像蕾絲襯裙般棉軟細緻的沙灘，清澈的讓我無法置信，以爲我正身在某張在郵筒裡收到的明信片中，它足以使任何人震懾它的美。每天的下午，都會下場涼爽的雷陣雨，像人生中時常出現的意外，有時讓你歡欣喜悅，有時讓你覺得來不及防備像澆了桶冷水。但這總讓我想到，不預告的未來使之後出現的晴天能夠保有更微妙的神秘感。這是在那小島上的生活，不是細細咀嚼對生活有條有理的休憩，是隨性樂活有晴有陰的生活態度。如果你問我，台灣一樣有海，一樣有熱情奔放的人情，爲什麼我卻選擇去普吉島？當踏上旅行的路途上能讓一個人拋開框框暫時離開所有的壓力來源，能不用去想生氣而糾結的

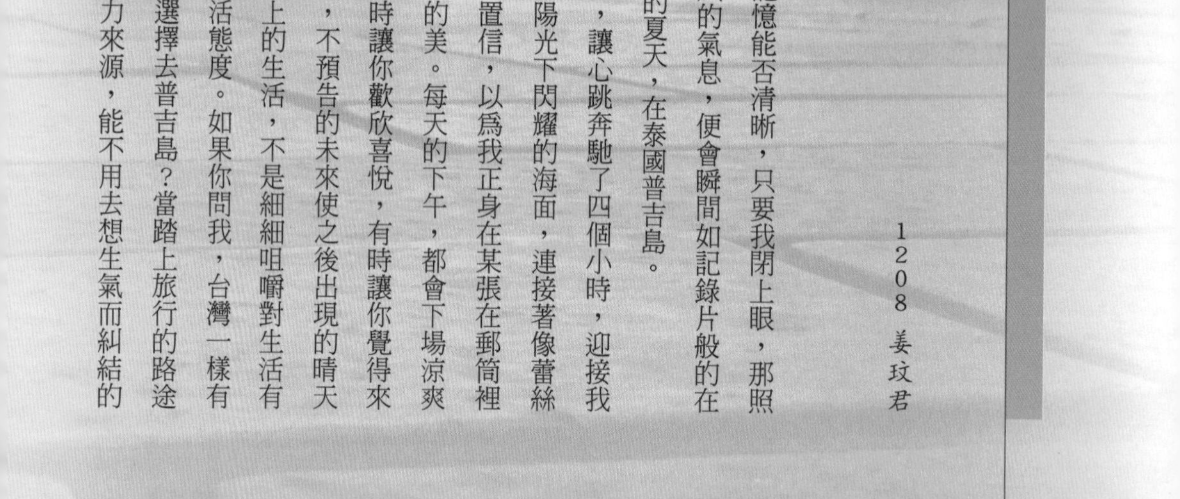

攝影／黃湘怡

臉，不用擔心惱人的誤會，因爲離開熟悉的的世界，所以什麼身份都可以拋到腦後，更能去尋找不一樣的幸福。

旅行，對我來說，有時候不怎麼深思他爲我生命帶來的心得，只是學著放慢腳步，用眼睛經歷千萬次的喜怒哀樂，用身體感受千萬次的生命。每當走過每處地方，總是可以看見美麗的永恆，瞬間地將它刻劃在心底，曾經走過也記錄這些回憶，縱使經過再漫長的歲月，也不會從生命裡遺忘。而這次，這場旅行，讓我在一段忙碌的人生裡，留下了對陽光的記憶和對海的依戀。只要再一次，呼吸一口，閉上眼，那一年夏天的藍，開始播放。

評語

攝影／李維原

簡單平實的文筆勾勒出陽光、海水閃耀的海角樂園，心凝形釋，娓娓述說人生領悟，是一趟充實的知性之旅。

旅行㈤

1216 姜艾廷

常聽到身邊的朋友們嚷著：「好想去旅行！」接著那些耳熟能詳的大城市就出現了：倫敦、巴黎、東京、馬德里……。可是對我來說，台北這個擁擠的水泥叢林卻處處充滿旅行的趣味。

我喜歡搭捷運在大台北穿梭，尤其是圖上那顯眼的紅色——淡水線。夏日的早晨，過了台北車站，捷運上往往少了大半的人，車廂間充斥著鐵軌摩擦的聲音、小小的縫隙滲進了微微涼風，在更裡面是我期待而不停跳動的心。過了圓山站，大片的陽光撲面而來，我喜歡倚在車門邊享受那金色的溫暖帶來的熱力和生命力。我的目的地並不是有著美麗老街和碼頭的淡水，而是北投站——一個人煙稀少，卻有著世界上最純淨空氣的地方。

人越來越少了。我在北投站下了車，不往電扶梯走去、不往出口走去，我坐在沒有人的長椅上，望著眼前空曠的月台。底下一片的綠，綠中夾雜著這一點灰那一點紅的矮小樓房，簡直是座被大台北遺忘的人間仙境。我自在的伸展四肢，任由那漂浮蓬鬆的白雲帶走我的疲憊，也任由那寧靜祥和的北投帶走我汲汲營營的心。一切都靜下來了，我聽見風摩挲著葉初醒的面頰，我看見一點一滴的光的絲線沿著那兒的鐵軌往這兒來。空氣中飄著一股早晨的清新香氣，還加上了一點北投特有的、輕鬆而自然的味道，而我細細的嗅著。是的，這就是一趟旅行，一趟在都市叢林中的深呼吸之旅，一趟從繁忙的生活脫身而出的自由之旅。往新北投的車正緩緩駛進，我站起身來又笑著坐下。何必再往更遠的地方呢？我已經嚐到旅行的滋味了。

很多人總想著，有一天要遠離城市到一個遙遠的地方，看一些從沒看過的大景觀，嚐一些從沒嚐過的大美味，做一些從沒做過的大冒險。但是，「旅行」對我來說是由心境決定的。當我感覺到心靈正一點一點的淨化，心情轉向愉快而輕鬆，那麼我在做的就是「旅行」。旅行為的就是找回原來的自己，或是發現全新的自己。我期待下一次旅行的驚喜，也許挑個向晚時分，在那寧靜的北投站看著美麗的夕陽慢慢的退到那山後……。

評語

文章起頭，作者即提出一個很好的觀點：「旅行」從某種意義來說，是無須捨近求遠的。他以自身的行旅做見證，而後歸結出「旅行」的真諦。見解深刻，整個脈絡的延展也很有條理。從種種細膩的感官摹寫中，我也看到了作者獨特的生活品味和審美觀，這點十分令人欣賞。

【青初】

【一條反覆行走的路】

行走是一段觀察與咀嚼的過程。已離開原來的空間，尚未到達目的地，在這兩個空間之間靜靜移動，慢慢觀察思考或感受。如果那是一段經常重複的旅程，那麼所見所感將更為細微深刻。

在某個人生階段，你是否經常走相同的一條路？例如一條從租賃的房子走到學校的路，兩年多來不斷地走來走去；祖父生病期間，為了探望他，每天反覆走著從學校到醫院的路。

有時，那是一種心理狀態，感覺自己不知從何時開始，總不斷地重複一樣的錯誤，重複那令自己惱怒的思考模式，好想擺脫它，來一場人生的大翻轉。

請你以「一條反覆行走的路」為題，描寫當你慢慢行走在那一條老路時所見的種種景象與感受，或者那一段反覆的日子你的心情與感受。文長不限。

總評

一條反覆行走的路

回首過去的歲月，驀然發現我經常走在一條反覆行走的路上，那是一段深刻難忘的人生經歷，也可能是個人性情或弱點的反覆呈顯，無論如何，它紀錄一段深深淺淺的足跡。捧讀你們寄來的作品時，老師們戲說：「這也是一段反覆行走的路啊！」雖是反覆行走，閱讀千遍卻也不厭倦，因爲那眞是一段段美麗的邂逅，驚豔的喜悅。

此次來稿共一百三十篇，文字盡都流暢自然，生動優美，「連我們老師都自嘆弗如啊！」內容之豐富多元，令人讚嘆，除了書寫放學回家之外，更有陪伴祖父歸鄉的路，奔赴異國追尋理想的他鄉之旅，異國住家靜美的小徑，負笈台北的求學與歸鄉之路，乃至沉迷網咖的循環與覺醒，習性、言語的自我省察等。同學都能切入題意，描寫反覆行走所見的景象及其改變，抒發心境感受與思考。

參與徵文的同學文學的敏感度甚高，懂得選擇別致的、獨特的、動人的素材，乃至個人深刻的經驗或涉獵，例如選擇一條從休息處到投手丘四十四公尺的一段路，甚爲別致；一條遍植木棉花的路，充滿自然詩意之美；陪伴罹患癌症的母親走人生最後一段，眞情動人；融合走向書店的路、閱讀成長的路，展現作者豐富的閱讀經驗與人文素養，都是極佳的素材。

此外，同學處理素材的功力亦令人欣賞，景致的描寫，情境的烘托，情感與思想的暗示，都恰到好處。至於情感的拿捏掌握之準確，如陪伴祖父歸回故鄉那篇，童年陪伴祖父返回他日夜思念的故鄉，天眞可愛，口吻逗趣，及至祖父病危，最後一次帶著祖父回故鄉，何等悲傷不捨，每一句都帶動讀者的情緒，或隨之莞爾而笑，或隨之傷心落淚。

此次徵文並未規定字數，來稿長度極爲參差，短則五百字以內，長或有近乎七千字的，我們不以長短論優劣，各就其篇幅，衡量其品質。內容亦不以大小衡量，小小情事，寫得姿態曼妙，情味深長，亦不輕棄。

最後，告訴諸位佳音，因作品質量均佳，評選老師決議除五名優選之外，另有七篇爲入選，以表示我們的激賞與歡悅。

攝影／李維原

一條反覆行走的路 ㈠

1138 李思儀

小時候，當爺爺還健在的時候，他總會指著一張台灣地圖，指著蕃薯左邊的一個小點，告訴我：「家，就在這。」那時候，住在林口長庚旁的我，對於他所說的那個小漁村，一點感情也沒，充其量，不過是間逢年過節回去熱鬧熱鬧的四合院罷了，至於拄著枴杖的爺爺，總是吵著要回彰化住的爺爺，那個地圖上的小點，就是他的家。

小時候，爺爺會趁著爸媽加班的周末偷偷帶我坐客運回家。每次下了台中的交流道他都會開始他一零一遍的故事，說他當時如何從台中的學校一路躲轟炸機躲回家，藏在防空洞，滾到田溝去，即使摸黑他也要回家的決心，尤其是講到海風吹起的那段，他都會激動的讓全車的人都注視著我們。「爺爺，小聲點啦！」爲了讓我體會他十三歲泛黃的澎湃，他甚至會打開車窗，讓風撫摸他崎嶇的臉，搖醒夢中的我，訴說他如何透過海風感受到媽媽等他回家的呢喃，引頸企盼兒子回家的殷切。一段不長也不短的四小時車程，充滿著不只是他自記憶裡提領出的故事，更讓我有時有種彷彿墜入時空漩渦的錯覺，不只暈車，也被他的長篇往事搞的頭暈腦脹。搖搖晃晃之中，爺爺還會不時爲他的小聽眾買便當，買零食，就深怕我錯過它最精采的橋段，迷迷糊糊睡過台中交流道，但是，十次有九次，我都是一路睡到家。

漸漸的，爸媽不在週末上班，爺爺不再週末帶我上客運，所有人的週末，都在長庚。漸漸的，沒有輪椅，爺爺就沒辦法到花園和我一起吹吹風，後來，連吹風都被醫生禁止，因爲那個是我爺爺的人，被綁在一台維生機旁。最愛口沫橫飛的他，被許多管子堵住他靈魂的出口，被囚禁在自己的血肉裡，只有淺淺的呼吸聲能代表他的存在。

曾經在戰機下死裡逃生的他，某天突然被死神唱名到回老家的列車，但是在經過醫生努力的拉扯後，他被恩准可以先上救護車回人間老家，再脫離這身負荷，解除他在長庚的負擔。那天救護車開的飛快，快的在車上的我不知該如何是好，因爲每次在客運上爺爺最心急的事就是回家，但是這次，他一回家，我很不願意相信的事實是，他就不會再陪我回林口的家，他將要在彰化的漁村躺下，永永遠遠的回到老家，而這段路，他也是要一個人走的。從駛離醫院那秒開始，地心引力就不斷拖著每滴眼淚，悲戚也攫著我的心往下墜，只有爺爺，平穩的躺在床上。隨著國道上的指標越來越南，我越希望車子可以慢下來，最好連時間也慢下來，靜止在我睡在爺爺腿上，海風撩過我們倆的時候。

爺爺的最後一天，海風捲起一些沙土灑在他的棺木上，而我在轉頭離開寄望海風也能吹乾我的淚痕時，卻發現這趟要回台北的路從此只有單人票，而爺爺的故事也只能鋪在台中交流道上以沙啞的聲音告訴我：「家，就在這。」

爺爺去世的前幾天，大家在救護車上哭成一片，只有心亂如麻的我注意到，下了台中交流道後，一個被判定昏迷的老人用淚水和我說了這趟路最後一次的故事。他靜靜的流下淚，我轉身打開窗戶，讓海風安慰即將分手的我們。以後，應該也只有海風會在週末陪我回彰化吧。

評語

爺爺的思鄉情懷，兩次回家路途的對比描寫，這篇文章帶給我們溫柔而動人的述說。思儀同學真情為文，敘述疏密有致，情感的流洩漸深而濃，末結和爺爺的生命告別尤深動人心，真是一篇極出色的親情佳作。

一條反覆行走的路（二）

1127 洪敏

生命的腳步行過的是何等漫漫長路！初始，它無聲無息便踏出了步伐，時而加快速度；時而放緩足跡；它筆直的向前；忐忑地在轉彎處窺探；抉擇於人生種種形式的十字路口；或者，可能有時，它也在同一條路上，反覆多次地行走，仔細傾聽隱藏其中那些潛在的聲音。

上下學必經的碎石子路被夕陽的餘暉染紅，青石的街道向晚。還記得，哼著幾個調子，一邊數著隨著我的行進一齊跳躍的小石頭，這是那些日子裡天天上演的故事。踩著那樣規律的童年，飛快推移的時間反而好似借來的西裝那般，顯得有些令人不知所措的不合身。然而，一步緊接著一步，生命之路它從不執行等待這項義務。只是，一遍的行經是輕快步伐的新奇；再度地走過是穩定足跡；如此來來回回，多次的行走，便是那反覆的忖度和探索。最後，向四方延展出去的，是一條條頭也不能回的，不歸路。

總是如此，初始得無聲無息，便輕易偷偷地滋長了所有蓄勢待發的芽苗。小學三年級上學的第一天，坐在那間我們名之爲音樂班教室裡的我，怎麼也沒想到，從此，音樂和我，結下了不解之緣。巴哈彌撒般莊嚴卻全然純粹的起始，如莫札特那樣無憂無慮，且有些不食人間煙火地逐漸成長，是愛上音符間的律動；是愛上節奏中隱藏在體內巨大的鼓動；愛上在拿起提琴的瞬間，心中便會有些什麼，像是細微的火花欲將迸發，蠢蠢欲動。然而，一路走來，辛苦、疲憊和些許對於未來的茫然，也曾一次次重重敲打想要退出的心門。但是，我始終走在同一條路上，那條好似樂曲波濤起伏，激情轉調，卻仍不變初衷的路上，而也正是因爲它之於我的反覆與它特有的無常，那循環似地週而復始的相伴，才讓我眞正看見了什麼藏在內心深處，原始且一直反覆播放的憧憬。

德國宗教改革家馬丁．路德曾說：「我們不能改變有限的失望，但千萬不可失去無限的希望。」或許，我永遠無從得知選擇音樂這條路，是不是最適合我的；是不是對我最好的；甚至不知道它是不是將美麗地開花結果，但是，一個燦爛的人生是不容許遲疑和畏縮的人猶豫、後悔、甚至失望！是一股有些倔強而固執的堅持吧！就算路上可能風風雨雨；可能傷痕累累，那又如何？樂曲神秘地行進之間，不也總是期待與驚訝；笑聲與淚水，雙雙交雜。不論未來的旅途將是如何，樂曲終止前是否會聽到最美妙的樂章，我都會努力在這條反覆行走多年的路上，扛著那我相信摻了希望且已有些重量的人生，繼續勇敢的走下去。

評語

反覆行走的音樂路，寫出對理想追求的執著和不悔，洪敬同學以「摻了希望且已有些重量的人生」自我激勵，文章也顯現出如此的穩實力量，思辨的推展同時加重文旨的厚度，可謂剛柔相濟。首二段對路的論述稍有迴繞，建議在此直接而入，更能收謹嚴之效。

一條反覆行走的路㈢

1136 施力麒

攝影／黃湘怡

路，常常是一切故事的開始，中外亦然。喬達摩．悉達多當年若非在出巡時於路上見到那些爲種姓制度所苦的人們，又哪能有菩提樹下的了悟以及之後的西方淨土？而孔丘當年若是任官在朝而非問津於路，哪裡能有身後弟子三千和萬世師表的封號呢？顯然地，我沾不上任何與賢能有關的事蹟，但何其有幸我也能有那樣的一條路，去寫下故事的開頭。

「書街」，我如此稱呼她，而其在地理上的定義，也完全由我上接下連而成。

從新生南路三段五十六巷開始，穿越馬路，側身轉入羅斯福路三段伯朗咖啡旁的巷子，一路直行，唯見狹仄幽暗；並於漸漸寬闊明朗之時，緊急鑽入一旁的小巷，途經小公園一二，美食街數條，左彎右拐，最後在汀州路中段結束。長約一、二公里，寬窄、明暗亦兼而有之，因而稍嫌蕪雜。不過此間的書香，卻可將她和其他的大小道路清楚區分。從一開始的女書店，到羅斯福路巷衖裡的問津堂、秋水堂、唐山書店、山外書店，再到汀州路上比鄰而居的公館舊書城和古今書廊，形色各異，有以書籍主題見特色者，亦有專賣文史哲類的簡體書店，還有一些二手舊書店。

彎彎的路啊，長長的書影啊，曳著也疊著，在這一小路上！到底是多沉、多沉的影子壓在上頭呢？又是怎樣的故事等在前頭呀？

但且徐徐行去吧！

一切得從女書店說起。在踏入附中之後，我加入了辯論社，而第一個接觸的議題便是「我國色情特區應否合法化」，因此與同窗周禹境、范里組隊參賽。我們發現公娼問題其實與性仲介、黑道暴力，形成一複雜迷離的「犯罪鐵三角」，而其中更雜糅著金錢輸送、政治操作、正義、工作權、女權主義、倫理道德……等議題的彼此爭論。是耶？非耶？此乃大哉問也。但是，一切是非正義，似乎仍給比出來了——我們是亞軍。不過存廢之爭已告明朗了嗎？父權與女權之間也已經調和了嗎？不！不！不！只是我們已經悻悻然地離開了，在一片未息的掌聲中。

之後，我更迷惑了，因爲對於知識本身，我依舊短淺地不能評論現況；而我也更憤怒了，因爲自己竟然只能憑仗著一點小聰明和一些微不足道的口條，去贏得比賽。所以我開始到女書店去找書來看，試圖釐清何以西方歐陸能有西蒙波娃與愛利思史瓦澤這樣的女權論述者，而東方卻難以全面？如何從生育機制裡去期待未來的醫療進步能帶給女性更平等的社經地位？又該怎樣在台灣倡導兩性平權的同時，避免西方女權的基進氣焰？而在思索這些問題的期間，不斷有人問我「你是女生嗎？爲什麼要管這個？」等等諸如此類的問題。面對這些，我不卑不亢，不憂亦不喜，只因爲彼此都只是站在長路的起點，都沒有資格去宣稱知識的主權。因此未來我們仍需要付出更多的努力，才能更寬大而無偏私地去擁抱各種不同的文化，做更深層的批判和質疑，進入另一個更巨大的架構中，重新形塑我們對未來的期待。

路還長著呢！再往下走便是問津堂了，那兒專賣文史哲類的簡字書，而每次在進入書店之前，都有一種訪賢的情怯。因爲簡字書市在文史哲類，無論質或量都較台灣豐全，而我於古典詩詞的開拓上更是獲益匪淺，耳目一新。在那兒我買了很多古詩文的當代詮釋本，其間以現代散文的方式娓娓敘來，更引領我以一種當代的視角去追想古者。還有一些版本在詩文旁附有一幅幅的照片，有的講究實景拍攝，有的則著重於氣氛的烘托，但無論何者均稍稍告慰了我那未能親臨山水的遺憾。但這些日子以來令我更遺憾的是，有許多人打從心底拒絕閱讀簡字書籍，只因爲他們覺得這是「老共仔的卑劣手段」是「藝術的淪喪」甚至是「你思想有問題喔！」、「台灣主權的自我繳械」，凡此種種，我深感不然。因爲很多人並沒有了解漢字簡化在大陸的時代背景與其所採用的嚴謹態度。在當時，面對上億人口的文化疲弱，與教育環境的普遍惡劣，中共當局爲了能將中華文明普及並延續，莫可奈何之下才祭此下策，只求能以一種更易學易寫的文字，去養育那佔全國98%的不識字人口。而他們更是延攬大量的一流學者，以文字學的觀點去考據出自己的簡化邏輯，一切有所憑據，絕非一般人所想像的那樣野蠻。

那麼使用繁體中文的我們能做些什麼呢？繁體字在人類文明中無法抹滅的歷史地位和藝術價值，是我們〈繁體字使用者〉應努力延續、發揚並深感快慰和驕傲的。但這份驕傲也必須同時建立在對簡字歷史的了解上，並去思考一切超越文字形體，那更博大而永恆的思想精髓，然後兩岸人民才能重新面對歷史，進而立於各自有利的學術環境中，一同尋找新世代華人在東亞與人類文明中的歷史新起點。掙脫政治的泥淖，釐清繁簡字體的迂腐迷思，我想這才是務實而又具前瞻性的文化態度吧！

唉！多麼沉重啊！每次造訪此二地，總覺得肩上有什麼擔子似地，壓的我步履沉緩，彷彿每個足印都能壓破柏油，壓垮自己。

轉身小巷後，千迴百繞，總算到了汀州路上了，那兒可眞別有洞天哩！先是古今書廊，佇於書廊之間，看著從腳邊拔地而起的四面書櫥，以及層層疊疊充塞其間的二手舊書，任意翻覽，有時亦不難發現許多廁身此地的好書，而非得弄的個「銀散囊重」的狼狽境地才肯欣然離去。在書櫥之後，便是書店主人了，身旁是擺放珍貴線裝書的架子，對於那些恍若古董價格般的珍品，總是只有恭謹翻覽的份兒，而無珍藏的緣了。不過我倒是買了一些較便宜的本子，例如清末民初於上海鴻寶齋石印發行的《蘅塘退士手編唐詩三百首》以及有著彩色銹圖的《南宋飛龍傳》。其實我早已有了許多印刷更精美，附註亦更翔實的現代版本，只是撫觸那歷經百年而終練成琥珀色的紙張時，遙想先人手澤，一股上通唐宋，下攬明清的豪情，便直抒胸臆，無法自持。品賞線裝書的樂趣大抵若此吧！

下了樓，來到古今書廊引以爲特色的地下書室，一種帶有日式陰翳美的異國情調映入眼簾。在這兒，我不得不說一說我曾在此訪得的一本「奇書」。那是在成堆的書中發現的，是王鼎鈞先生的《碎琉璃》，初以書名與此斗室之不謀而合而好生興致，遂將其抽出，拍去塵埃，準備細覽。方此之時，我竟於蝴蝶頁上看到了一首以鋼筆題記的小詩，繫於下：

贈妳以光　以三月的春光
贈妳以琉璃　以四月的琉璃　以百花的甦醒
贈妳以琉璃光　我的愛　我的——琉璃光

華　於長庚醫院 3/18

這究竟是怎樣的愛情小令啊？是一對年輕的戀人，還是一對見證時代而年逾古稀的老爺爺與老奶奶呢？「她」最後醒了嗎？而這本書又怎會流落至此呢？唉！人生的莫測眞教人不忍卒想啊！但是那時，我想在茵綠色的病榻旁，必然候著一位白馬王子吧！以他那厚實的大手去牽捧她，並且期待能在此日春光中去續寫他們的人生故事。

離開此地，步行數十步之後便是公館舊書城了。

《作伴——從附中到台大的故事》，記得那只不過是匆匆的一瞥，但卻自此難忘，難忘一切因它而起的謎團和震撼。他是誰？哪一個班號啊？是我所熟悉的附中和那令我嚮往的台大嗎？何以出書？能有續筆嗎？

「郭強生，北平人，民國五十三年生，師大附中，台大外文系畢業，本書爲作者畢業前的作品集結。」這是封底的一段小字。「強生自高中始已有少量創作，入大學後寫作更勤，……《作伴》爲喬伊斯名作的標題，……儼然烘托出一位青年藝術家的畫像。」王德威在序言中是如此形容他的。再往下探去，「作品透露著早熟的氣息……沾染著老辣滄桑，雖有時稍顯強說愁，但仍舊在他所熟悉的圈內信筆揮灑，因而寫就這青春的點滴。……貫穿郭強生那敏感的、喜好文學的、易受傷害的大男生已順利的畢業了。他自己將何去何從呢？在畢業前回顧以往的心血，我們的青年藝術家該是怎樣的心情呢？《作伴》帶給我們對郭強生的無限期許。」

閱畢此書，對於這位「老」學長以及書裡那從古堡到椰道的年輕強生，我打從心底佩服。不過，當年在此書出版之後，他有否繼續堅持自己的寫作之路？是否隨波逐流，藉著外文之便，在充斥心機的鬥場中追逐金錢？他可一切安好？在他的人生裡，我陷入這連他是否遭逢都未可知的迷霧中，反芻著我對他的粗淺認識和期待。就這樣過了好長的一陣子，高三的考試壓力也日顯沉重，才漸漸發現連基本的公式運算都自顧不暇了，又怎能再多情於他人那無論如何都早已成爲回憶的過往人生呢？於是只好就此打住。

只是這件事卻未就此結束。前些日子我在一家連鎖書店的架上，看到了王文華於前些年出版的《舊金山在下雨》，可能是因爲對他文商互涉的勇氣感到好奇，將書攤覽於前，竟看到了王德威教授所作序言如下：「……此次經商紐約，若能將商界種種記下，必能另創一格，與旅美作家郭強生互別苗頭……」啊！學長他終究沒放棄啊，也終於成了別人心中的前輩了。一路行去，他依然穩健而一切安好。

長長的書街，重重的書影呀！堆疊著多少的回憶和故事？踩出了多少的堅強與自信？又是如何的疑惑和徬徨？是以怎樣的三年，行履其間，踏出這條蜿蜒的足印，在長街，亦在我更長的未來？那麼，就雙雙為路吧！我們彼此承諾，於那更永恆的苦路，搬演著你我不止的劇碼，長路漫漫，行道遲遲；我，尋無盡處。

評語

攝影／黃湘怡

一條書店路，也是一條閱讀成長的路，力麒同學娓娓敘來自己的閱讀發現、心智體驗，也加入對心儀作家的理解，內容頗是紮實而有份量，也能展現出讀書愛書人的敏慧心性。思論的跳動銜接則有待再求流暢，才更能顯現一體成文的架構。

一條反覆行走的路 (四)

1136 闕嘉芸

又走在這條路上，行道樹一樣茂綠，小綠人也一樣在跑。公車站熙熙攘攘的學生上車又下車，爲社團、爲朋友、爲情人。手中提著紙袋，我坐在我倆曾嘻鬧的公車站，等著。看了看四周，你曾在這、在那，站著、坐著。過去一幕幕的放映，相同的景象，相同的氣味，不同的感覺。滑過去，我的臉頰溫溫的。一陣風掃過，笑我的弱懦。我拉了拉外套，起身，去回想每一次在這條路上的光景。

有時候你先到，我勾勒著你在那長椅上的身形。回首一看，一個女孩倉卒過了馬路，臉上掛著心急和期待，那不是我嗎？無奈的笑了笑，我看著玻璃上自己的倒影，沒有你的日子，憔悴了我。我再也不是那個心中暖暖的女孩了。目光拉回長椅，你和女孩都笑了，笑得好開心、好燦爛。這是哪一次的約會呢？我不記得了。我悄悄跟在後面。行道樹間走動的兩人好開懷，和充滿生氣的木棉樹好協調。看著灰色的自己，格格不入。悲傷突然模糊了視線，我掩面奔回公車站。手機聲響起：「我到了。」你用一貫的冷靜說。抹去臉上的羞恥，我及時將笑臉粘回去，剛好用一抹笑容迎接步下６３０的你。

看得出你也有些緊張，畢竟我們曾是最熟悉彼此的人。我將裝著巧克力的紙袋遞給你。騙你的，那不是剩下，是特地留給你的。最熟悉的陌生人，你感覺得到我眷戀的絲緊緊地勒住你嗎？我定定的看著你，然後我笑了。只是你似乎沒發現那背後的刺與痛。

「再陪我走一次吧！我們再散步，最後一次。」任性的我不顧你的回答，把你拉入木棉花開的那條路，我們的路。

踏進步道四周似乎亮了起來。心輕了，嘴角也彎出弧線了，你臉上掛著我熟悉的笑容。我們好像又回到以前了。耳邊又傳來曾經的笑語，踩著從前的足痕，我們聊起了近況。知道你的左手邊多了個她，心往下沉了一吋。但我又拋開複雜的心，盡情享受過往的溫暖。水池、花草、長椅不曾改變，而我也縱容自己在這回憶的深情，即使我知道出了步道，要抽離，心會有多疼。

要放縱自己再次沉浸在感情的深淵，用沁涼滑膩的湖水撫著我的肌膚，就要忍受那爬起時難耐的痛苦。出口到了，你要走了。我臉上一定流露出了不捨，淚珠很不爭氣，你爲我拂去。

「別再難過了。回憶很美，那是因爲我們不能再改變什麼了，回不去了。這裡是我們的秘密基地，永遠都會是。在心底，我也會永遠爲你留個貴賓席，誰也不准碰。妳要過得開心，知道嗎？」最後一次擁我入懷的你在耳邊叮嚀。

在步道出口分手的我們噙著淚、背對背，過各自的馬路，回到自己的生活。小綠人最後一次護送著我們，這次，是眞的要在心中跟你說再見了。

我會勇敢。爲了你，我會平安、開心。爲了我，希望你也會，好嗎？有一天，我們要再回到那木棉花開、專屬我倆的步道，等我們都釋懷的時候。然後我們要和彼此分享分開後的精采生活。爲了彼此，我們要過得很好，知道嗎？

一條反覆行走的路 (五)

1167 戴言竹

在我心中，有著那一條蜿蜒曲折的巷子，而我家，就位在這條巷子之內。但是眞正讓我對這條巷子念念不忘的原因是，一隻貓。一身銀灰色的毛夾雜著深淺不一的黑色條紋，明亮的眼裡閃著慵懶和頑皮，牠是巷子另一端的一戶人家所養的貓。因爲不知道牠的名字，所以我們一家人都叫牠：咪咪。或許是因爲曾被人飼養過，咪咪並不怕陌生人，依稀記得，我和牠的初遇，便是在這條巷子……。那是個晴朗的午後，我一個人走在放學回家的路上，才剛踏進巷子，一個銀燦燦的灰影帶著身後絕美的風景，微笑著向我走來。這讓原本就很喜歡貓的我受寵若驚。那天晚上，我做了個夢，在夢境裡，我又來到了這條巷子，巷子裡的月亮很美、花很香，而咪咪靜靜地坐在巷子口，像是一尊莊嚴的雕像。而柔美的月光灑在牠柔軟閃亮的毛上，又讓牠像是那只出現在童話中的精靈。那是我夢過最美的一個夢。

從此以後，這條巷子成了我每天出門和回家時最期待的一段路，我總期待能夠再遇到咪咪，就算有時只看見地上的貓腳印，還是能讓我高興一整天。現在想起來，那種心情就像是暗戀著一個人，就連巷子裡的桂花，聞起來都比平常更香了。

夏天的颱風很可怕，強風豪雨都還只是它登陸的前戲。一次的颱風天，我撐著傘，蹣跚地走在回家的路上，巷子像是瘋狂的野獸，兩旁水溝內湍急的水流聲是它無處宣洩的憤怒。吃力地躲在傘後，一步步地向家的方向移動，忽然間我聽見一絲微弱無力的求救聲，是咪咪！牠竟然被人綁在巷子旁一台搖搖欲墜的老舊機車的車輪底下！心想著我絕不能丟下牠不管，丟下傘我連走帶跑地衝回家去尋求援助。豆大的雨滴打在我身上，強勁的風推擠著我，平常短短的巷子爲什麼現在走起來這麼漫長？但我還是回來了，還是帶著工具回來了。小心翼翼剪開牠脖子上又韌又緊的繩子，牠驚慌失措地消失在巷子的另一端。看著牠消失的方向，安心和喜悅像是淋在我身上的雨，但我卻一點都不覺得冷。

颱風走了，巷子裡的桂花零星稀疏地開著，而咪咪和我的感情越來越好，每當我走進巷子，就會看見那團銀灰色的毛線團向我滾來，在我腳邊撒嬌。而我也習慣隨身帶著一些貓食，用來討好牠。我可以把所有心事都告訴牠，也不用擔心牠會笑我今天又在學校做了哪些蠢事。牠總是安靜地看著我，聽我說學校的趣事、傾吐肚裡的委屈。在牠漆黑明亮的眼睛寫著信任和依賴。

直到那一陣子，我口袋裡的貓食，已經很久很久沒有拿出來過。我也終於注意到那戶人家有了些許的變動，在他們門口總是停著一部黑色的新車，佔去了巷子的大半空間。而咪咪，卻從此不知去向。後來聽媽媽說似乎是那戶人家生了小孩，所以把咪咪送走了。這打擊，對年幼的我來說，好重好重。第一次體會到惆悵的滋味，第一次覺得心中空蕩蕩的，像是洩了氣的皮球。

也許其實我到現在還是不願相信這個消息，每次走過那戶人家時，總還是要停下腳步，探頭張望，只爲了想看見那團銀灰色的影子。而每當夜歸時走進這熟悉的巷子口，這條我反覆行走的路啊！總是會在微濕的眼眶中看見那想念的影子，對著我喵喵地叫著，吵著要貓罐頭吃。

巷子裡的桂花又開了吧，可是咪咪還是沒有出現。也許哪天你走進這條巷子，看見地上有罐空了的貓罐頭，或是瞥見有個女孩蹲在路旁向車底張望，請你幫她個忙，轉頭去看看巷子裡的那株桂花樹下，有沒有一隻銀灰色的虎斑貓，眨著牠頑皮的眼睛，看著你。

一條反覆行走的路 ㈥

1127 林泛亞

來來回回，這是紐約著名的街道「Broadway」。一路經過了中央公園、時代廣場和各式各樣的商店；而我的目的，是那個從小就幻想的茱莉亞音樂學院。我穿著厚重的羽絨衣和防雪的靴子，道路的兩旁，是鏟雪車經過的積雪。吐著白煙，我淡淡的想著，學校裡認真上課以及在琴房大彈雙鋼琴的同學們；還有那群熱愛即將到來的畢舞而揮灑創意的藍天之子。這是一條帶點孤寂的繁華街道、這是一座帶點冷漠的藝術殿堂、這是一條需要以跑馬拉松的心情馬不停蹄前進的里程、這是一條我反覆行走而離不開的道路。

第一次來紐約，這條飯店到學校的路程，卻經過了好幾遍。市中心最繁華的百老匯街道，每天都如同人生的輪替。早上，像旭日緩緩升起，傍晚隨著日落消失殆盡。形形色色的人種，連建築都有迥異的風格。如果說，期望越高、失望的傷痕就會刻的越深；那反覆，就是逃避現實的窗口了吧?在興奮、期待，與恐懼、害怕之間，我穿梭於這條離夢想更近的道路。

成爲一個鋼琴家，是我的夢想。而茱利亞音樂學院，是一個讓我能夠向夢想靠近的地方。每件事，其實都是一種機會成本。犧牲享受，享受犧牲；想要拿起多少，就要先放下多少。曾經，我動搖過，懷疑一個夢，究竟需要耗盡多少力氣去追求。我看了「傷心咖啡店之歌」，裡面的主角用生命換取一個出口；我看了「燕子」，知道展翅的飛翔不需要停歇；我看了「牧羊少年的奇幻之旅」，原來不一定要找到寶藏才是成功，因爲寶藏就在追夢的過程中。只是，我依舊隱藏著那麼一點恐慌。對於離開習慣一切熟悉環境的不適應、對於身處異鄉的不知所措、對於孤軍奮戰所遺留下來的空虛。而我依舊前進，因爲一個好的決定是回首不會後悔的決定。

帶著忐忑不安的心情坐上飛機，拖著疲憊身體抵達飯店。而早晨的曙光，竟是如此燦爛的迎接。沿著「Broadway」，我彈到了那部我最瘋狂熱愛的義大利名琴「Fazioli」；沿著「Broadway」，我探索白茫茫一片的中央公園；沿著「Broadway」，我欣賞電影「把愛找回來」中容納廣大觀眾的舞台林肯表演藝術中心；更重要的是，沿著「Broadway」，我走到了茱莉亞音樂學院的門口。

也許是反覆吧！但那又如何？每個人的心中總是要有一點喘息的空間。而我放手一搏，站在自己的夢前面。越靠近一點，就越堅定一點。在偶爾搖擺的不安之間，我知道這條反覆行走的路永遠不會偏。那是一步一腳印踏出來，甜甜的美。

一條反覆行走的路 (七)

1127 陳珩

湛青多瑙分割了羅馬尼亞及保加利亞，那小徑則以籬笆的姿態圍出了「家」與「家之外」的分野；迫使外頭朝夕蓬勃的凌擾俯首，向我們簽下互不侵犯條約。它猶如堅毅的地界碑，涇渭分明；這裡，這裡/那裡，那裡。而舉手投足，絕不含糊。

那路是曲折、成ㄣ字型，險峻的階梯平坦的坡面如排列組合反覆呈現。短小五十公尺的路途自底下文明世界車道啓始，以另種凜然之氣上達天聽：「家」，於是在小徑的簇擁下成就其絕對高度，得以鳥瞰世界的零件運作。

「好一座落半山腰的堡丘！」友人駐足小徑起站時總如是說。

此路功不可沒。身居聯外要津，小徑卻擁有絕美刷色。摻綠的苔毯細膩舖滿水泥面，青綠的黃金葛取樣老榕鬚根，溫和不具侵略性地從內院翻越牆頭，成了磚紅叢中點綠。都市人無法想像的八百萬種綠，只有我們這家閑居隱蔽的番人明晰。樟木的綠、柚木的綠、桑木的綠、楓香的綠。除此更有楓香的赤紅、梔子的稠香，葛藤將信箱妝點成「槲寄生」，地衣不只匍匐更張狂地攀爬，美到無法勝收，美到疾行匆匆的我們總意亂情迷地舒緩步伐。

ㄣ字沿路尚有四道分歧，小巧玲瓏的三或五階，分散在坂坡最後一段。我們家是末了的倒數第二棟，紅漆木門邊框些許腐朽，推開進去就是內苑了，眞正私人的地域。但我們總把小徑當作「家」的一道延伸；小徑入口是如此與身旁雜林融爲一體以致，完全杜絕了不速客的意外叨擾。而近年其餘三戶接連搬離，惟剩我素未謀面的郵差及20年如一日的中年報僮，得以用陌生鞋底踏觸小徑的身了。遊人舟行於大路，當仰頭望見密林深處那道朱紅門扉時，卻往往早已錯失曖曖低調的初階身影。我們好似被滾滾雲海包裹住的縹緲天宮；實不然，祇爲坐擁蒼青綠蓊的桃花源。穿越樟木、柚木、桑木、楓香、山麻黃相互躬身的隧道，方始得人境。

小徑應是和著宅體一同生成的，年代不詳，但不會是近20年的事。爸媽結縭十數載，想必當初也以新人的身分拜訪這座宅子，用嬌客的眼光打量這條僅容二人依偎徐行的路。而今灰綠的臺階、阪面是否當初即有水泥堅固的原色？陽光日復一日洒曬，雨水年復一年淋溶，臺階坂面龜裂出質樸的花紋，無聲宣告時間的藝術家走過，刻蝕了歲月圖騰。翻開泛黃相本，少婦優雅倚身朱門，青俊喜吟吟攬抱著襁褓的嬰孩，背景是那壯碩粗大的漆楓幹罷！落葉喬木的片羽春去秋來，算準了換季，紅褐色枯葉自發地悄然褪下。青苔是會讓位給這些自天而降的雪片的；小徑的絨毯只有在此時擁有褐斑呈菱角型花紋，以及來年春夏黑褐色毬果驟下時，才不是純粹的綠。再翻開相簿，毛頭小鬼黏TT地跟著爸爸，乘著秋風掃落葉。跨過阪道上如堡丘隆起的落葉堆，小男孩撐著竹帚，稚氣地向著鏡頭笑，自以爲山野國王。酣睡在懷中的幼蛹，飛舞在甬道間的成蝶，相紙上的他們會是同一對基因的造物嗎？

每個晨曦，我們踏著薄露走過這小徑，像千萬顆的水珠匯流到文明的最低窪——一個名曰都市的地方；城裡五光十色的糖衣值得蕩浪一回，但我們終究要回家。每個薄暮或更晚，我們搭著夕陽和月光折返，小徑是家的前哨，也是抵達燈塔前曲折那最後一段；心頭負著的行李，早在踏上第一階時逐步卸下。眺望，從這個山頭到另個山頭；觀望，從塞外荒漠到白瓦京師。這路是啞口是居庸關，我們則是日夜行腳的商旅、出征與凱旋更迭的勁旅。坂坡、臺階的雕花裂紋，原本那剛烈直角，在日日夜夜承受家人最輕柔的腳底按摩後，終究也以折衷的弧度及彎曲伏貼著大地。路，就是這樣走出來的呀！灌漿完工的水泥充其量不過為放大版本的樂高積木，我們的步履踩踏出它的人性，而蘚苔扶疏更賦予它生命。20年過去，路的呼吸緩慢但持續地進行，它不會終老，除非，連末端那碩果僅存的「家」都隨著世代遷移。

它親臨了「家」的組成，及「家」的熟成。當兩雙小腳丫相繼加入行腳的陣伍，小徑知道：它不曾在家譜中留下一席名分，卻悄悄借宿於連接名字和名字之間那條線，繁衍一次又一次興衰，直到我們都開枝散葉。

然而沒有人敢說自己已完全瞭然這一切的，縱然彼此朝夕而處。去年夏天，栽在路旁那排橄欖綠的不知名灌叢，其中靠近大馬路的一株剎地開滿了滿天星似的白花。消息上達天聽，無人置信那十幾年餘從未含苞的低矮樹柵，其實還有著七里香的閨名。小徑的記憶不斷更新，每一筆井然有序的呼吸事實上截然不一。如此鮮活，充滿意外驚喜。而「家」依然巍峨地矗立在那兒，雖是尚稱順遂的表徵，難道不也是從一串意外中作選擇？我們選擇定居，則小徑鑲嵌在我們肌理，分不開了。

那條時光飛梭的路呀！路不會終老，只潑得更綠，人們卻得步向凋零；路不曾遷徙，只投影在家譜一個供奉回憶的角落——那些令我們動容的情景，卻在記憶更迭的途中，不經意被代謝了。曾幾何時，照片中天眞爛漫笑著的男孩，竟也要負笈遠地而去。小徑能夠知曉今後四人輪舞僅剩下三人踢躂嗎？用腳築起的關係跨越20年歷途，還是有著告別的那天啊；當停妥的列車再度啓動，下一站又在何方呢？

我想，答案都刻在那條反覆行走的路上呀！

一條反覆行走的路㈧

1138 王玨

我清楚地記得，那一條路上有三家必經的店，就像一般小孩最愛的糖果店，總忍不住甜甜的誘惑和陣陣的香味。第一家店叫抱怨，裡面有各種對世界不滿的口味。另一家店叫批評，吃完它的糖你就會爽快的大罵，發洩人心中最奈不住的渴望。最後一家店叫責備，它可以放大其他人身上的缺點及縮小他們的優點，而你將會站在最高處，用最惡毒的武器傷害人。這一條路的盡頭是一座噴泉，而我已經在這一條路上走過幾百次，但始終找不到其他的路。

我有上天賜給我美麗的聲音和一雙粉紅花瓣的唇。但不幸地卻可以吐出不搭配的話語。看到不順心的人我在背後譏笑他，甚至連最親愛的家人也逃不過我犀利的攻擊。不知爲何我無法忍住一口氣，每一次都要打得別人遍體鱗傷我才甘休。這世界在我眼前顯示的都是缺陷，而我也毫不客氣地大肆抱怨。似乎沒有一件事可以令我心滿意足。我真的不想破壞美好的氣氛，可是嘴不聽話地來攪局。這一切我都不自覺，走在這一條反覆的路本來就很正常。

常常我發現，和家人的對話中可以讓很平凡的事爆出火花。有時只是一句不經意的責備就瞬間點燃原本合諧的空氣。回想起多少次出外遊玩記下的不是美麗的景色，而是爭吵後受傷的心。有時候我會覺得這世界處處和我作對，越是如此我就越憤世嫉俗。天地似乎也感受到我不滿的頻率，一一播放出更多令人討厭的事。我知道自己很可笑，不斷重複明知道結果的遊戲。

有一次我收到一本生日禮物，書的封面印著兩個大字「秘密」。我好奇的翻開來看，它要告訴我們一個觀念——吸引力法則。一切發生在你身上的事都是你吸引來的，你的話語會吸來和你相同頻率的事物。改變人生，就從說話開始。我嚇了一大跳，原來那一些林林總總令我生氣的事都是我自己造成的。我罵的越多就會不斷產生更多事讓我罵。我終於體會了一個深刻又簡單的大道理。

我找到出口了！一句簡單的話點醒了多年在這一條路上往返迷失的靈魂。我感受到大地對我的改變而播放出另一塊美好的樂土。同樣的生活，卻寫下不一樣的故事。說話的目的是給人力量，帶給大地愛，像一股暖流注入人心。我可以離開這一條路了，謝謝你教我的課題。再見，我不會回來了。

攝影／黃湘怡

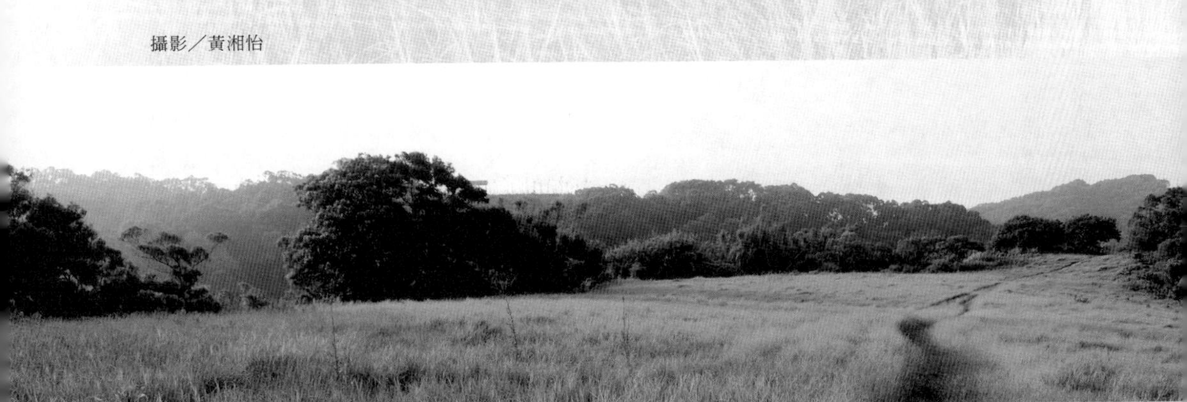

一條反覆行走的路（九）

1176 林定宇

這條路場景變化迅速，不想走，卻不自覺地走下去。

場景的開端，不消說，是昏暗的燈光。滿是油垢的滑鼠鍵盤令人望而生畏，空氣中菸味夾雜著廁所的阿摩尼亞，深吸一口氣——歡迎進入虛擬世界。左手快速的按著鍵盤，右手緊握滑鼠，嘴巴也不停的嚷嚷，左手邊一位藍制服的高中生附和著……電腦遊戲的聲響是背景樂，我們的叫嚷化作歌詞。腦海裡，滿滿的是遊戲的戰略，古文成了火星文、數學也從向量退化爲計算父母回家的時間……網咖的那一道門，像極了豬籠草的陷阱，一開始是甜蜜的甘露，爾後卻是痛苦的掙扎。

拿出付出原本該是晚餐的錢，我步出了網咖，聲音只剩下平穩的車流聲，偶爾穿插急駛而過的摩托車罷了。感官在長時間的刺激之後，矇矓的沒有感覺。濃濃的血味，心緊緊揪著，好不舒服。我邊走邊拿出成績單，數字旁的井字號拿出刀子狠狠的劃過我的心臟——心在淌血。「別這樣！」我抗議著，它不理會我。我按捺住想要搭上反方向捷運的衝動，還是回家了。

一一將成績單從書包拿到父母的手上——明明站在桌子旁，卻感到如坐針氈。父親推了推老花眼鏡，叫母親拿出直尺量了幾次，確定沒有看錯人。那個晚上，父親始終保持沉默。母親也只叫我早點睡，「明天還要上課。」母親冷靜的口吻，卻透露出焦急與懊悔，昔日的吶喊在腦海中迴盪：「不是老早跟你說，讓他去讀私校比較好嗎？」

一大早，我還在房間穿著制服時，父親走了進來。忐忑不安的情緒，使我加速的扣釦子，卻不知怎麼的，釦子老是少了那麼一個。父親見著，替我打理好，按住我的肩膀，說，「我知道、我知道，你絕對不只有如此……」累積一個晚上的情緒爆發了出來，眼淚簌簌的滑落，「說好的。我要加油，進入附中時，我的胸襟是多麼宏偉，志向是多麼高大……說好的。我要加油。」我奮力的想著。父親已走出了房間。

「喂！要不要去網咖？」，我想，該是時候了。

攝影／李維原

一條反覆行走的路 (十)

1184 莊翔甯

走出牛棚，跨過了界外線，站穩了在投手丘上。這短短的四十四公尺，意味著一場漫長的九局棒球賽才正要展開。

我小學六年級時在美國波士頓參加了當地的小學高年級區隊，並且適時的擔任了投手、三壘手及第二棒打者。原本教練安排我的只有三壘手及第二棒打者的位置，但是我眞正夢寐以求的是擔任投手。

爲了爭取擔任先發投手，我每天對著綁在網子上的籃球練習投一百球。就這樣練了大約一個月，好球率大約可到六成了，我就私底下找教練和助理教練談關於我想擔任先發投手的這件事，我並且主動的練投幾球給他們看。投完後，教練說他會先幫我安排個先發投手的機會。

一個星期後，我走出牛棚，跨過了界外線，站穩了在投手丘上。沒想到這一站奠定了我一整個賽季先發投手的位置，那一段短短的四十四公尺，也成了我那一年中反覆行走的路。

當投手走上了這四十四公尺時，宣示了整個比賽的開始，在這黃金四十四公尺上，投手所跨出的每一步，不只是接近了投手丘，而更是接近了扛下整隊輸贏的重責大任的時候。在這四十四公尺上所顯示出的信心及看敵隊時的眼神足以振奮我隊的人心、震懾敵隊的氣勢及定整場比賽的生死。

當我每次踏上這四十四公尺，我的思緒是淨空的，只專注於眼前這場我所主導的比賽，我的信心是十足的，我穩穩的走完這四十四公尺，因爲我知道，在這路上，我所跨出的一小步，是整隊的一大步，我知道，我每做的一個動作，都是全場注目的焦點，我一定得信心十足、氣定神閒、穩穩的走完這一條路。

同樣地，當投手下投手丘，走完這四十四公尺回到休息室，也意味著一局的結束。

我每次下投手丘，走完這四十四公尺，回到休息室時，就有一種解脫的感覺，不管剛剛投的如何，風風雨雨全都過去了，當我下次再次地踏上了這條路，站上了投手丘，又是一個全新的開始，又是一個重生的機會，也因此「忘記背後，努力面前的，向著標竿直跑。」成了我這一生中最重要的座右銘。

現在，我已不參加聯盟打棒球了，但是，我還是會時常到我家附近的棒球場，試著重拾當年的感覺，反覆的走著那一段路，回想著當年悟出的那個道理：「忘記背後，努力面前的，向著標竿直跑。」

攝影／1281李維原（下）
1263黃湘怡（上）

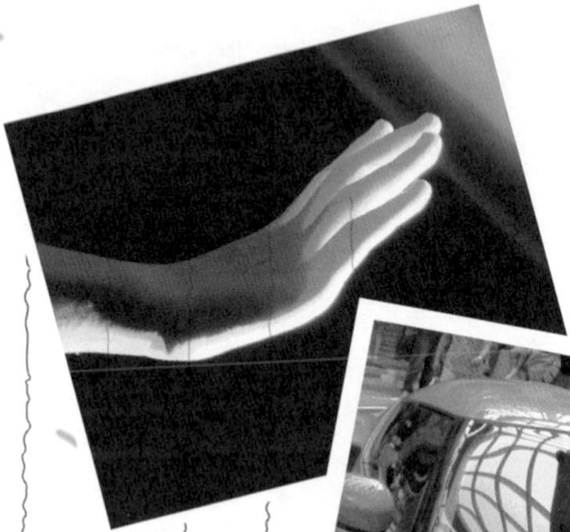

青初耘藍

【更生晴雨之間】

（擋不住的誘惑）

（裂痕）

（那時，我想逃）

更生晴雨之間——引言

吳承和 老師

青天白雲，是照常理推定的附中歲月。除非提筆探身而入那些青靄繚繞的畫卷，否則不會明白：少年的心中往往晴及暴雨乍至紛呈。陽光雨露有時來的太多太快，甚至超出了心靈當下可以感知、理解與負荷的範疇。

青春來到更深處，童話早已不童話，仙女們的祈願都失效，少年們都成了神魔混血，一切是祝福還是詛咒，迷惑著主人翁也迷惑著讀者。樹木發了狂似的生長，傳說的城堡被巨木纏繞吞沒，那些光鮮的都剝落，壁毯上有野鹿的蹄泥、雕花的窗櫺上勾著昨夜的蛇影。

於是，我們找不著少年了！

昨日黃昏還鎮定從容習書學劍的身影們，都去了哪裡？

峰巒只有在遠觀時蒼翠欲滴，然而山中生活晨昏難辨，日光與夜逆亂雜行。高中生活是潘朵拉的盒子，打開後，各種魍魎魅影啾啾而出。在夜的深處，五光十色的生活、英華燦發的身軀，招引著許多無法抵擋的誘惑：口體的慾望、說謊的衝動、愛怨的糾葛，黑天鵝般的舞姿彷彿呼之欲出……。隔日醒轉，恍惚之際他們又憶起過往潔白的羽色，驚詫、懊悔那些在不知不覺中劃下，在肌膚和手爪間，記憶的心牆上，條條回憶時始終鮮紅不滅的裂痕。無意傷人，也不願傷己。日子就在晴雨之間輪旋。

按表操課的生活週而復始，滾印出一張張青春的寫真，然而那樣的容顏時而歡笑時而倉皇，有辛酸也有快樂。不斷擴張的生命版圖與社會的巨輪有時密合地那樣駕輕就熟，彷彿前世夙慧使然；有時扞格匡噹一聲，初露的劍鋩跳成幾道火花，渣子凝在心上，像淚珠，也像累世無解的習題。所以，某些時候，當我們還在對著少年凌亂的足跡叨念、詈罵時，其實我們何嘗真的不懂：每個人心中，都有那個真想不顧一切逃離脫身的時刻。

幸而少年們勇敢迎風振翅，以逃為不逃，提筆為文，是逃，也是不逃。他們以文字鑿裂時光，封存慾望，把那些生命裡願與不願的都加以標記、固定；他們編織著記憶與遺忘的糾纏，對抗了現實與真實的相互遮蔽。他們或許從不知道：再次穿出風暴的同時，他們的眼神矍爍著烈日冷雨鍛過的、靈魂深處的光彩。靠著文字，心在灰醜的蛹裡蛻去了拖沓無力的日常，化成輕靈而堅實的羽翮。他們對過往投以不茫然的茫然一瞥，那瞬間，鷹鵬之姿上昇成蒼穹中一個黑點，逸出文字的視野之外。

我們抬頭看著這一場時光與文字交錯的，生命的魔術。

而他們或許從不知道，那一刻，他們那樣堅強完美。

【青初】

【擋不住的誘惑】

人天生便有七情六欲，有些欲望能用理性加以控制，有些則像不羈的野馬，難以駕馭。每天的生活中充滿了誘惑，不斷挑戰我們的意志力，這些誘惑也許來自食物、娛樂、感官、情欲……等等。請以「擋不住的誘惑」為題，書寫你的親身體驗，文長600字以上，文體不拘。

總評

擋不住的誘惑

此次徵文比賽的稿件令人耳目一新，在同學飽滿的創意下，將人性中難以駕馭的欲望描繪得鮮活刺激。善於僞裝的「誘惑」，如孫悟空的七十二變，時時挑戰我們的意志力，如何將「誘惑」難以抵擋的魅力，具體的描摹出來？可善用靈活的修辭技巧，將之白描化、妖魔化、形象化，皆不失爲可行的寫作技巧。

其次，當你面對「誘惑」時，如何應對？如何克制？內心的難耐、掙扎又是如何煎熬著你？這是最值得發揮的情境。以外在行爲的細描表現內心的軟弱、懊悔，只要善加營造，便可在文章中形成戲劇性的張力。

總而言之，若能以一個情境較爲完整的架構呈現題旨，再加上流利優美的文句表達細微的情感，應該比純粹論述性的寫法，更容易引發讀者的共鳴。

擋不住的誘惑㈠

1240 陳丰陽

我是個詐欺犯。

雖說如此，但要將我與這字詞劃上等號，還缺乏犯罪層面的意義。充其量來說我只是把「說謊」作爲日常生活的興趣罷了。你要說我精神異常也好，要說我瘋言亂語也好，反正這劣根性早已根深蒂固——「說謊」對我而言，已成了擋不住的誘惑。

人性本善或是性本惡其實並沒什麼太大的意義，畢竟現今的社會有太多人太多事，已非上古時代的孔孟思想所能予以解釋。要能夠生存，只需領悟到一點——除了自己，所有人都是敵人——如此一來面對複雜的社會就單純多了。謊言簡直是人類被賦予智慧以來最偉大的發現，既可作爲無堅不摧的利箭，又能夠是堅若磐石的面具；它能輕而易舉地擊沉人類的天眞，又是俯拾皆是卻不動如山的精神支柱。

自從偷摘了伊甸園的禁果後，我就再也抗拒不了說謊的誘惑。我享受看著懦弱的人類被我欺騙卻渾然不覺；我享受簡單一句言詞就能將敵人扎的痛不欲生、精神受挫；我享受放任自己被逼到死巷、走投無路後，以謊言作爲翅膀逍遙其外的成就感；我享受對人無止盡的訛言謊語，戲弄、鄙視、再欺騙、不斷說謊說謊說謊說謊說謊說謊說謊說謊說謊說謊而不能自拔。

逐漸沉迷於其中，我已擋不住被誘惑的誘惑。

「說了一個謊，就得再圓無窮多的謊言。」縱然人們把這句話作爲不可說謊的戒惕，我倒愛極了這句話。製造了一個謊言後，自然就會有更多欺騙他人的機會送上門來，天底下怎麼會有這麼好的事？我迷戀於無限循環的說謊圓謊與說謊圓謊，忖度對方到底會踏入陷阱或是將我拆穿的那瞬間，就彷彿定格在半空的雲霄飛車般緊張刺激。我服下了戒不掉的毒藥，沉醉在操弄言語的快樂中，把自己當作創世主，精心編造每一行言詞；又灑下一顆顆謊言的種子細心栽培，將花苞開出的惡意佈置成夢幻的庭園，孤芳自賞。同時像隻狡詐的狐，僞裝出滿溢的親切善良，再一口將你咬殺。

或許你會認爲我這個生物已經喪盡天良，但我至少也還保有著最基本的人性。我當然曾試著逃出這座誘惑築成的牢籠，卻只能無力的掙扎而滿身瘡痍。我發覺自己的人格已開始分裂，心中的天使似乎也即將被無數的惡魔給屠殺殆盡。雖然我仍持續著困獸之鬥，但我知道憑藉一己之力將永遠離不開誘惑的禁錮，因此，在此我用我還守護著的、僅存的良心誠懇地求救：拜託你了……希望你無論是誰、是誰都好，將我從誘惑的無底深淵給救出來吧！一次也行，我希望能再看一次外面世界的太陽，試著回憶起那份沒有謊言的純眞，讓我改過自新，從此以最眞實最誠摯的心來勇敢面對一切！

不過，哈，全都是騙你的。

評語

數千年前孔孟透視人性的卑劣，故教我們以誠以真立身，然人性之卑劣至今仍如本文透視人心一般而難以根除。本文反諷、嘲諷之手法渾然天成，尤其结語之妙，有拍案叫绝之好！

擋不住的誘惑（二）

1253 林彥維

世界在我的眼中，是一扇扇的門扉，門後的景象都散發著甜美的引力，吸引著我將之推開。但只有一副身軀的我，走進一扇門，勢必就會有另一道門的消失。被眼前的、消失的興味束縛，我止步不前。在我跟前，那繁如辰星的未知，全是擋不住的誘惑。

我是個舉棋不定症候群患者，病因說好聽點是因爲旺盛的好奇心，明白點就是什麼都想要，什麼都想擁有的貪心。

我站在那令人讚嘆的畫作前，惆悵著爲何畫者不是我，而是美術班的學生，我不也喜歡畫畫到家裡堆滿了畫紙？

我聽著那令人凝神的樂曲，心底的聲音低喃著，爲何我是坐在台下的聽衆而不是台上的奏者，我不也沉醉於演奏所獲得的滿足？

我捧著那令人忘我的小說，感到確切的苦惱，爲何著者不是我，而是僅比我大一歲的大學生，我不也能爲了寫作而廢寢忘食？

爲何這不是我擁有的？我自己也清楚。這切，只因爲我除了是個舉棋不定症候群患者，還是個比那總是懷疑老婆外遇的尙書還要善妒的傢伙。

若別人擁有什麼，我就像看見別人進入了農業時代，忌妒地想讓自己也擁有鋤頭。然而聽聞別人所沒有的，我不曾見過的未知，就會像發現了新大陸般，願意放下鋤頭跳上船，橫跨大西洋去探險。不過才正看見遠方安地列斯小島的影子。我的心就又像候雁已飛往下一個目的地。聽聞東方的消息，比政府官員還果斷地掉頭改爲航向未知的黃金鄉，但隨即又比政府官員還任性地轉向眾人傳頌的北方大陸。重覆著如此苦悶，永不見終點的循環，無法停止。就像在海岸旁拾著石頭的孩子，才看清跟前那奇石的輪廓，又被腳下那美麗花紋的彩石所吸引，不停地抓起又放下，放下又抓起，直至黃昏，才發現手上只有一顆最不起眼的小黑石。說到底，只因擋不住我對未知的渴求。

未知是種極端，在伸手撥開第一層外殼的瞬間就會成爲令人厭倦的已知。因此，追求未知更是一種愚昧的極端。但是我仍然深深著迷於那探究自己所不明瞭的事物的快感，控制不住腳步，如夸父追日地去奔尋。直至我發現自己總是一知半解，才了解這樣的自己總有渴死的一天，而且擁有的東西一樣也沒有。即便如此，我還是忍不住地伸出了手，矛盾，只因我禁不起未知的誘惑。

也許，毫無止境地探究深度的未知並沒有錯，古今中外，總不缺這般全能的例子。只是這類人通常天賦神慧，具備著無邊無際的才能，又擁有著比馬拉松那名雅典人還要堅強如山的毅力。然而像我這種既無恆心也遠比庸才還庸才的渺小人種，還只是追尋著未知的皮毛，就像一再以肉身穿越大氣層一般無謀，除了一知半解也燒得一身是傷。

爲何我畫不出那美麗的畫？因爲我丟下了畫筆，拾起了樂器。留下那疊在書房鋪上灰塵的畫紙。

爲何我奏不出如此優美的旋律？因爲我丟下了樂器，拾起了筆桿。徒剩樂器靠著牆角暗自垂淚到天明。

爲何我寫不出每人都想看的小說？留著一篇又一篇未完成的文章。只因我忍不住想前去看幾眼那廣闊無際的未知世界。

於是，什麼都聽過卻什麼都不知道的我總是撞得自己滿頭包，這夠令人頭疼了。誰能知道再如此下去，我會不會就此燒成宇宙中的一抹灰燼，我只能期望自己能努力，期望候雁有天會飛到一個不用再遷移的桃花源；孩子能找到自己最想要的一粒石頭；夸父會發現追日只是虛幻，自身眼神中的光芒才是最珍貴的真實。我想要好好珍惜，珍惜手中擁有的，看清我真正想要的。

在浩瀚星空中，我要找到，找到那唯一一個對我而言，擋不住的誘惑。

評語

攝影／黃湘怡

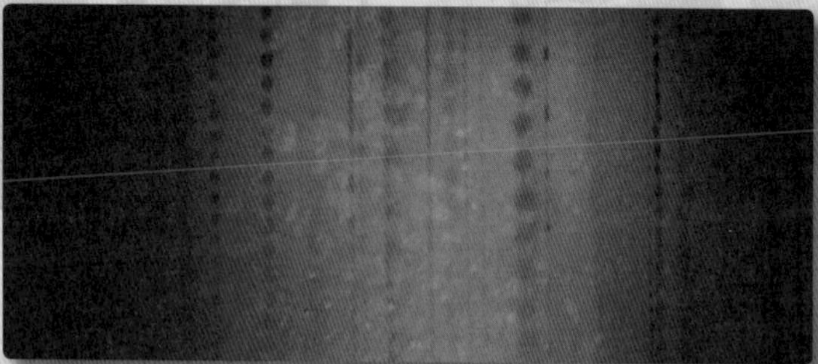

將人性內心深層的好高騖遠及怠惰的本性赤裸裸地剝開在眾人眼前，當這盒子掀開後，讓人震驚的是，人們就在這樣的內心矛盾煎熬下，日復一日蹉跎時光，應該為之汗顏！為之羞愧！

擋不住的誘惑㈢

1274 黃靖蓉

印象中，那間——不是——應該是那「車」燒仙草攤，打從我牙牙學語的懵懂童年就已經在那兒賣了。沒有裝潢華美的店面，沒有醒目炫麗的招牌，公園裡、榕樹下，老爺爺固定好推車再擺上幾張鐵椅，這裡便是他的營業場所。儘管沒有五星級大飯店的豪華，甚至連個「店」都稱不上，但老爺爺每年寒冬都不缺席的吆喝叫賣聲，卻也吸引了不少舊雨新知，更成了公園多年來的「熱門觀光景點」。

小時候住在鄉下的我，只要每天下午四點一到，就會和阿嬤大手牽小手一起走到公園，一起去買我盼望了一整天的燒仙草。摸摸我的頭，老爺爺把盛滿燒仙草的綠色塑膠碗遞給我，也遞上了他滿溢的愛心。捧著碗，我小心翼翼的走到座位上，深怕一不小心我的最愛——燒仙草就會打翻。儘管是不易導熱的塑膠碗，但緊握的雙手還是能感覺到燒仙草的溫暖，好似一股源源不絕的暖流從手流向頭、流向腳、穿過每條血管、越過每個細胞，還沒開始享用，身子就已經暖和了。

黑糊糊的燒仙草冒著氤氳而生的白煙，把我剛湊近的小臉蛋蒸得暖呼呼的，用湯匙舀了一口，濃稠的燒仙草輕輕晃動，看起來有點像布丁。輕輕放入口中，滑嫩的燒仙草在嘴裡溫柔的化了開來，喚醒因凍僵而稍微失去知覺的牙齒、口腔；彈牙有嚼勁的珍珠和芋圓像皮球一樣在舌頭上反覆跳動；煮得熟透的綠豆吃起來甜而不膩。燒仙草是古典樂團的聲樂家，溫柔典雅卻不因此失去她的剛毅與重要性；色彩多樣的豐富配料是現代樂團的鼓手、貝斯手，適時搭配著主唱、襯托著主唱，沒有他們雖仍有歌詞、旋律，卻像是屋子沒了窗戶、燒菜沒放佐料，少了那麼一點陽光、那麼一點味道、那麼一點活力、那麼一點熱情。兩者絕妙的搭配，譜出了一曲悅耳動聽的華美旋律，色、香、味俱全的感官享受，讓人無法拒絕她的美食饗宴！

滑溜的燒仙草順著喉嚨溜了下去，我一口接著一口，原本被冷冽的寒風吹得冷冰冰的身體慢慢暖和起來，硬梆梆的肌肉彷彿乾燥的茶葉放入熱水中沖泡，逐漸得舒展開來，好溫暖、好舒服，眼睛瞇成兩條線的小蘋果臉蛋證明了我享用後的滿足感！

燒仙草，好喜歡她在嚴冬中帶來的溫暖，好喜歡她在寒風中帶來的舒暢，每次想用完後，嘴角泛起的微笑總是藏不住滿滿的幸福感！燒仙草，雖不是玉液瓊漿，對我來說卻是擋不住的誘惑！

評語

以燒仙草與與老爺爺的愛心相聯結，溫暖的不只是身上的每個細胞，還有一顆童稚的心，也溫暖了童年的回憶。用視覺、味覺摹寫將燒仙草的狀態與口感細緻的描繪出來。又以樂團譬喻燒仙草與配料共譜的旋律，移覺的效果使美食有了豐富的層次感。全文不僅對食物的魅力有精緻的形容，亦滲透著溫暖幸福的情意。

擋不住的誘惑(四)

1276 游士億

天空拉下了黑色的布幕，街道上的路燈、霓虹燈紛紛點亮，但卻擋不住氙氣頭燈那白中帶藍的炫目；車水馬龍、人聲鼎沸卻絲毫無法遮掩瘋狂咆哮的引擎聲浪。筆直的二線道上，一輛深灰色的道奇Challenger和一輛寶藍色的日產R34 GTR並肩狂飆，時速表指針不斷向上攀升，兩者互不相讓，只爲了先抵達終點……

這是電影玩命關頭第四集中的一個場景。從小，速度總是令我著迷。它雖然危險，但對我而言彷彿禁果一般具有致命的吸引力。不過，平常我還可以克制內心的慾望，直到那一次……

那是一個微風徐徐，有點薄雲的下午，我正騎著腳踏車自在的在自行車道上順風滑行，不遠處的草皮上還有許多人帶著愛犬散步。一切看起來都是那麼祥和美好，除了那離我越來越近的上坡。我加快速度向斜坡騎去，但累積的動能很快就被斜坡消耗殆盡，我只好吃力的一步步踩著踏板。辛苦總是有代價的，在一陣汗流浹背後，映入眼簾的是一條長而筆直的下坡。

我把變速齒輪切至高速檔，然後開始順著坡下滑。但是這條路實在太誘人了，我的腦中開始浮現玩命關頭的賽車場景，心跳開始加速，彷彿我的身體不再是身體，而是一具高性能的引擎；血管中流動的不再是血液，而是辛烷值極高的賽車用汽油，令我渴望的速度就近在眼前，而順向的風彷彿在催促我趕快行動。這實在太誘人了。終於，我擋不住了，我的理智向誘惑妥協，而雙腿則用瘋狂的頻率採著踏板。

掠過耳邊的風越來越強勁，我完全沉浸在這禁忌的遊戲所帶來的快感裡，絲毫沒有發現風聲正對著無知的孩子冷笑。突然，我回過神來，赫然發現誘人的直線消失了，迫在眉睫的是一道向左的急彎，我用力壓下後煞車壓柄，並把龍頭指向左前方，車子「唰！」的一聲減速劃過彎道。就在我正要鬆一口氣時，前面卻出現了兩輛並排的慢速車。我驚呼著想再減緩速度，但地心引力卻無情的把我往下拉。「碰！」的一聲，我撞上了其中一輛腳踏車，兩個人都摔倒在地，還好只有輕微擦傷，後方也沒有來車，否則後果不堪設想，但我和對方都嚇得魂飛魄散。

雖然我受到命運之神的眷顧全身而退，但我已嚐到教訓：「速度」這擋不住的誘惑可以輕易的要了我的命。

從此，我再也不敢騎快車，就算向那天那條一般可口的下坡不斷的誘惑著我，我依舊不爲所動。至於電影情節，那終究只是特效和專業車手的演出，我絕對不想要玩命鬼門關！

評語

文字流暢通順，故事描述緊湊。士億體會過風馳電掣的快感，並能看清「速度誘惑」亦有可能是「致命的誘惑」，從經驗中獲取教訓，未來的人生必定會更加開闊。

擋不住的誘惑(五)

1283 邱彥翔

自人類藉由日新月異的科技來獲取更多能自由運用的時間之時，五花八門的娛樂開始流傳開來，而當我們正兢兢業業、焚膏繼晷之時，這些娛樂開始招展，轉變成了那搖曳生姿的誘惑，伸出它媚惑的枝枒，勾引著我們墜入那無止無盡的墮落輪迴。

經過了一番煎熬，我終於達成了理想，進入了夢想的學習環境。解脫，那些艱苦的日子隨風而散，化成了碎屑自我生命中消逝，我放下文具、闔上書本，擺脫了考前的惆悵，一切看起來是那麼的美好，那麼的令人沉醉。我開始充分享受之前那我從未感受到的自由快樂，以前的陰霾已不再壟罩我內心那片蔚藍蒼穹，現在的我，只想好好休息。然而，在自由的背後，似乎有什麼正接近著我，而它，卻來得比我想像中更快。

當考試的鈴聲響起，眾人迅速就定了位子，霎時一片寂靜，我面對著考卷，雙眸瞪得入神，而我的腦中卻又是一片空白，晦澀難懂的生字、複雜艱深的文意使我心中的那片海洋颳起狂風暴雨，我思考得起勁，卻仍填補不了答案卡上的空白，自考試結束的鈴聲響起，我下定決心拿起早已忽略許久的書本，填補我廢棄多時的知識之牆。我以爲我能再回到從前那段日子，卻忘了我灑下的慾望種子。

手裡拿著書本，嘴上念得起勁，心裡卻早已被其他事情所佔據，我開始變得容易分心、容易動搖，心中雖掛念著課業，腦中卻不斷的浮現享樂的畫面。原來，在我放縱之時，我不斷的進口自由，任它灌溉著慾望種子，而得到了許多營養生長的慾望，開始成長茁壯成大樹，結出了誘惑的果實，它在我的心田紮根、深植，我卻爲了得到些許的甘甜，不斷地拾起成熟的誘惑果實，我漸漸失去了對於誘惑的抵抗力，我開始上癮、墮落，被網進誘惑織成的天羅地網而渾然不知，仍啜飲著果實蜜汁的我，早已無法抵擋誘惑侵略我的心。

第二次的考試來臨，我仍陷在誘惑的泥沼裡，我越掙扎，就陷的越深，我任由這些誘惑的枝枒將我纏繞，我想鬆開綑綁，卻只得到更多失落，我開始自暴自棄，書本早已不在我眼中，慾望的枝葉越發茂密，遮蔽了我內心的天空。就在我即將失去我的未來之時，一隻手斬斷了我周遭盤上來的蔓藤，他替我抵擋住了風狂襲來的誘惑，那是朋友的手，厚實又溫暖，督促著我，卻也鼓勵著我。因爲他，我的學業又步上了正軌；因爲他，我的世界不再被誘惑盤據。他教會了我堅強，抵抗脆弱；他教會了我堅持，克服懶散。

「挖起慾望的泥土不會使它消失，只會越陷越深。」欲望就像個無底洞，你陷得越深，就越難爬出來。如今許多誘惑仍不停的向我襲來，而因爲那隻向我伸出的手幫助了我，我能持續全神貫注地向目標疾馳。謝謝你，朋友，你幫助了我，讓我能抵擋住那，擋不住的誘惑。

評語

前段敘述經歷了自由所帶來的收心困難，舉例貼切，容易引起共鳴。掙扎的過程中，幸有益友伸出援手，拉彥翔出泥沼，收尾點出了好朋友相互扶持的重要，發人深省。

筆記

【青初】

【裂痕】

可能是生命中不可承受之輕，可能是生命中不可承受之重；有的是完成式，有的是進行式，它將綻露什麼？它將使什麼陷落？請以「裂痕」為題寫作，文長600字以上，文體不拘。

總評

裂痕

本次徵文主題「裂痕」是過去完成式，也是進行式；是可見的，也是隱形的。這次的投稿基本上都能朝著這兩大方向寫作。除了領悟撕裂時的痛及幽暗，也能品味痛過之後可能綻露的契機，像陶瓷釉色經熱窯變後，呈現更耐玩味的美感。

寫作和所有表演一樣，都該有一番「有機的設計」，不要只一股腦傾瀉胸中激情。高中生的歷練看似侷促，但沒有人能規定16、17歲只能理解什麼，或一定進不了生命的某些境地，所以試著思考：哀悼愛情、友誼的「裂痕」時，如何突破兩人「小集合」的範限，進而預想與更成熟的自己，及人生的痛感或癒後並陳，開發出新視野。這種「跳脫與跳接」的寫作手法將開拓文章內涵。開闊的思考、關懷令人蛻變得更深廣，更大器。文章情與境的豐富是所有喜歡寫作，擅長駕馭文字的寫手們都該具有的企圖和使命！

裂痕 ㈠

1253 林彥維

那道牆上的裂痕，永遠存在。沒有人能抹去那醜陋的痕跡。除了……

他是個脆弱的人類，彷彿只要給與稍微的衝擊，他的心就會從根本分崩離析。但他總掛著一切無謂的微笑活著，明明已經裂痕滿佈。他是個脆弱的人類，彷彿只要給與稍微的衝擊，他的心……不，是看見他那始終如一的微笑的人們的心會先崩壞。

他喜歡和人群在一起，但卻不太和人們交談。他總凝望著遠方，似乎那有一個廣大的世界。眼神中時而迷惘時而專注，但他從不曾漏出一絲在面對某個絕望的表情。

終於，有人問了，他的眼中到底都看著什麼。到底爲什麼他能如此無視那些本應無法忽略的哀傷現實。他卻一臉惘然地問。

那些悲慘的事都是些什麼。

他忘了，通通都遺忘……不，是被他敲碎了。

他說在他眼前的是一片巨大的牆，他總以爲那沒有痕跡的空白，才是他能安心待在其之下的。而之上如果出現了代表著緊訊的裂痕，他就會揮起巨大的鎚子將之敲碎，就像堆沙的孩子摧毀掉自己不滿意的沙堡。不是逃避而是連同整個世界一起重新構築，因此在他的世界裡，永遠沒有悲傷、不幸。

那道牆上的裂痕，永遠存在。沒有人能抹去那醜陋的痕跡。除了徹底地敲毀那道牆。

他的笑容讓人如此心痛，是因爲那笑容的背後藏著的是他以爲抹煞了但仍存在的數不清的裂痕。他的生命永遠如此空白，就像他永遠躲藏在其之下的那片沒有裂痕的牆。

她則是個堅強的人類，凡事都盡力到底，全身全力地投入。堅強到即便傷痕累累也沒有人能停止她的腳步，與他相比，她的微笑能夠讓人們鼓起重新奮鬥的勇氣。她也有一道屬於自己的牆，而那道古老的牆上佈滿了各式各樣令人難以入目的裂痕，也許在她眼裡那些都化成了美麗的塗鴉了。但她傷痕累累，雖然仍帶著微笑，一切無畏的微笑。她堅強，卻搖搖欲墜。

那道牆上的裂痕，永遠存在。沒有人能抹去那醜陋的痕跡。除了自己將那道裂痕看作另一種美麗。

我則是個無趣的人類，自然微笑對我而言是罕見的現象，別人總說我的微笑是一切無味的微笑。在我眼裡，那是條看不見盡頭的路，裂痕是在路途之上。而我只是不停不停地踏著那些裂痕向前走，背負起那些裂痕所代表的全部。將那些痕跡全部記在心裡，然後留下繼續向前走。

雖然肩上什麼也沒有，但心裡知道，自己背負著的都是些什麼，知道自己能夠輕鬆的過完人生，不讓自己留下任何遺忘的悔恨。

那道牆上的裂痕，永遠存在。沒有人能抹去那醜陋的痕跡。除了自己越過望前走，讓那有著裂痕的牆就此支持、證明自己活下去。

誰才是幸福的呢？

評語

攝影／李維原

本文以「他、她、我」三個腳色，呈現三種面對不完美人生的出處反應；以三者的「少數」，確立典型，縮寫「多數」的人性；作者鋪敘各腳色的人生態度，一併解析了「裂痕」所象徵的生命處境，思考明澈、深邃。這「抽樣設計」形成「以簡馭繁」的結構安排，開展文章的大格局，高明！

文末以精警一問做結，是本文第二個具高度的設計。面對裂變的人生，的確沒有標準答案；答案在人們行進時一再一再變換的步伐間修正，這也是生命的痛快。所以如此一問，呼應了人生的「開放性」。

本文的超越就在思想深度及結構設計，這兩者相互激盪創作的空間，終於成就三幕獨角戲的劇場效果。是一次特出的示範演出。

裂痕㈡

1244 鄭苡宣

它難以修補，又無法輕易抹滅。

怯懦的我只懂得如何掩蓋。如同用油漆塗抹牆壁上的裂縫，或是用粉底掩飾臉上的痘疤，單從外表瞧不出任何端倪——然而看不見不等同不存在。遮蓋不等於治療，反而代表逃避。儘管如此，懂得這種淺顯道理的我寧可選擇視而不見。倘若正視，之後呢？我更恐懼當我細瞧那些看似光滑平整的表面，會發現它們其實布滿無法數清的裂痕。

害怕總有理由。隨著年齡一歲一歲增長，我不自覺替自己裝上一根根尖細的刺。刺本是一種防衛工具，但太過尖銳密集常意外刺傷他人。

尤其是最親近的人。

我早忘了我們之間是從什麼時候、又是爲了什麼開始破裂，我只曉得愈來愈常聽見妳的埋怨。妳說兒時的我多麼乖巧伶俐又會逗人開心，而我漠然聆聽那個像是陌生人的自己，無法遏阻惡毒話語脫口而出。起初衝突並不常見，到後來愈加頻繁，甚至一點小事都能成爲導火線。時間久了，妳不願意再給我解釋的機會，認爲我所有話語除了無理取鬧不蘊含其它意義；我拒絕聆聽你傾訴任何事情，厭惡得不到尊重的相處模式，卻忘了是誰先如此。

當然，我想妳比我更加痛苦。妳得面對他人誤以爲擁有美滿關係，及那些不解事實的羨慕之情。已經心力交瘁但依舊無法解決窘境，說不定妳早已放棄，還曾絕望地向他人陳述眞相，無奈又被一笑置之。是啊，誰會相信看似聽話懂事的我，會有那些惡劣的態度舉止？每每想到此，無窮無盡的罪惡感囓咬著我，逼我正視那道缺口。可是當我試圖修正，妳毫無緣由的責難又會跨越我的底線，再次演變成爭鋒相對的局面。

就這樣任憑裂口逐漸陷落、蔓延，變得更深更廣。我掙扎在自責與自憐間的死胡同，找不著出口。

裂痕是難以結痂的傷口，淚混合著血不斷從縫隙中流出，直到某天不再滲漏。那天的來臨代表什麼？或許是裂縫得到完善的修繕，不再疼痛；亦或所有感情伴隨血淚流乾，徒留空殼。畢竟一旦破裂，要修復並不容易，何況未曾嘗試修補的裂口？我懷疑我們早已流盡，不再擁有企盼。那道縫隙，可能僅剩乾涸的淚與希望曾經停駐的痕跡，如今空無一物。

起碼外殼還保留著，不是嗎？我這麼安慰自己。再怎麼嘗試都是徒然，事實上是我裹足不前的藉口。別等到連裂痕都不存，完全碎裂才悔不當初。現在的我，決定從拔除銳利的刺做起。或許難、或許要耗費多年心力，我依然盼望在將來可以成功把流失的情感一點一滴捕捉，重新填進裂縫裡。到那時，裂痕不會消失，而會轉變成一種印記，警惕我勿再重蹈那段年少不懂事的光陰。

評語

文字平實，情感真摯，描述自己和最親近的人（應指母親）之間因青春期而產生一道道裂痕，既能深刻描述年齡在自己身上所賦予的伶牙俐齒、尖銳芒刺，也能細膩感受對方所承受的有口難言、無可奈何，使得一道道裂痕更難以消失、填補。文末寄託未來的成功將可以把裂痕轉成印記，實則現實生活中或許一個忍字訣，甚而一抹微笑、一個擁抱就可以彌合裂痕，不妨一試！

裂痕㈢

1244 黃彥喆

碩壯的樹根，於岩石中擠出裂痕；冷冽的利刃，於獵物上刻畫血淋淋的裂痕；冷嘲熱諷的話語，於心坎割出劇痛而悲愴的裂痕。甚麼是裂痕？它眞是崎嶇而不完美嗎？它眞是深刻而痛苦嗎？它眞是沉重而無可救藥嗎？

以往的堂哥，人生有如狂風暴雨般歷經苦難與挫折。從小，他一直是群體中的老鼠屎、同儕的眼中釘。記得有一回，他清閒自適地徜徉於校園，哼著輕快的小調，腦中繚繞著美好的畫面，正享用著午後和煦的暖陽。霎時，一群衣衫不整、勾肩搭背的不良少年迎面而來，各個凶神惡煞。堂哥心頭泛起一絲好奇，不禁瞅了一眼，卻被無情地當成沙包，瘦弱而青澀的臉上似乎標記：我欠扁。一陣拳打腳踢後，不僅刻劃身體的傷痕、更加劇了那腐朽而啜泣的心之創傷，他激昂地吶喊：「我做錯了甚麼？爲什麼這樣對我？」；除了不懂得人際互動，還好吃懶做、與線上遊戲成爲形影不離的「知己」、年已弱冠卻一事無成……。一天，堂哥似乎於花天酒地中驚醒，驀然回首，發現自己竟花了二十幾年的歲月，買了個「早知如此，何必當初」的教訓。家人與自己無止盡的壓力、忌妒已飛黃騰達的同學、想找份工作卻腹笥甚窘的尷尬……。日積月累的苦惱、挫折與煩憂，不知在他心中刻下多少裂痕……

今年暑假，我與他分享心事。堂哥一副愁眉苦臉，如乾癟的柿子皮，缺乏朝氣又濕冷落魄。於是，我告訴他一則小故事：我每天都得掃落葉，與那淘氣而隨風飛揚的葉子們奮鬥。歷經二十多分鐘的苦戰，終於成功地將它們禁錮於垃圾袋中。但隔天，落葉們又宛若千軍萬馬迎面殺來……。我好奇地抬頭仰望，發現他們的「大本營」是一棵高聳而屹立不搖的榕樹。心中嘖嘖地讚嘆著樹的宏偉，暗想：如此壯碩的樹，必定生長肥沃土壤中、被豐厚雨水澆灌、被和暖陽光滋潤。緩緩地，當我接近它的源頭——根——時，心卻被莫名地震懾！錯縱而盤踞的根，似乎與岩石們進行許多背水一戰的搏鬥。原來，大榕樹的種子落於貧瘠之土，被一塊塊凹凸醜陋的岩石團團包圍。它很不幸，卻用盡一切力量讓自己存活。一絲絲渺小微弱的根，奮力地、辛勤地，於岩石間穿出裂痕；日覆一日，一條條根於裂痕中汲取養分，它們並不畏懼、它們並不退縮，一點一滴，根漸漸粗壯，撐出更大的裂痕，卻創造了更欣欣向榮的生機！爾後，我俯視一旁翠綠的青苔。它們星羅棋布地排列，無絲毫紊亂、無絲毫嘈雜。好奇心驅使我更親近地諦視，赫然發現原來青苔們，正緊緊地抓著石牆上如斑紋的裂痕，一個個緻密並排。不僅如此，裂痕間竟有著穿梭自如的黑影——螞蟻。牠們遊走於濕滑的青苔、攀爬於崎嶇的裂痕，卻造就了輕盈的腳步、自在地騰挪，彷彿覓得了嶄新的活力。

裂痕，帶給我們苦難卻也帶給我們奇蹟。裂痕使我們疼痛、使我們受挫、使我們不完美，更使我們慨歎。但對於大榕樹而言，裂痕，是造就它繁茂枝葉與蓬勃生機的養分；對於青苔而言，裂痕，是造就它井然有序與強韌生命力的導師；對於螞蟻而言，裂痕，是造就它克服阻礙而獲取力量的曙光。如今，堂哥成爲一位能養家活口的專業技師，勤奮不懈、努力付出。對他而言，不論是生命或心中的裂痕，都是造就自我展翅高飛與成就喜悅的契機。裂痕，並不令人痛苦、並不令人畏懼，只要你能勇敢地站起來，這一切將綻放出更繽紛的光采！

評語

攝影／李維原

敘述、說理皆生動自然，行雲流水。先描述堂哥因少不更事所犯下的錯誤，次陳述自己對此事件的觀察、理解與體會，巧妙將首段之問，藉由生活之例深刻回答。全文譬喻生動，但稍嫌龐雜（第三段），若能精要將收簡潔之效；末段為全文精彩處，點出裂痕在生命中的價值與意義，使裂痕成為苦難與奇蹟並存的載體，使生命更能奠基茁壯，具有積極警醒意味。

裂痕（四）

1218 王薈鈞

我對裂痕這個辭彙開始有具體形象的探討是源自小時候，當時我閱讀了姜子牙的故事。在姜子牙年輕的時候，他妻子因爲嫌他沒有前途而離開了他，誰知道姜子牙竟然幫助周武王擊敗商朝而取得了顯赫的地位。當初離開他的妻子便前請求復合，而姜子牙隨手把一盆水揮落地上，看著溼漉漉的地板對他妻子說了一句話：「若能離更合，覆水定難收。」這就是大家熟悉的成語「覆水難收」的典故。透過這樣的畫面，那道分隔「離」和「合」的裂痕鮮明的建構在我腦海中，而其絕對的不可逆性讓我無法克制的感到悽涼。那是我第一次對裂痕的形象有了深刻的體悟。

近日，我閱讀了白先勇所寫，描述一段深刻友誼的文章「樹猶如此」，文中的末段深深的勾住了我的心靈。白先勇將他與王國祥的情誼比擬爲樹木，而在王國祥過世之後他園子裡的三棵樹木中最中間的一棵竟然枯死了，他便爲那的缺痕下了這樣的注解：那是一道女媧煉石也無法彌補的天裂。透過他眞實又細膩的筆法，我震懾於其情感的深厚，更明白「生」和「死」間毫無疑問的存在一道深不見底的鑿痕，就像地平線精確的將天和地隔開一般，天人永隔的意境躍於紙上。我清楚的了解，當人與人被時空那不可抗拒的力量分隔，那裂痕是如何努力也無法填補的，儼然是世界上最深沉的裂痕。

當我強烈的體會了裂痕帶來的酸楚，我才了解人生最艱難的課題便是面對裂痕。在這個紛亂雜沓的世界，我們經常忽略內心的感受，毅然決然的衝破每一個關卡，而沒有停下腳步治癒我們受傷的身心。身體上的傷痕經過時間就能痊癒，但靈魂的缺口卻無法在施與受間恢復。我們經常對無形的東西視而不見，卻不知道越容易忽略的東西往往越會留下最難以抹列的痕跡。姜子牙和白先勇就是最好的例子，他們都同樣了解到裂痕的本質，並且完整的將那缺痕形象化，如果不是內心眞正的放下，是不可能做到那樣的層次的。我想這是因爲他們都找到正確的釋放方式，成功的將自己與內心的憾恨分割。

裂痕總是以各種不同的形式烙印在我們身上。隨著年齡的增長，我才體悟到使一道裂痕形成最關鍵的因素其實是時間。時間每分每秒都在切斷我們與過去的鏈鍵，並且留給我們許許多多的遺憾，但它也給了我們無限的未來。沒有一道裂痕是需要被塡補的，我們需要的僅僅是在未來學會與裂痕共處，在每一個階段放開已逝去的過往。如此一來裂痕就會被內化，讓我們能繼續保有完整堅強的心靈。

評語

一篇內涵深沉、語言精純的散文，就是作者學養與才情的整體表現。雖然本文作者的生活歷鍊尚淺，卻可以從實際的閱讀經驗中，醞釀出更廣闊的視野與活躍的思路，體察裂痕的意義，解析裂痕的本質，尋找裂痕的定位，為裂痕的多元特性做闡釋。既然裂痕在人生中是不可避免的存在，如何面對它、放下它，便是我們必須學習的功課。文章措辭明確，內容剪裁得宜，層層遞進，條理井然，最後在積極又圓融的立論中收筆，別具新意，耐人咀嚼。

裂痕㈤

1283 邱彥翔

刺眼的陽光透進眼眸，一道銳利的白劃開了一天的序幕，「妳」曾是我的支柱，一日的精神食糧，活潑可愛的妳走進了我的生活，佔據著我的視線，陪我渡過悶熱的下午，陪我渲染橘紅色的黃昏。被夕陽染上金黃色的妳，卻在我轉身之後西沉，成爲了一把鋒利的匕首，刺痛著我的心扉。

走廊上，妳踏著輕快的步伐，細長的直髮柔軟的隨風飄逸著，帶走了我的呼吸，我的面容隨妳，妳顰眉、我皺眼，妳微笑、我莞爾，我的心情同妳，妳剁腳、我頓足，妳失落、我惆悵。和妳在一起時，周圍的空氣都變得清新，與妳談天說地是最快樂的時光。掬一把妳的笑容，自頭上一灑，滿臉笑意的妳，蘋果般紅潤的雙頰，深邃的雙瞳映著我的臉龐，笑的和藹。妳的率真拓寬了我的心，讓我擺脫了過往的羞赧。教室裡，妳嘟著嘴，澄澈的眼眸好似閃著火光，像支倚在弦上的箭矢，怒氣沖沖的妳早已拉滿了弓，等待著我步入妳的射程範圍，心疼著你的我怎麼捨得繼續惹妳生氣？再說，就算我的理再直、氣再壯，也鬥不過妳那如利刃般鋒利的唇。

從什麼時候開始，妳的身影在我腦海裡逐漸剝落，妳的面容早已清晰不再，一點一點，自我身體裡抽離，關於妳的記憶，妳那可愛的笑靨被黑暗吞噬，越陷越深，而我，只能無助的任它蔓延，在我心扉纏繞滋長。溫柔的是妳，不體貼的是我；細心的是妳、粗心的是我，而曾幾何時，我笑著，妳沉著臉；我樂著，妳掉著淚。妳不再

攝影／黃湘怡

因我的幽默而莞爾，因爲我的蠢事笑開懷，妳不再像妳；因爲天陰而心灰，因爲大雨而淚奔，妳不再是妳。從什麼時候開始，我開始不再想妳？

雨如針刺進妳紅腫的眼眶，我已分不清那是淚是雨自妳眼底奔流而下，妳曾是圓鈍的刀背，妳轉身，自屬於我們兩人的傘下走出，獨自坐上公車的雙人座，一句話，似尖銳的刀鋒，從此分離了妳我，在我心深處刻下了裂痕，不起眼卻深刻。我不想再撐傘，因爲傘下只剩我一個人，我不知道妳走了多長、飛離了多遠。當雨自我臉龐滑落，我知道那不是我的淚，因爲它沒有溫度，我知道我已不能再待在妳身邊，我卻不知道妳是否還在我的身邊。我們的誓言如流星墜落並燃燒殆盡，但卻不能對著它許願，因爲誓言早已在妳離開之時幻滅，眞情的力量也無法繼續承受兩個人的孤寂。「爲什麼我們不能在一起？」妳摀著我的嘴，打斷了我正要脫口而出的疑問，妳將懸問拗成了反詰，同樣的，我捨不得，捨不得再傷害妳。

午夜夢迴，我不經意的想起了妳，本應模糊不清的面容卻又突然格外清晰，那是妳，妳回到了我的記憶中，偏頭凝望，妳近在咫尺，卻又遠在天邊，我試著用我的筆尖捕捉妳，卻又謄不出妳的一顰一笑，我才明白，是筆耕者飄渺無邊際的情思撫平了我記憶中的那條裂痕，但躍然紙上的妳，要待到何時，妳才會自筆間走出，塡平烙上我心的那條裂痕？

評語

高中生正值青春年華，澎湃浪漫的情思，經過沉澱而形諸筆墨，常能散發出真誠的感染力。作者取材於個人小範圍的情愛，以內心獨白的方式，讓感受自然流露。從兩人世界充滿溫暖與慰藉，轉變到彼此疏遠的無奈與苦楚，這道裂痕烙印於心上，終究難以彌補。文章用字精確靈活，多處以熟練的譬喻和轉化手法，將自己複雜幽微的心理層面，如實呈現於讀者面前，也點出題旨的含意，是一篇頗富韻味的抒情佳構。

【那時，我想逃】

總有某些時刻，我們想逃開自己所在的位置，可能是因為壓力重重，幾乎無法承擔；也或者是終於思慮清楚，一心想走。逃離，會是解決問題最好的方式嗎？逃開之後，心情是更為寬闊？或是因此陷入更多的束縛？請以「那時，我想逃」為題，敘寫自己的經驗，並能從中得出體悟，完成一篇500字以上的文章。

總評

那時，我想逃

時序入秋，新學期撐起一簇又一簇的新氣象，附中國文科主辦的「每月一文」也正欣欣向榮著附子們的才情。本次徵文收到稿件共63篇，其量與質皆有可觀處；尤難可貴是高一同學的熱情參與，讓我們深感江山代有才人出的歡悅，甚至於原有獎項外，另外增設三篇入選獎以資鼓勵，高一小將們，後生可畏也。

以「那時，我想逃」爲題，果然寫出同學心底極豐富的情感：有以準備大考的沉沉壓力，有以親子衝突的雷電交閃，或是來到外地異域的陌生隔閡，或是比賽前夕的天人交戰……，取材多元，但都見直寫胸臆而眞誠動人。面對自我領悟的剖析，逃與不逃並沒有正確的答案，獲選文章最後都能以眞正面對自己內心而陳述，不強作解人，或更進而揉合景物與心境以呈現自我成長，文學之筆實有潛力。

多面向的切割，我們得以見到璀燦的鑽石；不同題材的琢磨，將更能展現藍天之子的文思文采。期待下一回的徵文，拿起筆來，我們共同以文字記錄在這裡眞實存在過的自己吧。

那時，我想逃㈠

1240 陳丰陽

一直以來，我都過著羞恥的生活。

孩提時代，我也有著單純的赤子之心，但曾幾何時，面具已成爲我身體的一部分？我一直相信，要在社會的牢籠中生存，虛僞與諂媚是不可或缺的武器；要抵禦冷漠凝成的暗箭，謊言與逃避才是最完美的護盾。只要僞裝底下的皮肉不被看見，永遠都不會受到傷害。起初，我只是用薄薄的一層紙來逃避令我羞愧的場合，久而久之，我卻已雕刻出一副副面具作爲層層裝甲，封閉自我。

應對不同的角色，我開始戴上不同的面具。曾經有過這種經驗嗎？小學聯絡簿上的日記，內文其實也不甚私密，但被同學奪去時就會極爲慌張地想搶回來，彷彿偷吃糖果的小孩般深怕被抓到；寫信給朋友時，明明只是不太要緊的談天說地，卻自然而然地視若不可告人的秘密，時時警戒身後是不是有人在窺視。與同學郊遊，巧遇兒時玩伴便會不知所措地想挖個洞躲起來，因爲不知道該戴上哪副面具來應對；對於每次親師懇談都深感畏懼，因爲自己在師長與家長間怎麼表現都不自在。也許你也體會過這種困窘，也許沒有，但我卻從來沒忘記過，沒忘記過深怕真面目被發現時的膽顫心驚。

這些時候，我眞的，好想逃。

我仍舊這麼自欺欺人地走過了十年光陰。直到有一天——猶記得那是個細雨綿綿的日子，我的面具被一箭刺穿。外頭滴答的雨聲敲得心頭愈加煩悶，但心情再怎麼陰鬱，也得掛著虛假的笑容，否則在社會中便會顯的格格不入。隨著放學的鐘聲響起，其中一位班上的「朋友」拍著我的肩膀，邀請我和大家一同去他們家玩。我幾乎不用思考，反射性地戴上了微笑著的謊言，隨意地挑個家裡有事的理由搪塞過去，心底只是暗想著：又是一個爲了滿足虛榮心的動物。收拾完書包，看著教室漸漸空曠，私以爲一天的日常即將結束。

「爲什麼要說謊呢？」低沉的聲音從後方傳來，我甚至來不及辨認那個人的長相，理智當場就被凍結。「誠實的面對不好嗎？這樣快樂嗎？」看著他的雙眼，我似是站在巨人前的螞蟻，當下的寂靜使我度秒如年，全身盡冒冷汗。一回神，我也不顧被狠狠敲落的面具，立刻拔腿就逃。

我窩在被褥中整晚，感受自己的存在。而後花了一整夜的時間，檢視著每一副面具，竟被自己刻出來的東西嚇得打從心底發寒。這些面具，都是我自己嗎？捫心自問，還記得自己的長相嗎？長久以來就連面對自己，我也戴著面具嗎？腦中充斥著混亂，陰雨在心中下了好久好久。

慢慢地，我發現天空逐漸放晴了，我推開緊掩的窗扉望向日出，於是眞正地從噩夢中清醒過來。是的，我逃了，但這次我逃得一點也不羞恥，因爲我已拋開我所依賴的虛假，勇敢地面對自我。原來我怕的不是牢籠、亦不是暗箭，我的羞恥只是來自於對自己的逃避。是的，這次我終究是逃了——但我將會帶著自己從暗無天日的過去，逃向光明璀璨的未來！

評語

剖析自己習慣帶著面具而活，在一次被揭破的難堪中落荒而逃，寫那份羞赧的譬說非常精采；一層又一層的逃，最終原來對自己的逃避才是繫鈴所在，小逃中見出大逃，文學的意味頗深長。

那時，我想逃（二）

1263 柯劭蓉

攝影／李沛宸

一條條皺紋遊走於全身，刻畫出歲月的足跡，皺皺的皮膚成了時間的畫布，任憑它恣意揮灑色彩……焦黃、淺褐、深棕，稀疏灰髮點綴出老邁的韻味。

這是我摯愛的外婆，光陰造就的藝術品。

牽著外婆粗糙的手在公園漫步，我突然憶起六年前的暑假，那個難忘的夏夜。

破碎瓷盤散落一地，幾秒前的盤中珍饈已成了地上殘渣，哭叫聲、爭吵聲交錯。小學四年級的我和表姐帶著妹妹躲在角落低聲啜泣，姨丈、阿姨、舅舅和媽媽努力分開纏鬥的外公、外婆；堅持外公行竊的外婆憤怒地想毆打外公，外公臉上的不解對比了外婆的怒氣。

房間被暴戾之氣染成赤色，紅豔豔的空氣悶得可以，令人窒息；瞥了一眼張牙舞爪的外婆，熊熊燃燒的怒火幾乎吞噬了我熟識的慈祥面容，一股異樣的陌生感油然而生。不懂外婆爲何瞬間遺忘了我們，直嚷著大家要害她；不懂外婆爲何捏造不實指控冤枉外公，甚至大動肝火想動手攻擊；不懂一向和藹可親的外婆怎麼突然變了個人？彷彿那久居於她體內的靈魂悄然溜走，徒留一個初識的陌生魂魄急得慌了怕了怒了，盼望逃離她無法理解——我們也充滿疑惑——的怪異空間。

評語

1.選材特殊，描述真切，充滿真摯的愛與省思。

2.文筆生動，真像「文中有畫，畫中有文」。

困惑與恐懼濕潤了臉頰，略苦帶澀的鹹味鑽進唇內，從舌尖蔓延至整個口腔。溫和的外婆消失了嗎？我想逃，想逃到沒有紛擾的角落，想躲進無風無雨的避風港，想回到心靈的歸處，想遠離充滿生疏氣息的「外婆」……

事後媽媽半哄半騙地帶外婆就醫，證實她罹患了「阿茲海默症」——等同於「失智症」。一開始會忘記每天的例行公事、物品擺放的固定位置，漸漸會喊不出家人的名字、認不得家人的面孔，最後完全視熟人爲陌生人。目前尚未找到完全治癒的方式。

緊握外婆的手，我無法想像記憶緩緩抽離、失去熟悉感的心情，無法想像記不清生活週遭的一切是什麼感覺，但絕對不會是安心、依賴、放鬆。望向藍天，六年了，定期服藥的外婆再也不曾情緒失控，雖然記憶力大不如從前，卻又恢復溫柔和善的模樣；體諒、耐心、接受事實取代懷疑、悲傷和失望，全家人相互扶持、分享失智症資料、瞭解病情及應對方式，不但讓外婆過得更快樂，家人間的關係也更加緊密。我承認，起初自己很難相信，最疼我的外婆將慢慢記不得我，但現在我已改變想法——

即使有一天，外婆叫不出我的名字；即使有一天，外婆忘記我的臉；即使有一天，外婆完全把我當成陌生人——我也不會逃走，會繼續牽著她的手陪伴她。

只因爲我記得，記得她是我永遠摯愛的外婆！

那時，我想逃(三)

1263 林昱君

閒來無事，開始整理房間裡大大小小的雜物，唉！灰塵滿天飛，書更是一大疊一大疊地躲在牆角爲自己鮮衣沾滿塵埃而感傷！

一個不小心，給鬱悶的書絆了一下，險些跌個四腳朝天，忍不住氣憤地瞥了一眼書堆們，不瞥也罷，這一瞥正和國小畢業照對上了眼，就像是被吸進了黑洞裡，回憶的渦漩強行包裹了我，任憑那四年的點滴回憶、酸甜苦辣盡情地將我淹沒……

回到了三年前畢業的前一天，那時的我正輕輕地回憶著那年初次見面的情景——三年級，我們因各種機緣巧合，匯聚成一班，報到的那個早晨，陽光輕輕柔柔的灑入教室，在大家稚氣的臉上調皮地游移，台上老師的說話聲像來自於遙遠的星球，只能隱約中聽到：「大家考進了這個班，就要相處四年直到畢業……」那時的我，只覺得四年是很漫長的歲月，但如今想起，卻是匆匆飛逝！眨眼間，明天就是畢業典禮，而我們將分道揚鑣進入不同國中……一想到這，我突然升起了一個念頭——我想逃！

我想逃離這個時間，我想逃離畢業典禮，我想逃到回憶的小盒子裡永遠不要出來，我想逃回過去不要和大家分別，我想逃！還有好多好多的事來不及和大家一起做，還有好多好多的話來不及跟大家一起說！我不想畢業！我想逃！逃！逃到哪都好！我不想和大家道別！那晚，我躲在棉被裡嗚嗚啜泣哽咽……

一整晚，記憶編織著夢境：三年級拔河比賽，雖然辛苦，卻因此友情紮根，友情正似那一條線緊緊牽繫著我們；四年級躲避球競賽，縱使抱著必敗的決心，我們依舊互相扶持，用汗水和陽光將輸贏得失淡化成過程的甜美；五年級，爲了接力賽的排序和練習，我們經常爭執，卻總在爭執過後得到更完整的「應戰策略」，得以躋身前十；而六年級的班際籃球，即便不是全班性的活動，我們依舊熱情不減，也許充當啦啦隊，也許當送茶小弟，都要爲場上的同學盡一份力！除了班際競賽，平日的相處時光也歷歷在目：偶爾的嬉笑打鬧、合作衝突、苦悶談心……多美好的時光！我不想就這樣畢業呀！能不能讓我逃離？逃離這個時空，逃到天涯海角，只要不用畢業……

清早的陽光依舊清麗，薄薄地灑在我身上。揹起書包，拖著沉重的步伐，滿心不情願的向校園走去，兩條腿灌了鉛似的，舉步維艱。即便是這鳳凰花開的季節，兩道火紅熱情的花兒也無法令我起勁。終於，來到了會場，停佇在門口，心中忐忑不安，像似迷途的孩子來到了十字路口踟躕著。我該不該進去呢？進去了是不是就等於別離？畢業歌緊黏在耳邊揮之不去，我蜷曲著躲在牆角，跌進了思緒的深淵——怎麼辦呢？逃吧！可又能逃去哪呢？反反覆覆沉淪於逃與不逃的選擇題——正確答案不小心被我弄丟了的選擇題。正當我毅然站起決心將「逃離」填入答案卡，忽覺牆上的歡送海報急切地喊住了我，我下意識的望向海報，那是一張風格簡潔的的海報，只有著幾句話：短暫的分離，並不是永遠，只要彼此的心相繫，即使是天地之隔，也能像寸步之距得以相依……

放下照片，窗外的夕陽點點滲入房內，乳白色的牆壁，頓時交映著繽紛的色彩。想想，也三年了，而我們也確實相距甚遠——有些在國外、有些不知去向、有些在遙遠的高中裡……，但，心心相繫的我們只要一通電話、一封簡訊，又像是咫尺而已，相談甚愉！

那時，我想逃，但現在，我更想沉醉於當下，讓回憶成爲茶餘飯後的甜點，將生活點綴得更美好！

評語

1、文字優美，生動有趣。　2、題材非常特殊，描述十分真切。

那時，我想逃（四）

1272 蔡易持

三年前一段與花蓮僻鄉部落貧戶的邂逅，讓我心靈第一次如遭雷殛般的震撼。

那年暑假，我隨著父親訪視一個中輟生。一路上看著一望無際的平原和另一邊連綿的山巒，總覺得這是天使們嬉戲的仙境。過了一段時間，我們到了一間矮平房前，平房的門口擺了兩個凳子，有一個女孩就坐在椅凳上，眼神無限空洞，雖然面無表情，卻有著部落人們最純眞、樸實的氣息。不過，父親告訴我，小女孩因爲智力發展遲緩，經常坐在門口。

接著，我們進入屋內，一陣陣酸味和霉味撲鼻而來，一個白髮蒼蒼的老人正躺在躺椅上呼呼大睡，身旁放了個酒瓶，酒味正濃。可能是被我們的造訪驚醒了，他緩緩地移動身軀，父親見狀急忙攙扶起老人，在一番詢問下，原本學生逃家已快三個星期了。

在父親與老人對談的同時，我看見屋內的一角擺了一張桌子，桌子上放著不知何時所吃剩的食物，頓時我的胃開始翻騰，趕緊走出門外呼吸新鮮空氣。此時，一隻跛腳的老狗與我擦身而過，牠身上的癬疥嚇得我往後跳了一大步，不過，牠並不

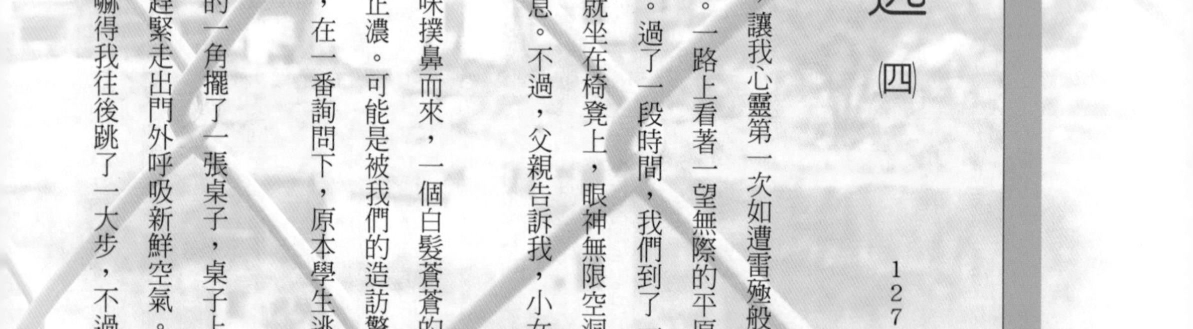

攝影／李維原

理會我，而默默走進屋子裡。

我看著眼前如詩如畫的自然美景，再回頭望著身後的小女孩和屋內的老人，心中不禁湧出一股酸楚，刹那間，我好想逃，為什麼？為什麼在這文明的世界還有人過著這樣的生活？明明都市裡有很多人住豪宅啊！貧富差距怎麼那麼大？我的心如浪濤般，疑惑與悲憤不斷不斷地打在良知的岸上，腦海裡充滿愧疚與悲憫。在仙境裡，天使怎麼沒有庇護他們呢？祖靈的英勇，難道只是神話？

想著想著，已經五點多了，陽光穿透白雲，照在山的一面，也照進了屋前的一角。雲、山、大地猶如灑上一層金箔，只是屋子深處依舊晦暗，老狗走出屋子，坐在我旁邊。或許，現代社會看似光明，也還是有黑暗的地方，如果身處光明的我們，能夠奉獻小小的力量，社會也就擁有了大大的希望。

我再一次回過頭看著動也不動的女孩和虛弱的老人，陽光照著我，我相信，天使和祖靈都看見他們了，老狗突然站了起來，對我搖了兩下尾巴，走向了縱谷的田野。

評語

都市女孩來到花蓮僻鄉之地，寫出面對城鄉以及貧富差距的不忍，那不平奔騰的情緒正是一份仁心流盪；文末在陽光穿透白雲中體會到小小一己力量的可貴，情景融合，更將情感凝結至極好的畫面。

那時，我想逃（五）

1283 邱彥翔

夕陽西沉，灑下褐色金粉鋪滿大地，無垠的大海張開雙臂，將那餘暉擁入懷中，同時捲落了滿天雲彩。夜幕低垂，熠熠的星光同我的淚珠閃閃發亮，黑暗中，儘管是如此溫暖的夏夜也顯得如此冰冷，餘留下的溫存，僅存在於淚水落下的軌跡……

爲了即將來臨的考試埋首苦讀的我，一旁堆疊如山的書本冷冷地發笑，似乎正嘲笑著我，嘲笑著我之前的頹廢，換來如此下場。夏天燠熱的氣息讓人靜不下心來，就連一旁的電風扇，也搖著頭、嘆著氣，看著無止境的苦悶在我的眼前流轉，又瞥見靠在牆上打盹的日曆，考試日期一天一天的逼近，而還沒讀完的書本卻仍不見減少的跡象。窗外的枝葉早已綠得招展，書桌前的我卻掛著一張枯槁的面容，生機蓬勃的夏天，榨乾我的不是毒辣的太陽，而是一本一本橫放在眼前的教科書，不斷將活潑的朝氣，從我身體抽離。

如果說沉重的壓力，早已把我壓得直不起身子，那麼壓垮我的最後一根稻草就是爺爺的逝世。見過爺爺最後的面容，我強忍住悲傷，武裝起我脆弱的內心，一言不發的我表情顯得無情，我不能放聲大哭，因爲我還有更多的艱苦等待著我，所以我不能倒下。憶起從前，爺爺的笑容總是帶給我好心情，爺爺幽默的話語總是逗得我哈哈大笑，相處時，滿心的溫暖溢乎言辭，留下了無限歡樂。而如今，爺爺親切的笑臉只在回憶裡依稀可見，爺爺予我的溫存也隨著爺爺一天一天孱弱的身體，慢慢地從心中流逝。爺爺躺在病床上，儘管嘴上戴著氧氣罩，爺爺仍試著為我擠出笑容，但爺爺的手已失去知覺，冰冷的手掌不能再輕拍我的頭，說著他對我的期許。我試著不讓眼淚流下，回到書桌前，提起筆，卻寫不出任何一個字。

我在書桌前崩潰了，脆弱的內心也隨之碎裂，一切的壓抑在此時宣洩而出，檯燈射下的燈光，潔白而純淨，卻透不進我充滿黑暗的心，滴滴淚水自臉龐滑落，模糊了書上的字句，也模糊了我的雙眸，眼前，未來，我摸不著方向，只想永遠地逃離書桌，逃離這世界，逃離失去爺爺的傷悲。

我逃了，逃得遠遠的，理想、目標、榮耀的一切不再引領著我，我離開了書本，離開了課業，把自己從學生應做的本分抽離，我開始回到以前的糜爛與頹廢，不再試著理解文意，不再利用邏輯解決數理問題。隨之而來的是一張張不及格的試卷，滿滿的紅筆痕跡如同自我內心溢出的鮮血，永無止境……

回到家中，訓斥、責備的聲響不斷在我的腦中來回盤旋，承受不住這些的我拖著疲憊的身軀走進了房間，我瀏覽了自己滿目瘡痍的內心，爺爺的面容突然浮上了心頭，那是一張容光煥發的臉龐，笑著，親切又溫暖。逃開以後，我的內心變得更加的灰暗、悲傷，而如今，爺爺的笑靨又回到了我的心中，昔日溫暖的隻字片語，都縈繞在耳際，我回想起

攝影／李維原

爺爺加油的手勢，使我重拾信心。我回到了書桌前，厭倦已不再佔據我的思緒，理想再次引領著我向前，向前奔在通往目標的大道上。

「落紅不是無情物，化作春泥更護花」，爺爺的殞落不是絕望。爺爺並沒有離開我的身旁，因爲他在仙逝之時，再次地，自彼端的地平線升起，在遠方的天邊看著我，保佑著我。當我逃開之後，世界並沒有爲我開了另一扇窗，而是更多的失落，逃開並不是解決事情的方法，必須坦然的面對挫折，才能尋回自信，而更加茁壯。我得到了打不倒的勇氣，我不會再想逃，不會再任挫折恣肆地侵入我的心中，只要相信自己，就不會在意失去。

逃開？不！若不去面對挫折，我就不會再成長。未來，永遠握在我的手中！

攝影／李維原

評語

1. 以爺爺的摯愛及先逝對作者的影響爲主軸，貫串全文。
2. 情感真摯、前後呼應。

那時，我想逃（六）

1272 朱晏禎

傍晚，幼稚園快樂放學的時刻，我笑嘻嘻的揮手和同學道別，坐上爸爸的「車車」準備回到溫暖的家。但是，隨著爸爸車子越開越快，我感到些許不對勁——這不是回家的方向！窗外的景色越來越不熟悉。我們到底要去哪裡？

「外公去世了，我們要趕去醫院！」爸爸未多做說明便加速趕往北投的振興醫院。轉眼間一棟暗灰色的建築映入眼簾。我既錯愕又疑惑的抬頭打量眼前這棟陌生的建築，矗立在漆黑的夜空中，像個巨人遮掩了半個月亮。而內部刺鼻的消毒水味、吵雜不堪的環境，完全不是我所熟悉的場景，讓我感到不安。爸爸二話不說抱起愣在原地的我趕往地下室的助念室，映入眼簾的是面色凝重略帶悲傷的阿姨們、神色焦慮的媽媽，以及一群身著黑衣的陌生人。平板中帶著奇怪梵音的經文連同昏暗的紅色燈光張牙舞爪向我襲來，助念室角落擺了張蓋著白布隱約顯現人形的床。詭異的氣氛讓毫無心理準備的我惶恐不安。黑衣陌生人喃喃唸誦，混淆了我的腦波、我的思緒、我的理智……。

那時，我想逃！那是什麼地方、什麼場景、什麼儀式？對一個懵懂無知的小孩來說，那種晦暗不明、陰森可怕的氣氛就像夜裡揮之不去的夢魘，毫不客氣的入侵我的腦袋，硬生生將恐懼灌入我的身體！我嚇的放聲大哭！疲倦的阿姨們轉頭看著哭的聲嘶力竭的我及不知所措的爸爸。黑衣陌生人臉上顯露出不悅的神色，其中一位快步前來不耐的表示儀式的莊重性不適合小孩哭鬧，世故而冷漠的嗓音帶來更多沉重。尷尬的爸爸趕緊將我抱回一樓大廳。途中我不顧一切歇斯底里的哭鬧，兩隻腳懸在空中用力亂蹬，我要逃離這可怕的地方！周圍反感的眼光讓爸爸十分難堪，而我持續哭泣著……。前前後後進出於助念室，我就像自動感應的水龍頭，淚水好比尼加拉大瀑布直瀉而下淹沒了理智，說什麼也不願多做停留。我踉踉蹌蹌的逃離煉獄般的助念室，爸爸神色狼狽的緊跟在後，讓路過的人都知道有個一心想逃的小女孩。

事隔多年，我已不是當初那個受到驚嚇便尖聲哭鬧、一心想逃的小女孩。然而，當初逃離了現場，看似解脫，卻沒能見上外公最後一面。內心的遺憾，至今無論如何也無法彌補。聖嚴法師曾說過：「遇到困難，要面對它、接受它、放下它。」如今，我已學會冷靜的面對恐懼，心平氣和的調適心情並找出應對之道。也許是過去「出逃」經驗最可貴的收穫吧！

評語

晏禎想逃避的是爺爺過世的事實與助念室中詭異的氣氛。文章開始以童年某天的放學時分，爸爸不帶她回家，反而以快車帶她到一個陌生的地方，並以問句作結，更增加文章的懸疑氣氛。第二段描述助念室的恐懼氣氛，為下一段想逃埋下伏筆。第三段極力描繪五歲小孩的逃離，與父親的無奈。最後以聖嚴法師：「面對它、接受它、放下它」作結語，並以過去的逃離，學會面對恐懼。

那時，我想逃㈦

1258 陳建佑

異國的烈陽依舊不分你我的無情，乾涸的大地幾乎擠不出一絲的生機。那時看著他們，心裡只有一個想法：「我想逃。」

在漫漫暑假時，或許是閒來無事，抑或是良心啓發，我竟一時興起去報名前往非洲友邦的志工團。那時曾經天眞的認爲自己終於要「名副其實」地去做一件善事，直到後來才知並不僅止於此。初次踏上非洲的土地，映入眼簾的是一片繁華，這裡是賴比瑞亞共和國的首都。

但就在導遊車帶領著我們遠離市中心，四周的景物漸趨荒蕪，直至我們的目的地——一座不知名的村落，一座連窮鄉僻壤都稱不上的小村落。剛下車，只見一群人黑壓壓地朝我奔來，我仔細的看著他們。他們的眼眸透露出渴望，雙手經歷過艱苦；雙腳飽受了飢寒，內心充斥著黯淡。頓時，我將視線移開他們身上，一股厭惡感從中而來。原來這片土地絢爛的外表還是無法掩飾其貧瘠的內在。我沒有勇氣去承受這一幕，只想逃回我那安逸的生活裡。

在這裡的幾天，自己時常在夜深人靜時仰望著天空思考這一切。世界何其大，但爲何人與人之間的差距竟會如此遙遠？我們平時習以爲常的事物何時昇華爲不可及的存在？也許是我們自我催眠太久了，連觀照生命的視野都在不知不覺中被侷限了，竟天眞地以爲自己所處的世界就是全部。在時代的洪流下，或許我可以逃出此地，但還是擺脫不了內心中的糾葛纏結。我想改變這股洪流，以我的涓滴之力使它改道，讓希望的種子散播到全世界。這時，我或多或少體會到當時愚公移山的心情了。

在要離去的那一天，我拍了一張大合照。猶記他們那時曾因好奇而打量我手中的相機許久，忽然又有一種莫名的惆悵湧上心頭。如今，望著那張照片，心底不再想逃了，而是想幫他們逃離那個世界。

評語

建佑參加非洲友邦志工團，天真地認為自己終於可以行善。然而當他抵賴比瑞亞共和國的郊區時，他卻想逃離那個地方。第三段建佑以豐富的詞語描繪當地的貧瘠與落後。建佑終究沒有逃離那裡，第四段，建佑在逃與不逃之間，透過一次一次的反思，體會渺小且持續的偉大力量。

結語，建佑以「他們曾因好奇而打量我手中的相機」再度描繪當地居民的無知與落後，此時建佑不僅不想逃，而是想幫他們逃離那個貧窮落後的世界，最後兩句感言有提升文章意境的作用。

那時，我想逃（八）

1276 謝捷帆

聽著她溫柔的聲音，我的眼球頓時灼熱得快要飆出淚來……。

打從我出生開始，父母的影子總是牽絆著我的行爲。幼時是怎樣被管教，我不記得了；小學則印象有些模糊；但國中的一切我記憶猶新。我算是班上最宅的人了，而宅在家並不是玩電腦或看電視，只有讀書和寫作業。

我的父母眞的很嚴格，除了禁止我和同學「出征」，也不准我在家「神遊」。他們一直灌輸「小孩子只有唸書，以後長大才有好日子過」的觀念給我，逼迫像我這樣一個正値青春期的國中生整天窩在家裡「讀萬卷書」。

我的身心就這樣飽受摧殘度過了三個寒冬，終於，機會來了，基測勢必成爲我人生的轉捩點，當我得知自己的分數可以上附中，我就迫不及待的問父母意見，他們竟然答應我可以去讀。

被關在台東十五年的我，無時無刻都在期盼著遠離家鄉，老實說是擺脫父母。現在眼前就有這麼一條路，它直直的通往台北，寬敞卻只限我一人前往。望向後頭，父母站在不遠處向我揮手，我知道他們雖然答應我走這條

攝影／黃湘怡

路，卻仍舊希望把我拉回家。

那時，我想逃，而且沒有猶豫。就像在監牢裡待了很久，被賦予逃獄奔向自由的權利一樣，而且不會被通緝。我怎麼可能閃躲這誘惑？我還巴不得學飛蛾撲向它，這不是天堂給我的入場卷嗎？我怎能放棄！所以我下定決心塡了附中，我要逃開長輩的魔掌，自己一個人在外逍遙。

於是，我搬來台北，如願進了附中。重點是逃開了家人的束縛，像隻無拘無束的小鳥翱翔在湛藍的天空。剎那間，烏雲密佈，洶湧如雲的壓力接踵而來，我發現獨居的殘酷，我知道我錯了，我逃往一個未知而潛在危險的世界。

我才了解，一個人吃、一個人住、一個人做家事、一個人面對考試的壓力有多麼麻煩、多麼困難、多麼孤單。自以爲從地獄逃向天堂，卻是把自己鎖在城市寂寞的高塔內。

正在我不知所措時，電話來了，那頭是母親的聲音，她嚴厲的斥責我晚餐吃不營養的東西。緊接而至的是一連串的擔心，要是以前，我早嫌她囉嗦，但現在，聽著她溫柔的聲音，我的眼球頓時灼熱得快要飆出淚來，爲什麼一個母親總愛安慰自己叛逆的兒子，默默的在背後盡一切努力關懷他？

要是一切重新轉動，那時我不會再想逃，我要好好愛我的家人，學業和自由一點也不重要了。

評語

攝影／黃湘怡

捷帆想逃離的是父母關心，文章以三分之二的篇幅敘述父母的過度關愛，以及可以逃到台北讀書的喜悅。然而，未曾離家的人是無法體會離家後的孤寂，文章寫到第八段：「一個人吃、一個人住……」，文意到此一轉，原本是逃離父母的關愛，卻被城市的寂寞鎖住，此刻接到母親的電話，終於體會家人的溫暖。最後以如果可以重新選擇，將不再逃離作結。

攝影／1281李維原（下）
1263黃湘怡（上）

青初耘藍

【吟釀五感醇味】

（一首歌）

（二十四節氣的故事）

（菜餚）

吟釀五感醇味——引言

蔡佩均 老師

快樂的時候，我們邊歡笑邊歌唱，歌聲響徹雲霄，愉悅的腳步加上藏不住的笑意；憂傷的時候，除了眼淚陪伴自己洗滌心頭的煩憂，也有一首歌在心裡輕輕響起，讓我們能夠堅強地走過低潮的幽谷，勇敢向未來再繼續邁開腳步。王力宏〈你是我心內的一首歌〉：「在我生命留下一首歌／不論結局會如何」，心裡盤旋迴繞不去的旋律，唱出來以後就成為美好記憶的封存；蘇打綠〈你被寫在我的歌裡〉：「走過的路是一陣魔術／把所有的／好的壞的／變成我的；心裡的苦就算不記得／都化作這目光／吟唱成一首歌」，生命當中許多甜酸苦辣，因為有了特別的你相伴，所有的不順遂所有的苦痛都不再那麼難以忍受。

再來看看顯示老祖宗們的智慧的二十四節氣歌：「打春陽氣轉，雨水沿河邊；驚蟄烏鴉叫，春分瀝皮乾；清明忙種麥，穀雨種大田。立夏鵝毛住，小滿雀來全；芒種五月節，夏至不納棉；小暑不算熱，大暑三伏天。立秋忙打靛，處暑動刀鐮；白露煙上架，秋分無生田；寒露不算冷，霜降變了天。立冬交十月，小雪地封嚴；大雪河叉上，冬至不行船；小寒進臘月，大寒又一年。」節氣指二十四時節和氣候，是中國古代訂立用來指導農事的補充曆法。由於節氣是每年季節變更的重要標誌，因此對農業生產非常重要。中國農民為了更方便地根據節氣來安排農事，長期以來形成了一些有關的諺語。

「清明」是國曆四月五或六日，天氣逐漸和暖，花草樹木開始萌芽茂盛，大地呈現一片氣清景明的現象，顯得清爽明媚，因此以「清明」為節氣名。春暖花開，景色清明，但因氣候仍不穩定，作物生長易受到影響。諺語云：「三月初，寒死少年家」，意思是指此時的寒冷氣流會讓人疏於防範，即使是身強體健的人都還是會著涼生病。「清明」也是二十四節氣中，唯一既是民俗節氣又是氣象節氣的「節」。清明緣何雨紛紛？為杜牧默言遙遙指路的牧童，心照不宣——因那「杏花村」正是介之推身處的故地，古代晉國（現今山西）汾陽一帶的天下名酒之鄉。介之推忠心一片為重耳的故事感人肺腑，令人聞之思之皆忍不住要潸然淚下。「倘若主公心有我，憶我之時常自省。臣在九泉心無愧，勤政清明復清明。」介之推的忠言猶在耳，歷代文人雅士亦為清明留下許多詩篇，在騷人墨客的心中，那清明時節總是落下的雨，是天公為忠君愛國的介之推長泣所落的淚雨。習俗演變到現代，「清明」成為極富親情氣氛的節日，平日裡最安靜的處所，都在這一日熱鬧且令人感到溫馨。「讓死者安息，讓生者釋然」，透過祭祖的儀式讓我們追念對我們而言重要的親愛的人，同時也學會更加珍惜現在身邊所擁有的幸福。

冬至時最甜蜜的記憶就是，圍在桌邊狼吞虎嚥媽媽煮的「吃下去就多一歲」的湯圓。象徵圓滿、豐碩的湯圓，溫暖的不僅是想念「媽媽的味道」的胃，還有當時那顆飄盪的心。在外頭闖蕩，跌倒受傷、掉入陷阱、受騙上當……，所有的絕望和傷心，都在一口口吞下以愛心為餡、用包容做外皮的湯圓時被治癒。每一道常駐心頭的菜餚，讓我們念念不忘的，不只是當下嚐在舌尖甜蜜的滋味，更有烹調過程中的點滴真心。就像〈料理鼠王〉中，努力的小老鼠Remy為了追求理想而不畏重重險阻，最後終於如願以償，Rémy在烹飪時的全心全意，就是牠的全世界，料理的過程也是一門高深的藝術，而且充滿超越自我的挑戰。讓我們除了用舌尖眷戀美味，也學會用溫柔的心，細細記憶那些美好。

【青初】

【一首歌】

在你心中，是否有一首歌餘音嬝嬝，揮之不去？它也許關乎童年的天真回憶；也許伴隨你走過刻骨銘心的感情路；也許烙印著友誼的盟約；也許記錄著時代的風雲。

這「一首歌」，或能激發你的夢想，或能寬慰你的心情，或能追述你的舊愛，或能牽引你的靈魂。請就個人的經驗，以「一首歌」為題目，寫下你與這首歌的因緣際會，以及你的所思所感，記敘、抒情、議論皆可。文中可引用歌詞，但不需抄錄全部歌詞。

文長600--800字，不得以詩歌或書信體裁寫作。

總評

一首歌

一首歌只是短短的樂音，卻能燎燒心中熊熊的烈火。本月投稿的作品中，多寫人事的情誼，或爲懷友，或記舊愛，或抒感恩之情。也有摹寫夢想、撫慰心情之作。概觀而言，文字修飾精巧，情感眞摯深刻，篇章結構也大多能鋪排有序。其中可觀者甚多，但礙於篇幅，可錄取者有限，恐有遺珠之憾。

此篇文章可從兩個角度切入——歌詞與樂曲。從歌詞著手，可略引片斷作爲引子，敘寫其中的故事與感懷。敘事的方式可採順敘或倒敘手法，依時光流轉鋪敘生命的歷程，配合著歌詞的意涵，相互印證呼應，更能引人入勝。若以倒敘手法，則不妨保留出人意料的初衷，造成懸宕的效果，讓讀者隨著作者的娓娓敘說，回溯一段精采的情節。無論何種方式，讓故事與歌詞交互穿插，便能編織出動人心弦的故事。

另一角度從樂音的摹寫渲染成文。在〈明湖居聽書〉、〈琵琶行〉、〈赤壁賦〉、〈秋聲賦〉等文章中，皆呈現許多鮮明的摹寫技巧，可供同學仿效。善用修辭技巧將抽象的聽覺，轉換成具體的形象，將可帶領讀者如聞其聲、如見其景、如歷其境。佳句如：「前奏甫起，風沙漫天，一攏首，一拂面，不見揚塵只見音符流濺。」、「正當絕望之際，一曲樂似利劍般刺破黝黑的沼，倏忽，我得救了。」、「高低起伏、抑揚頓挫，好比一抱持著偉大理想的熱血青年，正侃侃而談、高聲敘述著自己的夢想，不帶一絲張狂及現實大染缸中的黑。」

　收束全文的方法可抒寫心情感動、心境轉折或自己的成長，爲這首歌譜下鏗然的尾音。在書寫這篇文章之後，相信你也爲自己寫下了無法抹滅的生命之歌。

攝影／李沛宸

一首歌（一）

1282 許淳涵

那歌，短得像瑞士刀。

刀，能刈去亂絮，能割寸許深的血創。然而，它美得太像夏卡爾的夢；夢得，又膩上了布格涅的美。它是我憂寂時總不忘聽的：《出塞曲》。

我記得，那是詩章初臨日記的年齡，不遠。清朗陰柔的七里香，在我案上錦簇，吐露窺探情愫的門徑。一次年夜，大夥都睡了，我仍在燈下磨蹭，冷雨舔吮著窗片，喊切——廳堂有人。音響開著，伯父蜷在一旁聽，聽蔡琴療治婚姻對他的棄離。抉擇的雨、溫柔的叨絮、哀吟的，《出塞曲》。伯父蜷在沉肅的梳理中，我蜷在詩樂的相擁。

前奏甫起，風沙漫天，一擺首，一拂面，不見揚塵只見音符流溅。唱念「大好河山」的人，不是前朝遺老、憤鬱詞人，只是一個思慕的歌者，廣遠了我想望的縱深。我在長城垣頂盱衡，是七年前的冬雪與三年前的桂香。一邊是城底梨販桃商的市集，一邊是銀簇丘巒，無垠，有歌裡的漠原，有跪禱著的思念。況味，不再只有「將軍白髮征夫淚」了。美麗的顫音，之餘當時可太奧秘了?蔡琴的嗓音哄人，愣愣地，我總是掉在悵惘的洞裡，又在洞裡感悟哀柔，感悟感悟哀柔的釋然。

但是，是然不是久待的。席慕蓉念著的，是蒙古；余光中戀著的，是江南、陳芳明守著的，是嘉南。美詩美文豈不雜揉絲縷鄉愁？他們的視點，單一而纏綿，如對《谿山行旅圖》的稽首；我則游移遄飛，走失在《清明上河圖》的捲軸市街，駢肩雜沓張看。「故鄉的歌是一隻清遠的笛／總在有月亮的晚上響起」，縱然，我北港的家鄉，在西濱面海的南方，想起黃河岸、敕勒川、陰山旁猶須帶拭淚的準備，因爲，倒影使水邊的白楊樹不忘自己的鏡映；縱然，此地的文化氛圍時如蛇籠深鎖，鎖美麗島外於母根，扼頸脈以求雙足立。不過，「只爲曠野無垠　星空依舊燦爛／在傳唱了千年的歌聲裡／是生命共有的疼痛與悲歡」，直覺的對美的頓悟，美，何嘗不是更貼近生存本質的一種現實？

如果，我們執著在現實糾葛的泥沼中打滾，而不知道泥沼前那場雨、糾葛前最後一次溫存，我們高掬的價值空洞而片面，更容易淪爲嘶啞口號與煽惑。如果，你不愛聽，那是因爲歌中沒有你的渴望。

參考資料：席慕蓉《七里香》、《我摺疊著我的愛》之《天上的風》
龍應台《百年思索》代序《在迷宮中仰望星斗

評語

是篇乃美辭美文，時而濃烈，時而清淡。這「一首歌」，銳利時有如刀鋒，唱到細膩處，則又婉轉柔情；引用他人文辭，亦能來去自如，縱橫其間。淳涵頗有才情，願你握此生花妙筆，創作不輟。

一首歌(二)

1182 王意涵

當人們認為平凡的語調，沒有辦法完全傾瀉自己的情感，歌，於是產生，用來填補這個遺憾。你可以嘈嘈切切如私語；也可以一聲急似一聲，如同弓弦繃緊，讓聞者屏氣凝神；或學習大江東去，把所有不如意都拋進江月裏；或感嘆著激盪的時代漩渦，令聽者心有戚戚。

第一次與這首歌相遇是在電視的廣告，「starry starry night」伴隨的是熟悉的「梵谷星夜」，星夜是如此的斑斕，黯黃色的星，洞悉著我靈魂的黑暗，當下就愛上那微微醉人的哀傷。梵谷的星夜之歌被很多人翻唱過，我認為唱最好的還是唐．麥克林（Don Mclean）這首歌嵌合著梵谷傳奇的一生。這種有悲劇，有藝術家瘋狂地痛苦掙扎，就需要唐．麥克林清清的嗓音來詮釋，用音樂的魔力娓娓傾訴著梵谷淒苦的人生。這首歌的表演者不需要雄渾壯闊的聲樂家，因為它本身之所以能夠感人，是那種苦澀的味道，讓你聽了會覺得有個東西哽在喉嚨裡；尤其在那一句：「And how you tried to set them free They wouldn' t listen They do not know how Perhaps they' ll listen now」你是如何渴望要解救你那時代的人們，用畫作想感動他們的心，但是人們不願聆聽，他們也不知如何聆聽，他們把你送進精神病院，害得你舉槍自盡，或許他們後悔了，再次歌頌你的畫，但人們看的只是表象，能感受你那湛藍的眼裡，不安躍動的色彩線條嗎？Perhaps they never will.

我實在想不透為什麼梵谷的圖畫得那麼好，卻被人們視如敝屣，只賣出兩張：梵谷那獨到的思緒，為他捕捉到了山丘上的陰影，捕捉到了冬日的寒風凜冽，夏日向日葵肆意綻開的生命力，火紅的花朵如何熱情燃燒，湛藍的星夜如何憂鬱地眨眼；在他仿米勒的畫作，我們彷彿置身琥珀色的清晨田野，感受到風霜臉孔的農家，除了縐紋外，連整個麥田都是漩渦狀的，一根一根舞起來，一直捲一直捲好像世界扭曲了，扭到梵谷的精神都絞碎了，割了耳朵給自己的弟弟。但你的愛依然眞摯，你的生命像血紅色的玫瑰，被摧殘撕裂，撒在剛飄落的雪地上，多麼醒目而淒美。

親愛的文森，若你要問我爲什麼你的生命這麼悽慘，我也只能告訴你：This world was never met for one as beautiful as you

評語

攝影／李沛宸

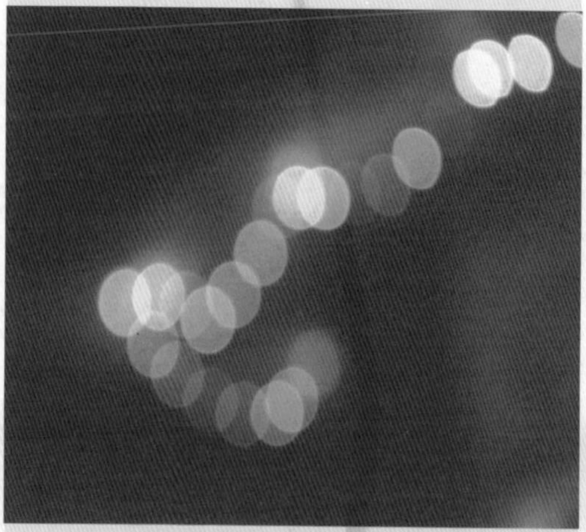

一首歌用耳朵聽，只能感受美妙的旋律，一首歌用心聽，其味道就不僅是美妙的旋律而已。這篇作者將歌與人結合，搭配出「人音合一」的境界，讓未聽過這首歌的人，亦能透過文字的傳遞，彷彿歌曲即在耳邊迴響。這是作者高明之處。

一首歌㈢——夜，曲

1210 林怡瑩

夜半時分，赤焰的熱度早已褪去，僅有規律的鼾聲及「萬人皆眠我獨醒」的清晰。俗世中的煩雜及零亂似盜竊來訪般的，偷得一乾二淨，不留下一絲痕跡，唯有心中的擾念盤桓，揮之不去、驅之不離。

打開收音機，樂章似流水般輕溜過我的耳殼，卻無法在心中投下泛起漣漪的石子，任憑它從我身旁慢慢的流逝；即便我展開雙臂，祈求能捉住任何一個音符，但終究還是，一無所獲。

更深、更沉的夜緩緩降臨，四周的寂靜將我推入心魔所佈下的泥淖，儘管我使勁的擺動已僵化的四肢，奮力爭取最後一口空氣，那強而有力的沼，仍抓握住我的雙腳，向下沉入到窒息的無底深淵。正當絕望之際，一曲樂似利劍般刺破黝黑的沼，倏忽，我得救了。

那曲樂，是由鋼琴所奏的。起先哀慟卻不失希望的音符傾瀉，幻化成緊扣我心弦的旋律。一鍵鍵的琴聲，挑動著我心中一根根多愁善感的神經，為悲傷而墜、為願景而揚；細膩卻不矯情的樂曲在我耳邊縈繞，停佇於我空虛的心靈。

突然間，鬱鬱寡歡轉瞬消逝，原先纖弱的單鍵音化為交替層疊的富麗，高低起伏、抑揚頓挫，好比一抱持著偉大理想的熱血青年，正侃侃而談、高聲敘述著自己的夢想，不帶一絲張狂及現實大染缸中的黑。僅有滿腔的欲望，實踐口中偉大的志向。此時的我，被此樂章震懾，折服於樂章中追求夢想的堅毅，以及好似少年該有的純淨潔白。束縛已久的淚滴滑落，才明白我原來已迷失於這紛亂之中，將最初的夢遺落腦後。

最終，琴聲漸歇，心中卻翻起滔天巨浪，拍打著疲憊不堪的心靈。但此次浪花衝擊過後，留下的並非與先前相同的潮濕疼痛，而是熱情的慷慨激昂，鼓勵著我再次挖掘心底深處最純淨的夢，別因世俗與心靈的拉扯而忘卻最眞切的純。頃刻間，兩行熱淚已被一抹會心之笑給取代，疲憊不堪的心靈找到歸宿，不再冰冷以及絕望。

此時，東方的天空也亮了。

評語

以精巧的譬喻描寫窒悶低落的心情，陰鬱的氣氛使文章先盪至谷底。再藉著樂曲的琴聲使心中翻騰澎湃，激起慷慨激昂的熱情。音樂入人之深，使文章自然轉折，先抑後揚，好似波瀾起伏，跌宕有姿。

一首歌㈣——最熟悉的陌生人

1199 曾耀萱

過往的甜蜜已經變成了彼此的回憶，這首「最熟悉的陌生人」白話了我們之間的牽連。一遍遍聽見旋律裡充滿疑慮和心碎的痕跡；一遍遍的迷惘和愧疚回蕩在我的心坎，妳的離去是我無法辨識的對或錯，而我所知道的只剩下陌生的彼此已經成爲了妳我之間的默契！

在這短短的四分多鐘旋律內，回憶和捉摸不定的情感變身成時光機，回溯那想忘卻忘不了妳我的曾經。想起緣分讓我們成爲了學習上的伴侶，於是我們開始懂得什麼是互相扶持、互相關心。妳的笑容和體貼，漸漸的成爲了我所期盼的陽光，和煦的觸碰著我的思路；而我的開朗和樂觀是妳心房的鑰匙，蔓蔓的枝生成彼此的橋樑，開啓了那羞澀的情誼。

寒冷的冬天裡，我的好意(珍珠奶茶)是妳夜晚的驚喜，雖然冰珍珠奶茶冰凍了妳我的掌心，但是甜度正常的奶茶夾帶著卻是最香純的甜蜜，而紅潤的臉頰不知道是代否表著羞赧還是只是因爲冬天的酷寒？我們彼此的關心陪伴了這個灰靜夜晚，並且延續到了春暖花開的季節，這份難得的緣分，是我第一次體會到的牽掛。我喜歡這個屬於巧克力般的冬天，苦澀的滋味是酷寒，而夾帶的一丁點甜味，是說不出來的幸福。相信在妳我的心靈深處，都能留下最特別的珍珠奶茶！

不懂得珍惜是我的過錯，面對妳那總是關心的付出，我卻始終無法對等的奉獻。不是妳的缺點喪失了我對妳的心意；不是妳的付出讓我不夠明白，只是我無法了解怎麼用對等的友情換取妳的期盼。時間的分分秒秒，時光的瞬息萬變，我最終了解到了我們無法再加深那妳所對這份情感的期望，並不是外界的一切變質了妳和我，而是彼此的橋樑缺少了那繼續的動力。由於我的愚昧和膽怯，不敢對妳有所坦白，導致了讓妳受傷的創口猶如宇宙的膨脹，變的如此的廣闊。這段日子讓妳用眞心眞意的等待，換來的結果卻是心碎的抱歉，我想安慰卻也找不到彌補的藥方。

最近妳告訴了我這首歌「最熟悉的陌生人」，妳的疑問、妳的後悔和妳的無奈包含在了這首歌裡的每個音節和每個頻率。妳說你想要遺忘了從前的點點滴滴，回到可以用朋友的感覺面對我時，再讓我們有溝通的管道。我自責沒把我們的橋樑保護好，自責讓妳受了這麼多的委屈，是我的錯。我不奢求能夠回到從前那猶如清澈藍天的彼此，只希望妳能有個色彩繽紛的彩虹帶領妳走出那痛心疾首。也許我們彼此之間就像這首歌的歌名，只能從此當個陌生人，但是我知道我會記住妳那甜蜜的笑容，就算妳不再對我微笑；我會默默地支持妳關心妳，就算妳已經不再記得我的存在。

評語

故事的存在，往往有動人的情感作為襯底。這篇故事的串連是藉一首歌來完成。彼此間的情誼，透過歌詞的意涵傳達二人世界的默契。動人的故事為背景；優美的修辭為信息；完整的結構為聯繫。這是作者真摯情誼的表露。

一首歌(五)

1199 李常德

青春，一段偶而拾起卻記不得歌詞的旋律，在心裡反覆喃頌。太多的際遇，我們曾經有過，糾結的記憶，在不怎麼起眼的前奏中靜靜舒張。

我有一個摯友。

我們曾經無話不說、無樂不做，依稀記得和他在一起的日子，彷彿都能掛張微笑的保證，我們的友誼沒有太多詮釋，他的一個皺眉，就能讓我會意，我的一個眼神，他就能有感應，笑聲的重合已經是我們的特色，一拍即合的默契，尋遍人海也難再遇。

某日，我們來到河濱的公園，騎單車是我們與朋友們會面的老藉口，那天，他默默不語的躺在草原上，料想他是心事湧上心頭，人也跟著鬱悶了。我強拉著他兜風，想要分擔他的憂愁。

說著說著，他突然大聲的咆哮「你根本就不了解我！我想一個人靜靜。」我木然望著他，掉頭就走是我的當下的反應，我渴望他的道歉，但在沒有任何一方肯低頭認錯的情況下，誤會漸漸根深了。

不久，我的不耐煩加速的我的不悅，理性拴不住脫韁的衝動，我一見他便大聲斥喝，「朋友不是應該把所有的事不吝嗇的分擔或分享嗎？」，他的不滿也禁不起膨脹，開戰的信號是他劈頭揮來的手刀，我們扭打成一團，同學們分別架住了我們，我們之間那無形的線彷彿被硬生生的切的一乾二淨。

裂痕早在刻意的忽視下浸淫，太過相近的個性也許是一道隔閡，從此他的心拒我於外，我也找不到入口。

是我佔有慾太滿，是他的不信任太直接。

最後，我們彼此憎恨、埋怨、也許惋惜用言語加害、用謊言中傷。

我靜靜的傾聽蘇打綠的「這天」，歌詞句句敲進我的聽覺、觸覺、視覺，甚至我的心澄，波滔頓時翻湧，那一瞬間萬物是倒轉的、是逆流的，往事過眼雲煙，倏忽飄過。

「我們看了編造的謊言，就如此輕易將彼此劃成碎片。」我的淚不曾逃脫眼眶，在變色的友誼中，它沒了堤防了，滑落的是刀刀見骨的殘孽。我並沒有責怪和反擊，擁抱所有是我的選擇，我一直在等待。「請讓我在你身邊一起穿越這條街。」我多麼希望能夠再次到他的身邊走過條條蔓路。

我一直在等待，這首歌的故事到來的那一天。

五年後，我們大了、懂事了，我們不再憎恨，但也不如以往親暱。在一個同學們相約的午後，大家又回到了昔日的河濱公園。

那天，大家都騎遠了，只剩我和他躺在草原上偷一些愜意，他開始感慨之前的種種往事，我則訴說著我的現在，兩人對著遼闊慢慢敘舊。

「還記得我們在這裡發生過的事嗎？」他丟來一句我從未意料到的問題。

「我早忘了。」不加思索的我笑著對他說。

「總有一天我們都死去，丟掉名字的回憶再沒有意義；總有一天我們都嘆息，笑著緬懷有過的愚蠢的美麗，就讓現在過去。」歌詞喃喃在耳邊私語，我的腳輕輕的打著拍子。

你笑了，我笑了，笑了。

這天。

評語

寫出了曾經美好的情誼——珍貴卻脆弱，嘆息著年少情懷的純真、執著與青澀；慶幸的是，歲月終究縫合了友誼的裂縫。常德娓娓道來，使讀者亦因此隨之跌宕起伏，全篇充滿情思無限。

筆記

【青初】

⊙說明：驚蟄（國曆三月五日或六日；農曆二月節）

蟲類冬眠或隱藏起來叫做蟄，春天一到，春雷聲響，各種冬眠的動物被雷聲驚醒破土而出，故此時節稱為驚蟄。

台灣有一句諺語：「驚蟄，鳥仔曬翅。」意思是說驚蟄以後，氣溫上升，不但蟄伏在泥土中的蟲兒出來了，連躲在巢裡的鳥兒也飛出窩巢曬太陽。

民間認為驚蟄這一天若打雷，表示這一年可豐收，有「驚蟄聞雷，穀米賤似泥」之諺，若驚蟄不打雷，這一年可能歉收，有「驚蟄未蟄，人吃狗食」的農諺；而若在驚蟄之前就打雷，那就預示這一年將長期下雨，農作物容易遭雨水淹沒與浸泡。

⊙請你依據二十四節氣（立春、雨水、驚蟄、春分、清明、穀雨、立夏、小滿、芒種、夏至、小暑、大暑、立秋、處暑、白露、秋分、寒露、霜降、立冬、小雪、大雪、冬至、小寒、大寒）的特徵與意涵，擇一創作，可以是自己的經歷或是想像的故事。（字數在800以內，請以散文或小說體寫作，題目自訂）

總評

二十四節氣的故事

本次徵文主題——「二十四節氣的故事」，應徵的稿件約80件，與上一次相比明顯減少；似乎愛聽故事的我們，卻大多害怕以文字說故事，所以被題目嚇阻了。這是一個需要突破的文字心理障礙；無論寫作記敘、抒情、論說各體文章時，如能以事例置入文思理念，文章自能增添生動、親和的說服力；「舉例」正是說故事，我們其實常常在寫故事。寫故事不一定要有「對話」，不一定是親身經歷。

「二十四節氣」裡極具古典氛圍的節氣名稱，以神話色彩寫作其實很搭；以農事氣味寫作，也很能彰顯主題懷舊溫馨的人情；以成長的蛻變結合「驚蟄」、「春分」開展希望，很能引人認同；「清明」是個很有故事性的名稱，但是要能把「傷逝」提昇爲深遠的「緬懷」，以及在生與死的「混沌與曖昧」（引自施力麒的疊聲．蝶生）之間有一番詩意，和隱約寬展的未來性，都是很具啓發的妙筆。

應徵稿件中多數是以散文書寫，也有少數受到「故事」兩字鼓舞的以「小說」形式呈現。有的小說企圖心很大，有的故事需要更曲折的空間，有的人物互動邏輯不夠清晰，前二種情況得要適度剪裁，以免篇幅侷限故事疏疏落落發展成單薄的大綱或腳本。

「清明」過後「穀雨」（國曆四月二十農曆四月十五），這些天春雨、春寒微微，許多生意悄悄萌發；在現代意識裡刺繡先人生活文化再增一度呼息的空間，我們不得不歎服古文字的精練、簡淨、智慧。

攝影／黃湘怡

二十四節氣的故事㈠

——疊聲．蝶生

1136 施力麒

彷彿是一首歌。此日無雨，但有風，風將我們逗得輕揚，叮叮噹噹，腳印如高掛的牧鈴，在山上。山上沒有成群的牛羊，只有在石頭裡打盹的祖先，如牧童。笛聲響起，我們和風樂同速，向青山行去。

過橋，橋下有水，水邊有人家。買了金銀紙和水果，像是打酒去見山裡的隱居先生。他們應該是很清閒的，因爲這兒有小溪，也有四開的花。我彷彿可以看到他們衣衿半敞，飲酒，如陶謝在賦詩。他們也可能因酒而醉去，躺在風裡，枕著石頭，半寤半寐地看著我們如喫草的牛羊。在這山水裡，有一片草原，青青；有一縷縷的風，飄飄。這是魏晉的山林，是歐洲的牧野，可以唱詩，也可以放歌，兩道音軌，疊聲賦格，和每一響子孫的跫音，同聲共鳴，成爲家族的長樂。

是間奏，我們停下腳步，我們鋤草。鐮刀也如此亮潔而美麗，不淌血，只滴著翠綠的草汁，把風也一起染綠了。風吹到另一群人的臉上，把他們的臉染的灰綠，他們是送葬的家屬。是《九歌》嗎？我不知道，但嗩吶響得悲愴，把淚水也帶入土石裡，一起下葬了。這時，我看見草桿上有蟲繭，是今夏的蝴蝶嗎？我同樣無所得知，但裡頭一定是包藏著一個小小的生命吧！我忽然驚訝於一種混沌與曖昧。生與死，枯骨與彩蝶，竟是如此的靠近，而新死的靈和初生的蝶，竟也能在橋上相遇，在湯水下肚之後，相互轉生。原來《九歌》和《搖籃曲》，也能是一種雙聲疊韻，在這山的稜線上，和諧奏鳴。

這山啊，或許有一天也將被磨的無稜無角，伴著遠走的先靈，和陡起的樓房，如樂曲的休止；而我也無法在身後遁入山野，只能被壓縮在小小的囊。但我想，至少在每個有風的日子，我們也多少還能聽到一些依稀的笛聲，裡頭有一座座山圍水繞的小丘，可以去攀爬膜拜，裁剪拼貼我們對祖先的追念和想像。然後成爲一首疊聲共韻的歌，與我們和青山，同頻共響。

風，風來了……帶著笛聲和遠方的蝶，他們一起停在我的衿上。

評語

攝影／李沛宸

字句優美凝鍊，彷彿一首動人的曲調，處處展現作者駕馭文字的功力。題目也富有巧思，在諸多描寫「清明」的作品中顯出其獨特性。

二十四節氣的故事㈡

——清明祭事

1127 陳珩

今年又去看他了。

我爺爺，我緣慳一面的爺爺。

骨灰甕存放的禪寺坐落山腳與盆地交接的小巖丘，離家不遠，惟須下坡後又上坡。往禪寺的路最後有段階梯，或許莊嚴與威嚴必須靠著不易親近的高度及陡峭才得以建立吧？

清明應是這兒一年中難得充滿人氣的日子。

爺爺與他的鄰居們沉默地將時光凍結在的瓷罈前的照片裏，年年等著後世子孫溫柔地拂去他們眼框上的灰塵。他們幾乎擁有張嚴肅端正的臉，爺爺亦然。這無色相紙是我與他在世上的唯一連結；自初生，爺爺映在我心底的，不是活生生走動跑跳的親人，而是僅此一幅消瘦的遺照薄紙。

那時候的他肯定還未升格爺爺。下巴是大伯的削尖，黑髮一如叔叔蜷曲；爺爺有著跟爸爸一樣實在的眼神。留有年輕人般英氣的他並不衰老，那怎會到這裡呢？這半尺見方的寂寞黑盒子。

爸爸不常侃述自己的童年，但凡提起必言及他父親。他父親，我爺爺；二十出頭歲數即離鄉，隨著軍閥漂洋過海到蕞爾小島。政府軍嗎？不。只是在找活差養家時，不幸履及歷史的泥淖，從此再也沒仰望過家鄉的湛藍天空。爺爺後來與客家女子結婚，他的妻子，最疼我的奶奶。

事情發生在大姑的生日——大雪剛過，初罹重聽的他，在錯誤的時間行經錯誤的地點。南島四季如春，那年的冬至卻是我們家最冷；爺爺在爸爸的青春追憶中缺席，也過早從人生肄業。

新喪少婦堅忍地自食其力將孩子拉拔成人；其中曲折自然又是另一篇令人無法闔頁的故事。我始終相信結痂癒合的疤，偶爾還是會發癢。連素未謀面的孫輩如我，都曾懷想實際上不存在可能體驗的卅年前，奶奶怎忘得了、爸爸哪記不住？或許某個春雨時節，昔日氣味也突地如魍魎悄然浸入了他們眼簾；我剎那了解祭祖選擇在清明初春的意義了，那是在熬過上一個嚴寒後向逝去的人們報平安、報佳音呀！「雖然摯愛的你不在了，但我依然會好好活下去；就如與你未盡的生命一齊，珍惜地過。」

再次凝視爺爺罈上的臉，一旁銘刻生卒年的小楷跳進視線；驀地發覺爸爸今年竟與他同齡了。前者時間永凍，而後者迎頭趕上。當年失怙的高中生，轉眼也成了孩子的父親。

「青春不曾離開，只是遷徙。」

明年還會再來吧？

評語

情感細膩，文字的轉化力強，現象與事理的連結表現了成熟的見解，對「永恆生命」的體會尤其深刻。

二十四節氣的故事㈢

——驚蟄狂想

1127 陳逸陽

攝影／李沛宸

初春，沉浸在花海的美景裡，看嫩葉羞花，聽百鳥爭鳴，享受著生命萌芽的氣息；微濕的土壤，孕育著春天的雛形。「What a wonderful world！」詹姆斯墨里森(James Morrison)那獨特的沙啞嗓音，似鳥展翅翱翔，漸漸由耳機迴盪於世界的每個角落，一如春神泊瑟芬在翠綠的山崗上宣告著，一年之始——驚蟄，正式登台。

然而，山的另一頭，傳來木鐸般的書聲，緩緩漫延過整個山頭，預告著山雨欲來的序幕……。開學，埋首於書堆之中，那悅耳的鐘聲，如令人喪膽的雷鳴，在每個高三大將們的耳邊提醒著——死神降臨，勾起那詭異的微笑，手持沙漏，爲指考的天數一一倒數。此刻繁雜的課業，變成數噸重的壓力，不禁讓我回想起兒時美好的時光……。漫步於杜鵑花海之中，薄霧散發著淡淡的香氣，微風與枝葉婆娑起舞；與初醒的萬物，奏起曼妙的華爾滋，所有的生命似乎在舉行一場盛大的嘉年華會，歌詠自己的誕生，大家爭相宣示著自我的存在。在那目不暇給的盛會中，不禁讓我讚嘆，生命那毫不加修飾，毫不矯揉造作的美。

正如航行於書海之中的我們，雖然過著快樂的校園生活，卻置身在比武擂臺而不自知。我們的所有一切，化爲可悲的阿拉伯數字，以最原始的方式，比大比小、比多比少，勝者，接受掌聲；敗者，請獨自悲傷。物猶如此，人更如此。我們也是在這紛亂的人生舞台，在這頂尖人才淘汰優秀人才的舞台中尋求嶄露頭角的機會，儘管是個小配角。但多年以後，還有誰記得主角呢？有人仍記得我的存在嗎？仍記得那朵花開的季節嗎？弱肉強食，物競天擇，是大自然不變的法則，將我們放入達爾文淘汰的白皮書中，等待時間的洪流，一一拾去……不論是縱橫一世的霸主，或藉藉無名的小民。

人，在所有人忘記他時死去，那花存在的目的，又是什麼？含淚問花花不語，也許是爲了在當下，讓人察覺，曾經有這麼一朵花，無語的立於路旁，等待著那刺眼的鎂光燈。物猶如此，人更如此。活在當下，是在花海中掙出頭最好的方法吧！

評語

寫景清新優美，對生活現象背後的本質能有一番通透的觀照，「活在當下」的體悟為全文做了最好的收束。

二十四節氣的故事(四)—春分

1127．王甯嫻

「春分」之後，就進入百花盛開的春季，各地的白天和夜晚都一樣長，「春分日暝對分」，而氣溫也逐漸回暖，溫度適中，水分充足，諺語說：「二月驚蟄又春分，種樹施肥耕地深」和「春分有雨病人稀，五穀稻作處處宜」，都是形容這個時候最適合耕作插秧，萬物欣欣向榮的景象。

三年前，我考上台北的高中，從此展開了通勤的生活。從中壢到台北的這段路上，時常可以看見一畦一畦的稻田，平靜的水如鏡面般凝固在阡阡陌陌的田埂中，早晨醒來的秧苗，滿臉露水，笑瞇瞇地躺臥在大地上，像是正和低著頭的蒲公英在綿綿情話，一張張笑臉，興高采烈地向人們報告春天來臨的喜訊。如綠波般的秧苗一列一列整整齊齊的排好，準備在火車經過的時候「稍息—立正—敬禮」，在車廂內的我，總是會默默的在心裡向他說說早安。傍晚的秧苗多了一分慵懶，扛著夕陽、打著呵欠，卻仍然前後對正、左右看齊的站好，黃昏安撫著幼苗，鼓勵他們這一整天的努力與成長。

「春分」代表新生命的開始。春，像一枝筆，在大地上塗塗抹抹，塗一次便綠一分，直到每個角落都塡滿爲止。「儘管百花百色，綠才是春色」，秧苗嫩嫩的、綠綠的，在田野裡坐著、躺著，打兩個滾，捉幾回迷藏，就如同孩子般，農夫默默的揮灑他費盡苦心的汗水，滋潤著秧苗；父母以綿密的關愛，殷勤的呵護著孩子。這樣純樸的農家景致映入我的眼簾，悄悄地打開了我長期悶在台北都會的心，只要想到我也跟這秧苗一

評語

攝影／李維原

文字清新自然，觸發深刻而耐人尋味。閱讀甯嫺同學這篇文章，彷彿跟著她的腳步，到鄉間走了一遭，也嗅到了一絲春天的氣息。

般，正在萌芽、成長、茁壯，長期累積的壓力便會得到抒解，並懷抱著新的希望面對未知的下一步，人生又何嘗不是像這秧苗「春耕、夏耘、秋收、冬藏」呢？

高中三年的時光，我每天都從這小小的車窗，看著外面那大大的世界，凝視著如幻燈片般不斷抽換的景色，總是能調適我那顆疲累又包裹著一層灰的心，使它透徹、凝止，沈靜，望著一片又一片的農田，我彷彿聞到了那純淨樸實的農村氣息。

二十四節氣的故事 (五) ──驚蟄

1173 尤謙

「啪！」隨著第一道蒼白的春雷，落下的雨滴彈出春的前奏，這場名爲「驚蟄」的演奏會，正式開始。

短暫的雷是指揮不朽的手，每一次的落下，都是最震憾人心的一刻；不盡的雨有如鋼琴，大珠小珠落玉盤是她獨有的美，從山頂跌落至溪中的巨石則像定音鼓，出聲的瞬間總是驚天動地；兩者的開場，鋪陳出最永恆的樂章。

雷再一次的落下。穿越高山和大海的東風，吹進了大大小小的洞中，奏出巴松管的低沉，小號的激昂，雙簧管的穩重和長笛的優雅；風也吹進了鬱鬱林中，撥弄著樹蔓，拉出小提琴的高亢，大提琴的低迴，彈出貝斯的活力，豎琴的典雅。

雷不斷地落下。在土壤、在水中，已蓄勢待發的種子紛紛蹦開，霎時間，天地充滿著生命的回音，而那回音有如吉他的輕快，伴隨著一片片的綠海，不停的擴大，不停的回盪，使萬物沐浴在初生的喜悅中。而被這天籟驚醒的生靈，也紛紛以自已的方式，唱出讚美。

飛翔的鷹開始長嘯，帶著傲氣飛向遠方，而森林中的鳥兒，以不畏懼風雨的勇氣，唱出另一種婉轉的美；山中睡眼迷濛的巨熊，以驚天動地的吼聲，成爲另一個定音鼓，土中蟄伏的蟲子，也爭先恐後地爬出那陰暗的地底，準備飛上樹枝，引吭高歌。

雷重重落下，擊中那棵已腐朽殆盡的松木，以熊熊燃燒的天火，做爲這場演奏會的終結。

評語

將「驚蟄」的雷聲做了最生動、豐富的想像，文字精準優美，不落俗套。

【青初】

真心品嚐一道料理的方式有幾種？

一位真正的美食家，並不僅止於將食物吞嚥下肚，說出好吃與否而已。而能更進一步地去製作它，如林文月製作蘿蔔糕時說：「首先，把米漿放入容器內；次加刨好的蘿蔔絲，一面用洗淨的手，憑著手指的觸覺，將米漿結成塊狀的部分搓開，使與蘿蔔絲均勻融合；最後灑入炒妥的配料及泡過水的花生粒……」；或經驗老道地揀擇一道美味，如舒國治挑烤蕃薯時說：「需以手指輕輕按下，若柔軟凹綿，且皮面微微出蜜者，則吃時不但極甜，且入口即化……」。在現實生活中，一道菜餚的色香味或許稍縱即逝，但留在心底、形諸文字的美味卻能跨越一餐飯的光陰而不輕易被沖入遺忘的流中。

周星馳〈食神〉裡說：「只要有心，人人都可以當食神。」雖說我們不一定要當「食神」，但我們只要有心，都能用全副的心思去品嚐一道菜餚，甚至書寫它。因此，請你試著記錄一道「常駐你心」的菜餚，透過各種感官的摹寫，來呈現它是如何被烹調、製作完成？而你又如何品嚐？且這道料理對你而言，是否又具有更多在眼耳鼻口之外，用心才能體會到的人生況味？

文長800~1200字，不得以詩歌或書信體裁寫作，題目自訂。

總評

菜餚

這次徵文的稿件約有一百份，而在評閱後，我們決定不分名次，選出六篇優秀作品來和同學們分享討論。希望大家都能在相互觀摩學習中，拓展自己的寫作視野。

這次來稿的作品中，有兩點是評審小組最想和大家討論的：

首先是關於文章內容安排的問題，這次的徵文中，希望大家能由菜餚的製作、品嚐出發，最後歸結於這道菜餚與作者生命經驗的交會，也就是「人生況味」的體現。然而許多作品雖然都提及了這些部分，但卻略顯生硬，這幾個層次之間若能處理細膩些，才能透顯出「氣氛」，使全文都包含在作者想要營造的效果之中，如此才能讓讀者感受到全文是一個整體，而非機械且階段式的要點回應。

此外是主題方面，大部分的作品寫的都是與親人之間的互動。但往往只寫到「懷念故人」、或「美好年代已逝」便結束了，因此雖然回顧了自己的生命經驗，但卻不夠深入，是非常可惜的。而人生除親情之外，還有友情、愛情許多領域可供探討；情感的內涵也還有思考的空間，或許不完全都那麼美好，菜餚所記錄的，或許是一場如今令你後悔不已的爭吵，或是那些別離、與生命中的錯過和缺席，又或許是許多生命中沒有機會說明，或沒有辦法以言語傾訴的情感。而這些也都可以試著透過文字來抒發表現。然而，最重要的是那份感覺原本就常駐你心，而在書寫後，能使你以更好的方式，保存那些過往，並更好地邁向明天。

菜餚雖能重製，過往不能重來。書寫一道常駐心中的菜餚，彷彿得到一盞燈，讓你得以檢視記憶的底片，看清更多原本連你自己也不清楚的細節。而最後，要感謝所有來稿的同學，正是因爲有你們如此用心地綴文屬詞，使文字也成爲心靈的佳餚，而我們也因此經歷了一場由字入心的、難得的饗宴。

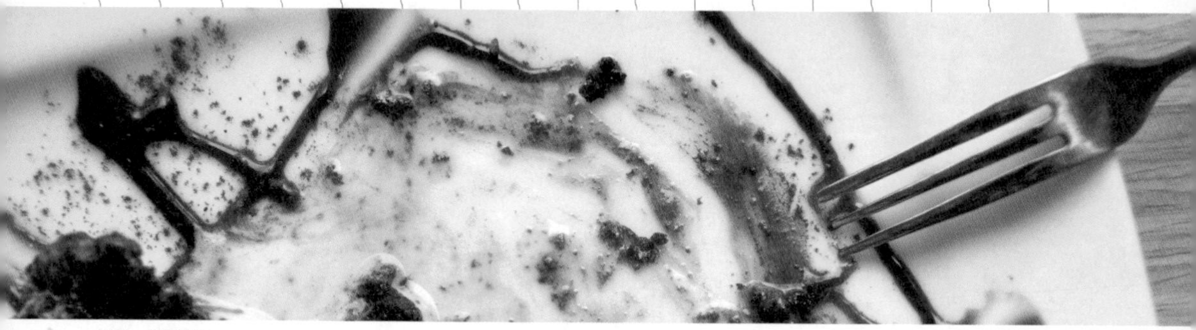

攝影／黃湘怡

菜餚㈠——翻滾吧，蛋包飯！

1203 施祖方

「把洋蔥切好，放入鍋中爆香，爆香後把洋蔥取出。在鍋中加入火腿丁乾煎一下。當火腿油被逼出來時，加入白菜、牛肚與蘿蔔絲並用大火快炒後將菜取出。這時整個鍋子都充滿了香料與菜料的香氣。趕快把白飯加入，用中火炒，再將菜料、香料依序加入，用小火拌勻後，再用大火快炒，把水氣除盡。炒飯就完成啦。然後……。」

每當我尋著香氣，來到我爸身旁，他就會滔滔不絕地跟我聊起炒飯的過程與新發現。

第一次嚐到老爸的蛋包飯，是在第一次段考失利的晚上。我早已哭了一整個早上，幾乎是把身體中的每一滴血液都哭乾了！到了下午，雖然眼皮吵著要休息，但身體的每一個細胞，都還在瓦釜雷鳴，高唱悲歌。就這樣呆坐到傍晚，突然，一盤炒飯出現在我面前。我冷酷地看著老爸，老爸則不好意思地看著面帶焦色的米粒：「對不起啦！爸爸第一次下廚，就勉強吃吃吧。」我邊拿起餐具邊想：「如今可能連世界最頂級的料理都無法打動我的味蕾，更何況是這種失敗品呢？」我吃了一口，果然是味如嚼蠟，還帶了點隔夜菜的腥味；但當它潤過我的食道時，一波波溫暖撫弄我心，猶如輕柔的毛巾，拭去了細胞們的淚水；又如噴泉般注滿我的血管。這份晚餐並沒有感動我的舌頭，它直接感動了我的心頭。

從那天起，老爸每週都做炒飯給我吃。他慢慢發現：飯，一定要用過去煮好用剩的，這種「隔夜飯」已吸過一次水，再下鍋炒時吸水自然較少，也較容易炒開。菜料也要用隔夜的，雖然比較不新鮮，但能與飯香融合，使其更爲甜美，還有襯出火腿口感之妙！至今，老爸的炒飯已令人聞香下馬，親朋好友都要指定這「私房料理」來吃呢！

而最令人嘆爲觀止的，是他的蛋皮功夫。過去，老爸做的眞的叫「皮」；可是在短短兩年之內，那蛋皮好像超薄蒸蛋般連綿，跟早已趨近於完美的炒飯搭配起來，那眞是「張旭醉酒怒〈狂草〉，羲之賞鵝讚〈蘭亭〉」，令人恨不得連盤子一同吞下肚呢。

看到老爸把炒飯做好了，我很識相地離開，因爲老爸不准我看他蛋皮的秘密。不一會而，香噴噴的麻辣蛋包飯（咱們昨天吃麻婆豆腐）上桌了。他好奇地讀過我的第一口炒飯後，他大笑：「人生本來就是如此嘛，若沒有那盤燒焦的炒飯，怎會有今天的蛋包飯？」聽到這裡，我頓悟了。人的第一次，難免是口味不佳，還帶些焦色。要端出一盤美味的人生，並不是一味的找尋新的佐料，而是走回廚房，審視自己的剩菜剩飯，並將他們退變成嶄新的口味。最後，只要能找到適合自己的蛋皮，人生，也隨之成形、成味、成香。想到這裡，我衝過去擁抱老爸，久久不願放手。爸爸摸摸我的頭說：「好孩子，別讓飯涼了。」

老爸，縱使您不讓我看您的蛋皮來源，我也會盡全力，找到屬於自己的蛋皮的。翻滾吧，蛋包飯！

評語

涵括了菜餚的滋味與人生的況味，內容豐富但卻毫不生硬。主題是容易入手的親情，但卻能把親人之間愛的「溫暖」表達的恰到好處，又不落俗套。父子情誼透過一道菜餚而得以展露，文字活潑卻見得文采，是本文最吸引人之處。

菜餚(二)——夏日的記憶/豆花冰

1207 林家豪

炎夏酷暑，蟬聲嗚嗚，在外嬉鬧奔跑的童年是濕漉漉的、黏答答的，滿肚子焦躁的熱火渴望著被澆息，突然的叫賣聲闖進了躁動的孩群之中，「賣冰豆花喔！」，爽朗親切的嗓音傳達出一絲清涼的訊息，冰豆花那沁人脾肺、甜溢舌喉的滋味，對我兒時的夏日時光來說，有著不可被取代的重要性。

老伯熟練地拿出挖杓，像面對自己孩子般溫柔地畫出一圈圈如嬰孩肌膚般細白粉嫩的豆花，滑腴的豆花溜進碗裡，溢散出濃濃的黃豆香，老伯手上換上了湯杓，從古早的大鐵桶中撈出黃橙橙的糖汁，蔗糖獨有的甘香氣令人胃口大開，擺上顆粒渾厚飽滿的花生，老伯又熱心地多加幾塊了碎冰替我降降暑氣，午後的斜陽灑落在公園兩旁的榕樹，稻穗般金黃的陽光穿透了碗中的瓊漿玉液，漂浮在上的碎冰閃耀著炫目的光芒，一場夏日午後的交響曲，在孩童甜滋滋的嘴中，揭開了序幕。

四溢的黃豆香，伴隨著一股獨特的焦香味，從碰觸到舌尖的一刻，輕柔如羽毛枕頭似地豆花像奶酪般地化在口中，撲鼻而來的香氣在口中久久不散，滑順的豆花就這樣絲毫不費功夫的溜進喉嚨，順著勁涼清爽的糖水，霎時感到通體舒暢，身體如脫胎換骨般地甦醒，此乃人生之一快也，而那軟綿而不爛，味濃而不過分的花生，稱職的扮演了完美的配角，頗具畫龍點睛、相輔相成之效，呼嚕呼嚕，碗底只剩下碎冰盤據著，嘴角殘留著豆花渣的孩童，不甘心似的咬起那殘存的冰屑，「刷——刷」的聲音就這麼停留在那褪黃的記憶當中，作爲整首曲子的結尾。

如今孩童已成了小大人，榕樹也成了一面面的鋼筋水泥牆，古早風味的豆花冰，就這麼隨著都市及現代化的巨大浪而潮淹沒在往日的記憶之中了！現在有的是加盟連鎖的冰店，少的卻是老伯熱情的叫賣聲和那更富有台灣人熱情和愛心的碎冰，有的是集體化生產的桶裝豆花，沒了的卻是老伯每日遵循著古法，一步步含著感情地、踏實地作出的古早豆花，我懷念著那記憶中的豆花冰，那不可或缺的夏日記憶，似乎無奈地隨著時間的腳步，離我越來越遠。

評語

對於長句子的運用十分熟練，表現出字句之間細緻的質地，其香滑綿密，與豆花的滋味相較，可謂異曲同工。對於畫面中的色、香、味等許多小節，均能作妥善的處理，因此能夠表現出時空變遷下，那微微泛黃、卻不曾破損的往日情懷。

菜餚(三)——爺爺的豆腐湯

1193 賈之帆

「燙喔！小心！」一碗熱騰騰的豆腐湯在奶奶的一陣么喝聲中捧上桌來，棕色的湯底上方還飄著縷縷白煙，青蔥和著胡椒的奇特香味在客廳蔓延開來，擄獲了每一個孩子的心。

豆腐湯是爺爺的拿手好菜，但那不是平常在餐館吃到的那種，外頭的豆腐湯走的總是清淡路線，清新雅致，但總嚐不出什麼味來。爺爺的豆腐湯，吃起來有種濃濃的味兒，醬油和著豆腐的感覺總在口中徘徊不去，不若外頭賣的那般稍縱即逝。

然而，端起湯來仔細端詳，那湯的配料卻是再簡單不過了——一塊塊切成丁狀的豆腐，佐以一些絲狀的木耳和紅蘿蔔，加入醬油和其他調味料細細燉煮，最後再加些青蔥和胡椒，不用多少時候，一大碗濃郁的的豆腐湯便可以上桌了。別看它的做法簡易，其實它的每一分味道都是爺爺多年的經驗所累積而成的，其中又以火候的掌控最爲重要，須得恰到好處方可入味，只要稍不留神，嚐起來便不對味了。

品嚐爺爺的豆腐湯有很多不同的方法，無論是直接品嚐或是配飯下嚥，都各有各的美味，其中又以直接品嚐最能夠嚐出它的每一種味道，每一絲酸味和辣味都撥動著味蕾，訴說著自己有多美味。若是口味重些，儘可以自己多加些胡椒，但我最愛的吃法，莫過於將它淋在飯上配菜下嚥了，讓湯汁一滴滴的滲入飯菜當中，和在一塊兒，讓它們在口中融合，雖說這樣不免減了湯汁的原味，卻能夠混出另一種不盡相同的口感，一樣的令人回味無窮。

年輕時候的爺爺是個軍人，戰火之下的他少了家的溫暖，舉凡大小事都得自己動手，因此練就了一手的好廚藝。每次回爺爺家，他總會親自下廚，煮一桌子的好菜和我們分享。然而爺爺卻也是強悍而嚴厲的，他的言詞犀利，每當我們犯了錯，他都會給我們最即時的指正，最有效，但卻也最傷人。有時遭到責罵，我們總會孩子氣的躲到房裡偷偷拭淚。到了晚上的時候，儘管百般的不願意，還是得出來和全家人共進晚餐，起初的我們還是哭哭啼啼的，但爺爺總會爲我們盛上滿滿的豆腐湯，一碗碗喝完後就像迷湯下肚般，忘卻了一切的不愉快，笑得合不攏嘴。小時候的我們總不了解爲什麼，但隨著我們長大，突然有那麼一回，我們不知怎地便明白了其中的道理——

原來爺爺一直都是刀子嘴，豆腐心。

我們從這湯裡嚐到的，除了味覺上的美好滋味，還有爺爺對這個家滿滿的愛憐，從一口用心熬煮的湯就可以嚐出他對這個家的用心，那種味道，是家人之間才感覺得到的溫暖味道，是再高級的餐館也尋不著的。其實那種感覺一直都在，只不過從前的我們還不能夠體會爺爺對我們的關愛，錯怪了他的兇、錯怪了他的好。其實他不過是想將他所能夠給予我們的愛，化爲無私的教誨，期盼我們有朝一日能夠成爲一個有用的人。

自從那一天我想清楚了這一節，我便不再埋怨爺爺的兇了。這麼多年以來，在我們這些孩子們的心目中，爺爺的豆腐湯，永遠和他的教誨一樣的令人雋永，回味無窮。

評語

透過豆腐湯這道食材，表現了了爺爺的剛毅的外表與柔軟的內心。豆腐湯味道之辛香濃醇，正如爺爺對作者的關愛，關愛並不都以溫柔親切的方式呈現，這道理落實了說，便不稀奇，但透過寫一碗回甘的熱湯拌飯，便能得出箇中滋味。

菜餚(四)——苦瓜鳳梨雞

1194 徐弘儒

鍋蓋在湯鍋上微微地顫動，偶有一縷輕煙在我的注視下逸散至空中。我用視線感受著鍋中的溫度，期待它在沸騰的那一刻，呈現這道令我魂牽夢縈的湯品——苦瓜鳳梨雞。

依稀記得我還在蹣跚學步時，媽媽就常煮這道菜。那時的我，該是站在嬰兒床上扶著欄杆，好奇地自母親的背後觀望。火爐上的湯鍋中裝著滿滿的水靜待煮沸。一旁放著一盤切塊的帶骨雞肉，自白皮下透出的嫩紅色，代表著它的新鮮。一旁的媽媽正在砧板上切著白玉般的苦瓜，不時注意著爐火上的水。水滾後放入苦瓜和雞肉，先滾一下，接著轉小火，慢慢的燉煮。過了一會兒，就見媽媽從冰箱中拿出一罐深黃色的東西。啊！我知道那是奶奶親手做的「醃鳳梨」。每次我們回鄉下老家，奶奶總會在老舊的木碗櫥拿出醃製已久的各種醬菜讓我們帶回家。不同於山珍海味的鮮美；奶奶的醬菜有著淡雅的甘味、酸味，那種貧困年代的酸，度過艱苦的甘。加在湯中，更有一股屬於回憶的滋味。

不知從什麼時候開始，我被這種深沉的滋味吸引。那不是龍蝦、不是魚翅、不是咬下驚奇卻倏忽即逝的美味；是菜脯、是魚乾、是咀嚼時平淡（甚至微臭）卻在下咽後在唇齒五臟間遊走回盪的甘美。我小時候一直不知道這股吸引著我的是什麼感覺，直到那一天的午後……

夏日的午後，奶奶獨自一人坐在院子裡做醃鳳梨，我坐在一旁的藤椅上享受薰風吹來的悠閒。在睡眼迷濛的視線中，我看見在地面陽光反照下，奶奶的臉：眼皮雖然下垂，眼光依舊銳利；皺紋雖然滿佈，溫暖的微笑卻沒有因此被拉成水平線。在緩慢放入鳳梨的雙手中，我看見一種心才能品嚐的佐料；一種叫「回憶」的味道。咬一口軟爛的苦瓜，吃到的是古早農家打拚的辛苦；吃一塊鳳梨，微酸的刺激是勇敢向未來前進的鼓勵；喝下一口香醇的湯，過往的種種融合在腦海中，最後遺留下的，也僅是一小口，會回甘的甜美。

鍋蓋在湯鍋上平穩的躺著，開著小火煮著名為「回憶」的苦瓜鳳梨雞。期待再打開的那一刻，嚐到古早時代那令人一再回味的體會。

評語

文章透過回憶，今昔的時空剪接，拓深了烹煮鳳梨苦瓜雞的當下。而在回憶中，作者道出了平凡菜餚中的不平凡，以及湯品中為何能給人甘苦交作之感。這些滋味都存在作者的回憶中，而透過一次次品嚐這道菜餚，使生命變得更深刻、雋永。

菜餚（五）——塔塔兒

1182 許淳涵

零七年暑假，現代美術館，紐約。

整個上午，我領教了安迪．沃荷的天才，與莫內漫池的睡蓮繾綣，最後，我吻別梵谷的星夜。遲了的午後，我捧著一副腸胃的空虛，步進地窖餐館，也步進一個新奇的隧道。

百般盤算，我單揀了一客牛排，只是，它有個名號怯生生地註在字腳，叫塔塔兒。飢餓的人，果真是不按思考的一廂情願：半晌，盛在我案上的，不是蒸騰潑辣的牛羅剎，卻是端坐在玻璃匣裡的，平整的一方爛然的紅。

倒是冰鎮的！浪弧形的匣，噙著有瑪瑙血統的靚藍、噙著波光，彷彿噙著整片森寒的海洋。飄忽的白氣是我的思緒，發熱的是我的臉頰——望著那肉，彷彿又有十多雙親人朋友駭異的眼睛簇擁著我。在家鄉，牛肉嚼來不像啃木渣，大夥會發毛的。血肉切細了，是仍呼吸著般的生鮮，拌過生雞蛋，又揉合著胡椒洋蔥末，塑成矩形。肌理蔓爬在在四處，如花開辦蕊的管脈，及擅濃冶豔。而鑲在肉頂上的一只鵪鶉生蛋黃，近似玩笑一場。原來，塔塔兒是小丑，是魔笛捕鳥人的促狹和揶揄。

又良久，我才捨得從端詳中抽離，開動。

這是真的。嚐塔塔兒，如吻愛人的唇舌。一種雙向的、美的纏繞與交織，在彼此裡游移、尋見自己。吻著，是無盡的，停頓，是醞釀：休止，是可惜。

在送上炭火與烤架之前，塔塔兒被冰封以原貌原味，上桌的姿態亦然。被認爲蠻味的飲食戰慄著我的味覺，對我的經驗尋釁。然而，在魅力身後，還有些什麼，它讓心裡罪罵的質疑噤了聲，讓這美好的體驗得以沉澱。紀伯倫的先知，彷彿在觥籌交錯的某處私語：「當你宰殺牲畜，在心裡，告訴牠：『現在，宰殺你的力量，也將宰殺我，我亦將被吞噬。將你，送上我手裡的那條律法，也將把我送至更強者的手中。』」。這是我最深信不疑的禱詞。在身心的巔頂閱賞，不存一絲虔敬是貪婪的。「就讓這成爲一種膜拜吧！在你俎上，立一座祭壇，祭祀人性的眞純以林野的眞純。」

原來，玻璃的匣是引渡的拱弧，是透藍的祭壇，充滿感懷與神性。茹毛飲血，可以是深廣的探索與發現。「我，也是一座葡萄酒莊，我的果實，亦將被採擷釀藏，一如被封存於永恆的新醅。」；「汝血與我血，都是是灌溉天國之樹的汁液」，但願，我們都是活在大地的豐碩、活在馨香的，有福的人。

評語

以詠歎之筆，反覆渲染菜餚強烈的色澤與氣味、口感。將品嚐的經驗透過層層描寫予以昇華，甚至深入到個人意識中，一道菜餚能帶給人如此的自我深掘，亦令人耳目一新。

菜餚（六）——檸檬鴨

1182 王彥淳

鴨的製作方法有很多種。中式：彭家園之芋泥鴨、宋廚之北京烤鴨。西式：向日葵餐廳的蜂蜜鴨胸、法德吉西餐廳的桔醬鴨胸。無論哪種作法都將鴨肉的鮮美滋味發揮得淋漓盡致，我也都能品嚐得津津有味、百吃不膩。

但這一切稱得上人間美味的食物，都比不上奶奶的家鄉名菜——檸檬鴨。奶奶是潮州汕頭人，這個「潮州」並非台灣屏東縣的潮州，而是大陸廣東省的潮州市，也就是所謂「潮州酒樓」的潮州，因此奶奶做的正是道道地地、赫赫有名的潮州「檸檬鴨」。

檸檬鴨的作法，說起來並不難，重點是在它的主要配料及燉煮時間火侯的拿捏，其配料的精髓毫無疑問的是特別醃製數年的老檸檬，當打開封藏許久的甕子時，一股成熟的檸檬香味瞬間充滿斗室，剎那間就勾起我極欲一嚐滋味的慾望。看著奶奶熟練地取出三顆表皮已醬成咖啡色的檸檬，放入一個自行縫製的紗包袋中，接著將從市場買來的新鮮全鴨先行川燙一遍，切記不得將鴨屁股割破，否則將會惹得一鍋鴨腥味，然後將可容納一隻鴨的大鍋裝入八分滿的水，深度必須能覆蓋住整隻鴨子，並且將檸檬紗包袋置入鍋中，加入適當的鹽，用中火熬煮一個鐘頭左右。熬煮到二十分鐘時檸檬的香味及精華已滲入湯中，此刻務必將檸檬包取出，如過時取之，則檸檬外皮的苦澀味會傾巢而出壞了一鍋湯，至此，檸檬鴨已大功告成。

出菜則是一門不點不亮的學問。由於檸檬酸的功用，鴨肉會因而變得滑嫩柔軟，撈鴨時必需使用大網杓將鴨子整隻撈到砂鍋湯碗中方見大器。無論如何，這些只是過程，精采的是那一鍋絕品的湯頭滋味，有檸檬清香的酸味，酸中又帶了些苦，苦中又散發出甘甜，配上鴨汁的鮮美口感，那股濃郁的滋味經由舌蕾、口腔、鼻腔直沖腦門，久久不能消去，令我回味無窮。

從這道菜中，我吃出了奶奶的人生經歷及情感。常有人說繪畫和音樂需放入感情方能令人感動，我想菜餚也是如此，也許奶奶在料理檸檬鴨時正想著兒時潮州家鄉的情景，她母親同樣爲她烹煮檸檬鴨的模糊印象。我細細咀嚼，檸檬鴨的酸甜苦澀隨著奶奶遙遠而古老的家鄉回憶，在我口中緩緩散開，將這份悸動鮮活地保存在我心中。

評語

攝影／黃湘怡

文章開頭冒題法使用得十分恰當，而後承接潮州的考辨，使得菜餚一開始就和史地之脈絡有所牽合，已為檸檬鴨塑造一種滋味；而中段敘寫製作過程，文字簡潔而老練，透過調理秘訣的細節描寫，將菜餚獨到之處勾勒的十分清楚。全文娓娓道來，頗見成熟風味。

筆記

攝影／1263黃湘怡

青初耘藍

【化育跨界渥壤】

（人物寫真）

（推測事件背後的真相）

（科普散文）

化育跨界渥壤——引言

顧蕙倩 老師

圖書館的角落坐著許多正在閱讀的小朋友，大家安靜地低頭讀著自己選的書，門口的管理員阿姨微笑的看著美好的一刻。這時突然走進一隻獅子，沒有任何遲疑地用牠毛茸茸的大頭推開了小門，小朋友看到一隻這麼大的獅子走了進來，參雜興奮的好奇寫在他們的小臉上，管理員阿姨的反應卻是又驚慌又恐懼，警戒的眼神透露著對獅子的防衛心態。

「喂喂！圖書館的法規裡沒有允許像你這樣的動物可以進入人類閱讀領域喔！」

那麼，真的有法規不允許這隻獅子閱讀人類的書籍嗎？

如果一定要按照既定的規則區隔人與獅子的不同，勢必不會閱讀的獅子不得進入充滿文字的世界，一來牠可能會把書本當成麋鹿的脖子死命地咬緊不放，也可能以為來到佈滿陷阱的叢林，驚慌的牠不由分說地就會將木質的書櫃一一撞倒。啊啊！甚至牠還會叼走其中一位小朋友呢！圖書館阿姨立刻衝了進來，趕走了無辜的獅子！

但是，圖書館並沒有規定不是與人同類的動物不能進來讀書呀！小朋友說。於是獅子終於又走了進來，這次圖書館阿姨沒有阻止牠，因為小朋友說：

獅子也是可以像我們一樣學會讀讀書的！

每天在我們身邊都會發生不同的事，每天也都會遇見不同的人，陌生的人也許操著陌生的語言，讓我們感到畏懼或是好奇，但只要試著跨域陌生的鴻溝，每天都會有聽不完的新鮮事，看不完的人生情節，以及談不完的有趣話題。即使是每天都會搭乘的捷運，每天都要經過的巷弄食堂，或是每天都得面對的課堂風景，若我們喜歡靈動自己的心靈，學著體會這些浮光掠影背後的真相，看似平凡的人事物都會因你我嶄新的感受而散發無比的光和熱，閃耀的五色光芒會讓自己的人生更加精采有趣呢！即便是身邊閃過的一件無關己事的畫面，我們也可以像名偵探柯南一般，藉助細膩的觀察或跳躍的想像力來推敲事件發生的前因後果，偷偷的給他加油添醋一番，於是它就極可能成為一齣精采的推理劇或是一篇頗有看頭的小說。

用想像力讓自己沉重的身軀有了飛翔的翅膀，以溫柔的情懷擁抱殘酷的人生真相，在每天的生活裡我們都極可能像那頭圖書館的獅子，突然闖進一個充滿設限的陌生世界，也許有怪物狠狠的瞪著你，也許有熟悉的回憶怯生生的擁抱你，但只要你堅持走進去，那些奇怪的反應又有何妨呢？誰說獅子一定不懂得人類的知識？又有誰能規定翻開智慧書籍的一定是一雙剪好指甲沒有長毛的人類呢？在充滿感受性與想像力的人性情感領域裡，有時以知識性的理解來閱讀這個神奇世界，不也是閱讀了另一片人生的藍天嗎？

【青初】

【人物寫眞】

史書中人物多為英雄豪傑，而市井中的渺小人物，卻可透過你我的書寫記錄而長留人間。在我們的生活中，只要仔細的觀察與用心的關懷，即可將生命中熟悉親切的身影、或僅只一面之雅的過客、抑或稍縱即逝卻印象深刻的容顏，存留心版。在那時而歡愉、時而悵惘、時而溫暖、時而心惶、時而驚喜、時而尷尬的當下，只要曾經真心誠意的對待，或曾於心中蕩漾出感恩，甚或能於此人身上體會出時代的背景及社會的縮影，都是值得書寫的。請以「人物寫真」的方式，寫下此一深藏在你心中的身影。題目自訂，文長800～1000字。

總評

人物寫眞

本月徵文以市井小民爲素描對象，故須將所書寫的人物具象化，使讀者能在心中產生一清楚形象，進而認同作者所描述的種種情懷。

一般而言，描寫人物可從整體輪廓入手，令人產生粗略的印象，進而詳述其言行；亦可從特殊事件切入，凸顯此人物的特殊風采。總之，務必把握此人的特徵，同時確定其性格。爲突出此人的特色，可加強其語言動作的描繪，如讀過《紅樓夢》的人，沒有人會忽略「劉姥姥」這號人物，她雖不是主角，但她誇張的肢體動作以及活潑的語言，完全掌握了讀者的目光；而以身邊人物爲書寫對象，則應多敘寫事實，加上生活情境的描述，如此則能突出人物個性，如亞榮隆·撒可努在〈山與父親〉一文中藉由傳統文化的消失，但父親卻堅持著自己流著「山地人」的血液與對山的感覺，永遠做自己想做的，所以當祖父對作者說：「你父親生錯了時代，假使你父親生在以前的那個時候，必然是一個很了不起的獵人，會受到族人尊敬。」身爲讀者的我們，想必腦中已浮現出一位明知不可爲卻勇於爲之的獵人吧！

此次徵文也許是接近學期末，一直到六月中才收到十九篇文稿，而其中兩篇還是以上個月徵文題目爲內容，刪除後，實際只有十七篇。評審老師以徵文主題仔細推敲，雖然覺得作品多屬生澀，不夠成熟，但依舊篩選出五篇給予獎勵，畢竟寫作的技巧是可以再接再厲、不斷琢磨，但能夠勇於寫出來，接受評審老師的批評與比較，這一份心永遠值得鼓勵。

攝影／黃湘怡

人物寫真㈠——市場

1199 李常德

「來喔，來喔，新鮮的蔬菜喔！」一個朝氣十足的叫賣聲，打起了整個市場的活力。市場裡的人們酷愛給店家的老闆們取親切的暱稱，更不用說市場的靈魂人物阿青嫂了。

「唉唷！小蘿蔔頭，今天你媽媽又來使你來買什麼。」阿青嫂用她佈滿厚繭的雙手重擊了我的肩窩兩下。我總是笑著應答著，阿青嫂少說也有五十好幾，歲月的老賊將每一刀都深深的砍進了她的臉龐，她笑起來總像山間的暮鐘，一頭俐落的馬尾跟主人一樣直挺挺的立著，棉絮在頭髮上一一換算爲年齡。毫不做作，就跟她菜販子招牌一樣，擦的晶亮。

「老闆，給我兩把空心菜。」我看著阿青嫂破破的肚兜和他已經發黑的腰包，常常感到納悶。

「小蘿蔔頭，不多吃點青菜小心會便秘呢！」她又爽朗的笑到，偷加了一把青菜給我，我拿出鈔票前，她已經拿好了零錢給我。

「阿青嫂，爲什麼你不換個腰包呢？」

「窮啊！換了個腰包，下一餐的飯錢就甭想了！代我像你媽問好，她已經四天沒親自下來買菜了。」不知道是不是半開玩笑的心態，阿青嫂笑著應和。

俐落的在小小的菜攤中招呼客人，阿青嫂都能把客人馴的服服貼貼，話家常的時候還能掏零錢給客人，還沒過秤就能知道價格，一次，新的客人不相信，偏要和她理論，阿青嫂馬上拿出她許久未用的秤，不出所料，斤數是一分也沒多；一分也沒少，整個市場有如此絕活的，也只有阿青嫂了。

傳統市場聚集了許多的客人，無論他們是來採買什麼，都能感染到濃厚的人情味，在阿青嫂青菜攤、枇杷叔的豬肉攤都能安定都市的緊張感與壓力。

「小蘿蔔頭，你知道這個市場在這已經有四十幾年的歷史嗎？」

「嗯？周圍還是稻田的時候就有了？」

「我十六、七歲時就在這賣菜了，從沒想過有一天它眞的會走入歷史呢。」阿青嫂的眼中似乎泛著光。

一天黃昏，我拿著媽媽買的腰包想送給阿青嫂，但卻沒看到菜攤的出現。市場空蕩蕩的，只有個攤販在收拾著。

「叔叔，阿青嫂呢？」

「妳阿青嫂她之後不再做賣菜的囉！阿青嫂跟里長早就協商了很久，我們只好遷到里長規劃的新市場，阿青嫂早上就跟大會兒道別了，說對不起各位之類的。」大叔講完話後，回過頭繼續收拾剩下的雜物。

傳統市場的鐵門拉下，阿青嫂的招牌似乎沒有帶走，缺了一角無力的躺在鐵門外的角落。

評語

閱讀過程中，讀者可透過作者的描寫，於腦海清晰浮現市場中那一位活力十足，形貌、動作、言語皆敏捷俐落的賣菜小販——阿青嫂，主要歸因於作者充分掌握了阿青嫂的音容笑貌、衣物用品、嫻熟的賣菜專業，並成功的使用少而精的對話，突出其性格、特徵，以致在阿青嫂離開後，市場不再活絡，作者心中也抹上一層失落感，如此描繪這樣一位市場中的靈魂人物，是頗具感染力的。

人物寫真㈡——身影

1190 林瑞容

轟隆隆的雷雨聲在我座位旁的窗外，寂寥的心情，難捨藍藍的白雲天。看著那清瘦的身影，在風雨飄搖中，我思索著接下來不到半個月的時間內，我該如何把你所有的一切記住，深深烙印在心中，還有，那個我想追卻彷彿追不及的成熟背影。

當初是怎麼與你相遇的？在數不盡的擦肩而過中，在這紛擾雜遝百萬人的城市裡。

初次見面，我就被比我高出一個頭半的身形、臉上冷俊無笑容的陌生臉孔給嚇著了。總是酷酷地撥著飄逸的短髮、走起路來挺直有自信，即便臨危也是堅定冷靜的表情。相處越久後才發現，雖然年紀大我一年，你卻沒有給人任何難以親近的隔閡感或威嚴，反而耐心包容我的任性與幼稚，很幽默的逗我笑，有默契地鬥嘴。你的笑容多了幾分體貼，語調多了幾分溫柔。遭遇挫折時，曾經好幾度想依賴、想傾訴，每次到口的話卻又硬生生吞回去，不想老是只會依靠你，害怕抱怨的話語會帶來負擔。雖然堅強不是故做堅定，假裝什麼都沒發生，然後不眞實的勉強笑著，但你穩重的肩膀反而教我什麼叫做獨立，怎麼樣義無反顧默默支持自己所重視的那抹身影。

我一直相信男生和女生一樣可以打破世俗既定的包袱，並且成爲無話不談的好朋友，我可以告訴你女孩的堅強和脆弱，可以聽你講一篇篇扣人心弦的故事；不必刻意想話題，不必戴上任何一副面具，掩蓋自己的喜怒哀樂，想大哭大笑都恣意傾洩。你的身影，漸漸成爲一種習慣，就像燈塔指引迷航船隻般不可或缺；你的身影，是努力後呈現成果時的自信與榮耀，是我想追逐的目標與榜樣。

漫步在校園林蔭下，風不停吹拂，吹起舞台上一幕幕布簾。從跌跌撞撞什麼都不懂，只會一口氣向前衝，曾經意氣風發，卻也曾經飽受摧折，最後當我回到了停泊的安全港，突然無預警地被拍拍背說「成長了很多」，眨眨眼，眼角泛著的淚光差點兒沒掉出來了，就是這般彷彿不會頹倒的身影給人勇氣與崇拜。

離別之際就在不遠處，那些關於你的事情，總有我跟隨的影子，一片打鬧、鎖在圖書管裡認眞…等再親切熟悉不過的身影，交織成有歡樂、有痛苦、有酸甜、有苦辣的劇情。這齣專屬於我們的戲碼即將進入尾聲，往後的日子裡你的身影依然會繼續茁壯，而我呢？也許在你心裡，我的身影是如此藐小，不是什麼重要角色。

你的離別，嘆息我的七月。

奔馳過沙灘的腳印終究會被沖刷掉，我卻一直都小心翼翼收藏著，從走過的每一個角落憶起你曾經存在的身影，臉上不由自主一抹很滿足的微微弧線彎起。

齒輪不停轉動，時間會繼續向前，有些感動卻會永駐於心。我會盡全力用我的眼記下你瘦高的身影，用我的心記下現在暖暖的心情，用我的腦袋留下更多回憶。

即將要來臨的夏日悶熱得讓人措手不及，午後沉靜的氣氛讓人慵懶疲憊，偶爾陣雨的侵擾，厚重的烏雲遮蓋了我窗外的純淨天空，但我相信在你身後帶來的總是數不盡的燦爛陽光；而你大步向前跨的身影，輕輕地、悄悄地成爲支持我抬頭挺胸、面帶微笑迎接下一個挑戰的動力。

評語

透過涓涓細細、真實自然的筆法細膩入微地呈現成熟獨立、堅定自信、溫柔體貼的身影，並於字裡行間流露自己無限珍愛的心情與心語，溫暖感人。

人物寫真(三)——阿華

1182 許淳涵

海倫吃力地把阿華從浴缸中扶起，洗澡水涔涔地從阿華肥腫的背上流下，淋了海倫一身。海倫一咬牙，掙扎著把阿華拱上了床，墊褥一陷，床頭幾張照片巍顫顫落在阿華的粉紅毛線帽上。阿華勉強扭了扭脖子，聽她話的神經大概就這些了，海倫連忙把照片安放回床頭。照片中有阿公阿嬤、阿華的匈牙利朋友比比、一些羅馬和一些柬埔寨，好幾年前了。

那個時候，阿華浪蕩得像個吉普賽人，雲林縣北港鎮她哪裡住得下？她沿著地中海漫遊了幾次，途中認識了比比，也帶過比比來台灣，隨後又跟一個美國人。

住進越南雨林裡的農場了，簞食瓢飲，沒水沒電，一派逍遙。那熱，和在雲嘉的太陽下戴這頂毛線帽一樣折騰。阿華的毛線帽底下，還住了條大蜈蚣，那是劉醫師在腦瘤手術留下來的疤，像紮了根一樣，那蜈蚣成天沒事盡愛望她頭殼裡鑽，興風作浪，痛，阿華哼不出字句了，眼珠往上吊，橫豎會過去的。

阿華的暖飽，由阿嬤作主。阿華很清楚，就算她不吃類固醇，她一樣會腫成輪椅上的肉團，阿嬤的湯匙裡的食物，像滴漏的水龍頭停不下來。她想念壓在書櫃裡的那些食譜，有幾張筆記是她嫻熟的：在瓦倫西亞學的海鮮飯、一個摩洛哥人教她的咖啡。貪嘴的小孩最會黏她，因爲她盒有的是最酥的蝴蝶餅和糖胡桃，現在小孩們都考試去了。

棉褲紮妥了、裹上外套，海倫把阿華的毛線帽扶正，又把阿華架回輪椅，到花園去。車棚上的爆杖花被吹了滿地，一台廢棄的偉士牌機車隱沒其中，旁邊還擱著幾瓶機油，脫膠的貼紙上沾滿了灰塵。落花舖蓋在斜陽下，好似一片金針花海，輪椅軋過處窸窸窣窣，驚走了一窩麻雀。阿華的臉在餘暉下黃得像張柿餅，腮幫子鼓得和樹上的松鼠一樣，噘著嘴，她的視線停在遠方的電線杆上，幾個玲瓏的灰點錯落其間，一轉眼，全飛走了。她那雙雲遊過四處的腳藏在三雙襪子底下，像兩隻冬眠的地鼠，大概永遠不醒來了，逕自窩在一個靜止的世界。

風吹在阿華鬢上，幾綹新長的頭髮飄到半空，撩到阿華眼睛裡，阿華一擠眼，溼了幾簇睫毛。隔壁鶉寮的噪音似乎沒有停過，梵谷不是有那麼張畫嘍？她還看過原作的，熟黃的麥田裡驀地竄起一群烏鴉，嘔嘔啞啞漫天亂飛。一個憂鬱的畫家在炎熱的南法，一個癱瘓的病人銬著枝體的枷。憋哭憋笑，阿華實在是悶得厲害，心口一緊，抖索著嘴，把新吃的一口燕麥吐在圍兜兜上。

評語

本文以作者觀察的角度描寫一位癱瘓的病人——阿華，癱瘓前他是個靜不下來的旅人，現今卻成為僅能癱坐在輪椅上，一切不能自主的病人，反差強烈，人生無常所造成的無限心酸與無奈之情油然而生。文章中取景斜陽、落花、廢棄的機車、脫膠的貼紙襯托衰殘；驚走的一窩麻雀聯想至梵谷的畫作和他的人，末句那不能自己的動作反應，更使得眼前的景與人與想像密合，加重了情緒的表達。

人物寫真(四)——惡人

1212 李景立

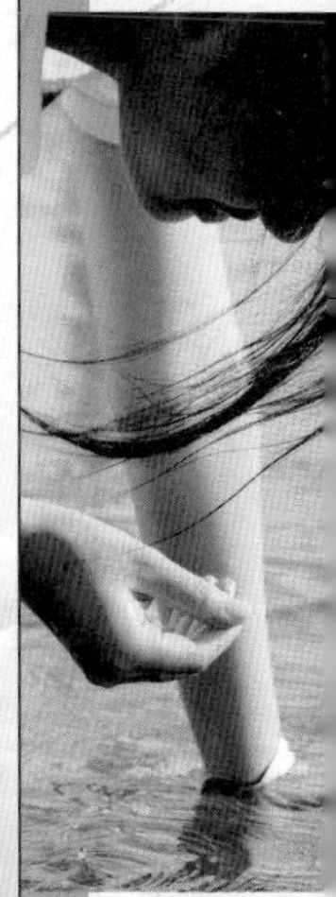

攝影╲黃湘怡

噹噹噹的警戒鐘響起，所有同學戰戰兢兢地在座位上待命，緊張地無法動彈。

我在私校讀書，這是國中生涯的第一堂國文課。有消息傳言，國文老師正是本校惡名昭彰的「四大惡人」之一，「四大惡人」這個頭銜令全班不寒而慄。

沙沙沙的腳步聲傳來，所有同學忐忑不安地在座位上發抖，屏住呼吸。一雙雙無辜地雙眼注視著「惡人」降世，一名才三十來歲卻滿頭白髮的男老師走了進來。全班嚇得毫無鬆懈、冷汗直流。「我的名字是×××，跟某個網球選手一樣，若沒有意外的話，我會是你們三年的國文老師」。「惡人」做出簡短但懾人的自我介紹，語訖，全班嚇得無法懈怠、汗不敢滴。

這位國文老師自我介紹完後，便開始介紹種種規則：課前皆要考一次預習考，扣五分以上者補考，若補考扣分高於三分者，每多一分打一下……課後尚須考黃色與白色的大張考卷各一張……我開始害怕未來三年的每一堂國文課。

所幸，根據學長情報，這位國文老師已經洗心革面，不再是四大惡人了。

的確，國文老師上起課來幽默有趣，當他教沈復的兒時記趣採用圖解式教法，隨手提起粉筆在黑板上畫蛤蟆、畫鞭子。教譬喻法時，便用「西瓜」解說：「你的頭像西瓜。」是明喻、「你的頭是西瓜。」為暗喻、「你的頭，西瓜也。」乃略喻，最後國文老師指著一位頭較大的同學說「西瓜！」，這即是借喻。他也質疑過武俠小說的內容，認為武俠們不可能老騎著匹馬跑遍大江南北，立即有同學提出相反意見：「武俠可以施展輕功阿！」但這位惡人老師立即提出急智反駁：「輕功很耗查克拉！」查克拉實乃日本著名漫畫「火影忍者」中的一種能量。

雖然幽默，但是他還是不失為一位嚴厲的老師。班上因補考未過而被打的同學不計其數，讀書不夠認眞或亂找藉口而挨罵的人也不可勝數。「散漫！」他經常如此對同學咆哮，全班皆因此威猛吼聲的震撼而血液凝固、氣氛凍結，但是當他認為同學已受教後，便能立刻神色自若的上課，轉換速度之快，蒼穹彩霞不能及。

與惡人相處一年後，卻出現「意外」。國文老師曾說過：「若沒有意外的話，我會是你們三年的國文老師。」但如今未料竟出現「意外」！由於私校的教職較沒有保障，因此他離開本校至公立學校教書了。

颯颯響的秋風吹散枯黃的落葉堆，國文老師與我離散了，接下來從秋天開始的新學期盡失文學的趣味，我也幾乎失去上學的動力。我對他的離去使終感到失落，他是令我深深懷念但又不太敢接近的「惡人」。對他畏懼之餘，我還是學到很多東西，有些甚至現今仍然受用。

評語

本文透過情節、動作的描寫，捕捉「惡人」的言語、精神、動作，刻畫其靈魂、個性——幽默中顯現教學的靈活；嚴厲中蘊寓教育的執著——使傳聞中的「惡人」形象多了一層作者的理解、欣賞的感情，寫來血肉豐滿、真實可感。

人物寫真㈤——模糊的身影

1199 許智爲

不知道是從什麼時候開始，我發現自己心中有一個身影存在著，一個第一眼望見就難以忘懷的身影，一個一想到就不禁心跳加速的身影。然而，上了高中後，卻感覺那個身影越來越模糊，越來越尋不著，總覺得自己離她越來越遠，遠到一種……一種遙不可及的距離。

努力回憶著她那輕盈的身影，以及那迷人的笑臉，但每當它將要清晰的在腦海中浮現時，卻又轉爲模糊、淡化，甚至消失。有時候，整個人會無力的癱在電腦桌前，甚至有時候，會不斷用力敲著自己的頭，恨不得想把她的身影直接放進腦子裡。

那天，已忘了是多久前的那一天，渾渾噩噩的將抽屜中的東西全部翻出來，再一件一件慢慢的收回抽屜，無意間注意到其中的一封信，那封信，是國三剛開始時寫給考完試後的自己的一封信，裡頭，還另外放著一張她的照片。

記得國三的時候，是她陪著我衝刺，陪著我將題目一題一題的做過一遍，陪著我將不會的題目一題一題的弄懂，甚至在基測當天，很貼心的爲了我這個大而化之的笨蛋另外多準備了一瓶水，而在公佈成績之後，還爲了我那遠高於平時考試的分數而歡欣鼓舞，而現在的我居然除了成天混日子之外沒有別的，這樣眞的能對得起那個時候的她嗎？

仔細的看著照片中她的臉龐，以及她那纖細的身形，不禁開始討厭現在的這個自己、怨恨自己，恨自己爲什麼那樣輕易的就將一個陪伴自己整整一年以上的人從腦中淡忘，恨自己爲什麼這麼容易的就把一個從前是如此喜歡的人忘卻，恨自己……恨自己……，不知怎麼的，一種哀傷的感覺油然而生，想哭泣卻又落不下任何一低眼淚，想放聲大哭卻又一點聲音都發不出來，只覺得有把刀深深刺在心頭上。

顫抖的手緩緩的將信中的卡片打開，雙眼凝視著卡片上的內容：

給一年後的自己：

大考考完了，不知道現在的你考得如何？希望你考的不錯。看過信中夾帶著的照片了吧，還記得嗎？這個時候的自己，以及，這時候自己所喜歡的那個人，那個在你成功時會爲了你而高興，在你失落時會傾聽你說的每一句話，而在你傷心時則會安慰你、伴著你哭泣的那個人。回想一下這時候的感覺，然後記住，絕對別忘了現在擁有的所有感受，同時，也別忘了她。

祝

基測順利

一年前的自己　上

閉上眼睛，回想著當時擁有的種種感動，突然感覺手中的卡片稍稍濕潤了些，趕緊將卡片上的水滴抹去，收進信裡面，再一次，看著相片，模糊的視線已無法將照片中的她仔細的看清楚，但在腦海中的那個身影，卻是那樣的清晰。

將抽屜整理好，翻開課本，同時下定決心要加倍努力，爲了回應當時她對自己的期待，也爲了在未來與她相遇的那個時刻，能夠以最佳的姿態站在她面前。

評語

回憶一位「曾經」陪伴的身影，如今卻因時空的距離，難以忘懷的身影已日漸模糊淡化，當時的感覺、感受、感動藉著一張照片和卡片一一憶起，模糊的身影再度清晰，從而使心中升起一股力量並有了自我期許。本文成功處在心情的轉折描寫以及今昔對照下產生的省思。

筆記

【推測事件背後的眞相】

這家西餐廳隱身於喧鬧繁華的都會小巷。白紗蕾絲的窗簾隨著冷峭的春風飄動著，窗台上，一盆盆鵝黃嫩綠嫣紅的花草向來往的過客招搖，輕柔的古典音樂關不住似地從門縫間流洩出來。中午用餐時刻已過，餐廳只有少許客人留連，空氣彷彿靜定了。此時，一個身穿鐵灰色西裝身材高大的中年男子與三個衣著時髦的女子，夾著陣陣香風與嫵媚的笑語推開門走進來了。他們選了靠窗的桌子坐下來，男人說著，女人們和著，熱烈地討論，忽然男人跳起來猛拍桌子，接著「拍！」一聲，他傾身向前揮掌重摑坐在他對面的女人，斥道：「放肆！」女人哭道：「你憑什麼打我？」桌上的花瓶應聲傾倒，盛開的紅玫瑰摔倒桌上，水沿著桌沿一滴滴流淌下來……

請你推測或想像這個事件背後的故事及其後續的情節發展：

他們四人是什麼關係？到底發生什麼事了？他們之間有何矛盾衝突？言語有何衝撞之處？掌摑之後事情又有怎樣的演變呢？

若欲引用上述文字，請保留原有的故事情節，而文字請自由改寫；除了敘述之外，請以對話推動情節的發展。自由選擇敘述觀點，題目自訂。字數在八百字與一千五百字之間。

總評

推測事件背後的眞相

一次跟兒子聊天時，談到今年學測作文題目「逆境」，閱卷教授一致的看法是：「考生最大的逆境，是沒有遭遇過什麼逆境。」我說：「缺乏眞實的經驗，學生難以盡情發揮啊！」

我兒卻有不同的想法，他說：「沒有自己的經驗，就發揮想像，編織故事啊！能運用想像力，書寫他人的生命經驗，必然可以書寫自己的經驗；只能書寫自己的經驗，未必能書寫他人的經驗。媽媽你要多出些可以讓學生自由想像的題目，激發他們的想像力啊！」

因此，我以西餐廳掌摑事件爲故事的衝突點，意圖刺激想像，推想這對男女可能的關係，背後可能的原因爲何？掌摑事件之後故事可能的發展，希望作者以對話推進故事的發展。評審老師期待看到具有小小說的故事結構，筆致簡潔優美，稍具思想深度的作品。

本月徵文收到五十一篇作品，學生取用的題材未如預期的豐富多元，例如視掌摑事件爲一齣戲劇的作品即有四篇，有些作品構思似出於漫畫、日劇、韓劇的故事情節，如商場、演藝界、特種場所、多角戀情、夫妻、親情等。此外，評審老師閱讀時感覺吃力，不易理解作品的主題，必須反覆閱讀，加以組織貫串，方能加以掌握。我以爲其原因在於作者敘述的線索紛亂，時間飛快地跳動，鏡頭轉折跳接，卻無清晰的時間線索。某些作品表現不佳的原因在於選材，八百到一千字的篇幅，僅能鋪陳一個單純的故事，與其選擇一個充滿懸疑，愛恨交織，時間悠長，極爲曲折複雜的故事，不如選擇一個小故事，做更細膩完整的處理，細加鋪陳，展現精采的對話與特寫。取中篇或長篇小說的素材，做小小說書寫，簡單地交代故事，毫無鋪陳烘托，怎能有吸引人的魅力？

根據引導說明，當以掌摑事件爲故事的引爆點；然而有些同學卻以另一個故事爲主體，掌摑事件只是其中一個事件，與故事情節僅有微小的關連，或者竟一無關聯；有些同學甚至省略此事，不曾提及，遠離命題的核心。

要表現怎樣的主題思想，也是作者必須深思的。如果只是無多意義的瑣碎小事，爲何要勞神苦思來構思書寫呢？何忍讓讀者耗費時間來閱讀呢？當然，我並非意謂必須寫出正大恢弘的主題，而是指值得思考探索的問題。

攝影／黃湘怡

推測事件背後的真相 (一)

——那年的1961

1190 周婉霖

一直到今天，莫里斯都還記得他當初是用怎麼樣的心情賞了艾琳一巴掌，甚至記得當時艾琳質問他的眼神是如何的純粹。

「我們早該這麼做了。」那時坐在一旁的漢娜吐了個煙圈，默默的閉上了眼。

那是德國戰敗後的第三年年初的事情了。那時西方還有東方的強國們對於如何處置柏林爭論不休，已邁近白熱化的階段。而在柏林城內一切看似平靜，卻早已暗濤洶湧。

一道壓痕印下。

是支持歐美西方世界。

或是社會主義的蘇聯。

莫里斯和大部分人們的心飛到了大西洋的彼岸，但那並不是所有的人。

「吶！我們不能再讓人民受苦了，美國勝利只會帶來更多更多的貧窮。」

莫里斯還記得賽瑞爾說這句話的笑臉有多燦爛。

那時他也笑了，卻是爲賽瑞爾的笑容而笑。

但他臉上的笑容卻在數天後被扯下撕爛。

電話是艾琳打的。

莫里斯狠狠的賞了她一巴掌，打到艾琳撞上了後頭的柱子，打到他灰色的西裝上滿滿的都是灰塵。

「你爲什麼要出賣他？」

「我是爲了這個國家。」

在那一瞬間，莫里斯似乎看見艾琳的臉和塞瑞爾重疊，一陣冷顫。

「如果是塞瑞爾，或許眞的能做到。」

莫里斯還記得幾天前他去找賽瑞爾的時候，他正拿著布，專心的擦拭他那把**AK-47**。

——賽瑞爾，爲什麼你要用小兵的**AK-47**？

——呵…它是我的信念所在，到時候我也要拿著這把槍去見未來的蘇聯上司。

還很年輕的少將收好了布還有清潔用具，拿起槍，卻露出不符合他身分的和煦笑容。

莫里斯到抽了口氣。

——你……

——不是你想的那樣，只是今天國家變成這樣，我沒辦法眼睜睜的看著什麼都不做。

於是莫里斯匆匆的趕到時，賽瑞爾已經被帶走了。他只能望著柏林市內屬於美國的那一半發愣。

有種慶幸的失落。

艾琳的舉動並沒有任何意義。

1961年，柏林市中央建起了道不高不矮的圍牆，自此東柏林的人再也看不見西柏林的陽光。

艾琳在不久後就死了，諷刺的是，她還是死在美國人的手上。

莫里斯在那之後常會找個視線良好的地方，靜靜的面對這面歷經滄桑斑白不已的圍牆。

人們在牆的兩邊架起了一排排的槍。

但終究誰也沒贏過誰。

莫里斯不認爲他了解賽瑞爾，但已足夠讓他知道——如果是塞瑞爾，或許柏林今天就不會是這付光景了。

那個是他朋友的賽瑞爾，確實能夠改變些什麼的賽瑞爾。

其實他們都一樣，只不過是用截然不同的信念保護這個國家，卻又讓她的身體被畫上了深深的一道印記。

已經不是當初那條印痕了。

「會有方法的。」莫里斯和抽了二十年菸卻風華韻存的漢娜同倚在房屋的外牆上，眼前幾十公尺處正是那條隔開一切的圍牆。

東柏林的情況很糟，民生經濟很不好，但眞正病的是這個政府。

莫里斯拉了拉圍巾，柏林的冬天並不溫暖，如果有機會，他還眞想去弗州。

「砰砰！」是槍聲，兩人連忙向後跑去。

匆忙經過轉角的時候，莫里斯感覺有個東西掉在他肩膀上。原以爲是片雪花，輕輕一拍，落在手上的卻是片灰塵。

據說在莫斯科才有眞正潔白的雪花。

但他們終究到不了莫斯科。

這裡沒有俄羅斯娃娃沒有伏特加也沒有克林姆林　。

柏林依舊是柏林，陰沉的天空還有漫天的灰塵從沒變過。

莫里斯想起了那天巴掌聲了卻後，艾琳質問他的話。

「你憑什麼打我？」

「……」

他已經忘了他當初到底說了什麼，也許從頭到尾就沒辦法反駁。

如同坐在一旁的辮子女孩問他——

「如果當初艾琳沒有動手，你會和她做一樣的事嗎？」

他會嗎？

賽瑞爾死了，而他們保住了西柏林。

所謂的背叛？所謂的國家？

莫里斯背著圍牆想著賽瑞爾，想著他的理想，想著他想要的國家，想著他心中的莫斯科。

這就是你想要的世界嗎？

柏林的天空依舊是滿天的灰塵，但此時莫里斯好想伸手撥開它，只有一剎那也好，他看這牆的另一邊——但那似乎是他永遠也看不到的東西了。

但是1990年莫里斯還是撐著枴杖站在圍牆邊。

這是第一次他能如此的接近它，而他終等到了這一天。

隨著磚頭一塊塊的落下，崩落的灰塵海翻滾有如浪花，莫里斯很確定他嗆到

攝影／黃湘怡

了一口不變的泥塵。

但也在竊竊私語中聽見了他等待已久的寧靜。

圍牆倒了，數十載中的記憶與煩憂，或許連同他這個老頭子也都將回歸塵土。

當第一絲陽光自缺口中滲出，他笑了。

吶……賽瑞爾……終於結束了，全都結束了。

評語

攝影／黃湘怡

作者以小說全知的筆法，紀錄一段歷史的變動軌跡及其間政治理念衝突下的矛盾情感，主題不俗，格局較大，在情節的安排、過場的設計、對話的插入、意象的呈現、人物情態及思惟的刻畫等方面，皆予人濃縮精鍊之感。這大時代中的小故事，內容似有其概括的象徵意義，作者在取材立意是否別有用心，頗堪玩味！

推測事件背後的真相（二）

——掌上玫瑰

1184 文蕾

這一天來得太突然了。

儘管十幾年來的每個清晨，他都滿懷希望地打開郵筒，引頸環視小鐵盒的每個角落，期待能收到女兒們捎來的問候；但他從沒想過，收到信之後他該如何是好，該回寄一封充滿父愛的家書嗎？還是將這份愛藏匿在心中，繼續銷聲匿跡的好？

孩子們真的寄信來了。他一看這信就知道是大女兒寫的，字裡行間少了稚氣多了雅致，看來老大已經能獨當一面了。女兒在信中輕描淡寫帶過她們的近況；雖然輕率了些，他依舊逐字逐句地細讀著，特別是最後幾句，他看了又看，唸了又唸，就是不敢相信女兒提出的請求—請爸爸上台北來看看我們。

「還是裝作沒看見好了。」他呢喃著。

距離上一次走在繁華的台北街頭已經是十多年前的事了。那個時候可真風光，用與生俱來的生意頭腦白手起家，且幸運地致富；都老大不小了，還能娶個賢慧的妻子成家，生了兩個可愛的孩兒。他早該心滿意足了，卻被同事慫恿著去追求更多，肖想把鳥不生蛋的荒地整治成人間仙境。一頭栽進去便難以脫身了，因此他一夕致貧，丟了錢財也失了妻小，只能待在原本要建大廈的預訂地旁的小套房裡度過餘生。

算一算時日，他的大女兒如今已大學畢業，出社會打拼了；記得最後一眼見到她是小學的畢業典禮上，孩童般的穿著遮掩不住早熟的外型與內心；見她一邊歡欣鼓舞地告訴爸爸自己要畢業了，一邊還不忘緊盯妹妹瘦小的身軀，他知道將來天真恬靜的二妹會有一個堅韌的避風港可以依靠，少了老爸她們仍然能過得很好。和老婆離婚後約莫一年，他再也克制不住對孩子的思念，和街坊鄰居湊了一張來回車票的錢就直奔台北，卻在家門口被孩子的媽止住；幸好大女兒機靈，手忙腳亂之間跟他要了住址，才讓他在有生之年裡驚覺自己其實還有一個素未謀面的小女兒，在他離開家不久後才來到這個世界上。

「還是去見個面好了。」一想到女兒們稚氣的笑臉，他開始猶豫不決。

南下返「家」後又過了五年，一個包裹將他塵封已久的身分又找了回來。紙箱裡放了一個上了塗料的手拉坏，仔細一看，上頭是一朵朵豔紅卻少了刺的玫瑰。箱子底層有張粉嫩的信紙寫著：「我做了一個手拉坏花瓶，還畫了好多我好喜歡的玫瑰，要送給我住在遠方爸爸。」小女兒生硬的筆跡給她爸爸淚水暈潤了，他雙手呵護著那一只花瓶，將它擺在房間最顯眼的位子，每日給它除去灰塵，彷彿是天天幫瓶上的玫瑰澆水一樣。

「去吧！是該見見她們了。」他下定決心。

北上的前一天，他在西服店的特價區裡挑了又挑，試了又試，好不容易才選定了一套體面的鐵灰色西裝來應付明天的約會。經過花店時他駐足了一會兒，決定買一朵又大又火紅的玫瑰回家插在手拉坏花瓶上，澆了將近一杯咖啡杯的水才心安地入睡。

隔日清晨他起了個大早，梳洗完便換上稍嫌緊繃的套裝，搭上火車赴約去了。直到午後，他的眼前才又再次出現熙熙攘攘的街道和馬不停蹄的路人，以及三個陌生的妙齡女子。台北的料峭春風使人神清氣爽，皮鞋和高根此起彼落的叩頭聲自成一個節奏，作爲閒談的背景音效。他好奇的打量著女兒們，舉手投足都歷歷在目；

他的視線沒有一刻離開過他的掌上明珠，唯獨見到小女兒時他卻刻意地迴避她的雙眼。面對最親近的陌生人，他顯得手足無措，絲毫沒有父親的威嚴。

女兒們訂了一家西餐廳要和爸爸喝下午茶。一進去四個人就不約而同地選了靠窗的位子坐了下來。老大和二姊爭先恐後的和他交談，雖興奮但仍謹遵著父親從小叮嚀她們禮儀；反觀老么那一付玩世不恭的嘴臉，當這位「父親」不過是個中年鄉下人的鄙視眼光令他忿懣。數個鐘頭過去，天色逐漸暗沉。他拿出皮夾往櫃檯走去，卻被老大攔了下來，就當父女爭著作東的同時，老么不耐地脫口而出：「一個父親窮到要女兒來幫你付帳，這像話嗎？」此話一出，他再也按耐不住性子，激動的摑了小女兒一掌，斥道：「放肆！」只見女兒回瞪了他一眼，拍桌吼叫：「你憑什麼打我？」說完便衝出餐廳，消失在人群之中。

「真不該打她的。真是的，就這急性子壞事。」在月台上來回踱步，自言自語，直到火車到站，出站，又到站，他自顧自低語著。他只做了小女兒一天的父親，而這天卻也是令他後悔為人父的日子。

「早知道就不去了。」他總是太晚才知道。

玫瑰凋謝了，手拉坏上的鮮紅也枯萎褪色了。

評語

以節奏明快卻又略施頓挫的筆法，抒寫一則關乎親情期待與失落的故事，結構完整，文詞自然洗鍊。作者善用獨白及情態的描述來彰顯主題人物的心理活動；訂題尤為精巧，既有象徵性，又與內容緊密扣合。

推測事件背後的真相（三）——恩人

1195 王成宇

冬日午後的陽光漫過無葉的樹叢，靜靜地躺在方格窗前的深色地氈上。這間有著方格窗的房間是嚴肅的，平常府裡的人不會進來，只有侍女才會固定來這裡擦掉積聚在傢俱上的灰塵。久沒生火的壁爐使得空氣寒冷，房裡有一張用橡木門關閉的床，還有幾個有奇怪刻紋的胡桃木櫃。

我坐在靠窗的矮褥凳上，這是我第一次對這個家的抵抗。被鎖在這間黑暗的房間裡，我的血還熱著，心是那樣的煩亂。我努力使自己有著活潑的態度、合群以及和同齡小孩一般的脾氣，我不敢犯甚麼錯，努力盡一切的責任，然而陶格先生、陶格太太，他們的愛兒愛女、僕人從並沒有對我表現出絲毫的同情，卻總說我討厭、陰險。我和府上的人是不和諧的，我憤恨他們的對待，假如他們不愛我，我也不愛他們。

風打著無葉的樹，悽傷帶著悒鬱吹熄了之前憤怒的餘燼。我是一個家族的闖入者，注定將永遠闖入他們的家庭，我在襁褓中失去父母時，陶格先生把我從遠方接到府裡，盡了叔叔的責任，顧全了他在社交圈中的名聲。然而替一個氣味不投的陌生小孩做父母，他們怎能夠會真正喜歡呢？如果我是一個誠摯美麗、聰明的小女孩，陶格夫婦或許會快意些，也許對我也會有更多的真情。

「到寄宿學校去！」腦中突然浮現一個念頭，我已經十三歲，到了上學的年紀。我曾經聽過從鄰家過來的女僕吹噓過學校的事情，以及多少少爺小姐們進去學校之後的種種成就，這對我來說有點誘人，而且這將是完全的改變，完全脫離這個家，進入一種新的生活，陶格夫婦自然也想除掉我這個煩人的小鬼。

月光已然灑在窗邊，黃銅製的門把正輕輕轉動著，我即將獲得自由。進來的女侍不忘叮嚀我：「你應當明白，小姐，你是受陶格夫婦的恩惠教養起來的，不要以爲你和他們是平等的，他們要把你趕出去，你是注定要餓死了，你的地位是要卑微、合人意……」這些話平常已經聽慣了，並沒有注意聽下去，腦中仍想著寄宿學校的事，當晚就把我的想法告訴了陶格先生。

一個月後，院子的帶雪草開花了，春天來了。那天陶格一家帶著我到倫敦辦事，順便會見學校的負責人伍德先生。當我們辦完所有事情時，已經過了正午。我們轉進一家隱身於繁華都會小巷的一間餐廳。白紗雷絲的窗簾隨著冷峭的春風飄動著，輕柔的古典音樂關不住似的從門縫間流洩出來。中午用餐時刻已過，餐廳只有少數客人留連，空氣彷彿靜定了。

陶格夫婦和他們的女兒唐娜夾著陣陣香風以及嫵媚的笑語推開門走進來，我默默的跟在後面。我還記得他們方才對伍德先生所說的每一句話，心裡是刺傷的，一種憤怒在我心頭翻騰著。無論我如何的小心，如何想要討他們歡喜，他們卻用那些話回報我，在伍德先生面前詆毀我，他們已經在我將來要走的路上撒下不仁的種子。

「我不是說謊的人！」我感覺剛被人嚴重踐踏，我必得說話，於是用唐突的語氣發洩出來。「說謊的是你們，無論甚麼人問我是不是喜歡你，我要說你們用殘酷對待我。」激昂的情緒使我聲音抖嗦。「你還有甚麼話要說？」陶格夫人用冰冷的眼神望著我，陶格先生咬著嘴唇，他的嘴唇失去了血色，像塊大理石。似乎一種不可見的約束破裂了，我顫抖地說：「你告訴伍德先生我好欺騙、不受教，我要讓那裡的人知道你們是甚麼樣的人，做甚麼樣的事，你們又壞又無情，你們才是說謊的人！」

「放肆！」陶格先生跳起來猛拍桌子並重摑我的臉。「你憑甚麼打我？」我用哭音說完旋即衝出餐廳。桌上傾倒的花瓶仍在滴水，這時，窗外竟開始飄起細雨。

我奔到大街上，胡亂地走著，我寧可到窮人收容所，也不願回到富裕的陶格家。所羅門說得好：「有著愛的以草作餐，比帶著恨的豢養的肥牛要強。」

評語

攝影／黃湘怡

一、文章鋪敘前後呼應，一氣呵成。

二、主角內心的不平憤怒，不可抑遏，

三、文章主題所述與題目——恩人，形成強烈諷刺！

推測事件背後的真相(四)

——紅櫻草

1190 翁于貴

夕陽餘暉透過厚重的卡其色窗簾，悄悄地灑在昏暗的酒紅色臥房。我躺在柏衡送我的絲絨床上，黑色蜿蜒的床框鐵條，在床頭處開出了朵金色玫瑰，他就是喜歡這種洋味兒十足的裝飾。「喂！你的領帶。」柏衡不理會我，繼續扣著他的純白襯衫。他的手指修長但長滿著厚繭，我喜歡他扣鈕扣的手指，靈巧而溫柔。他低下頭又吻了我一次，他的睫毛扎得我好癢。

「快回去啦！你美麗的新婚妻子在苦苦等著你呢！」這句話果然成功暫停住他的下個動作。

「我不愛她！」他痛苦的低吼，用力過度而發白的手指關節扯著床單。

「我知道，這只是個義務。」我在清楚不過了。

四周安靜了下來，只剩下微弱的橙黃在床頭晃動。

「我下次再來看你。」他頹喪的背影消失於門口，緊握住他刻意留下的領帶，噙著淚而哽咽著。

「抱歉……」

「嘟！您有一封新留言……老爸，好久不見啦！你收到我們的明信片了嗎？下禮拜三我們會回台灣喔！大姐一直嚷著很想見你，偷偷跟你講，其實她是回去找初戀情人的！啊，還有很多事要講的說，媽咪回來了啦！那就下禮拜再說吧！see you！」落下最後一聲的話語，無聲無息地散去。深褐色的茶几上擺滿剛收完信箱後的數疊廣告，厚重的灰塵仍掩不住那張加州的陽光海灘。

「眞是個聒噪的丫頭啊！」雖然覺得不該笑，但我還是揚起手，遮著半邊的臉，悶悶地、低低地笑了起來。

「像她母親。」柏衡微微撇開頭，但仍握著那張剛拭乾淨的明信片。

「去見她們吧！都四年沒見了。」

「……」

「別擔心，我那天不會留在這的。我可能會回去一趟……」

「回去？憑你現在的身體狀況？我不允許！」柏衡毫不猶豫地打斷了我。

「我會帶她們去Primrose，你好好留在這裡！」我瞅了殆盡的檀香一眼。

「Primrose啊……眞令人懷念呢……記得那次去是爲了慶祝你考上醫學院呢！你還記得我指定那家的理由嗎？」見他不答話，我把視線轉回他身上。

「說實話，柏衡。我現在看起來到底有多糟。」不用照鏡子我也知道。回應我的是他緊得彷彿想將我嵌入他體內的擁抱，與那微微的顫抖。

白紗蕾絲窗簾隨風擺動，古典音樂駐滿了整間餐廳。

「果然又是Primrose！老爸你的喜好還是沒變呢！」留著大波浪捲的少女笑嘻嘻的盯著對面的父親，大眼快速的審視父親一番。

「專情可是爸爸的最大優點啊，二妹！」

「是啊！就連和媽媽結婚後也一直刻意表現這個優點呢！」

店內的琉璃風鈴被微風吹響。

「大姐、二姐，別說了……」留著黑色短髮的女孩微皺眉頭。

「沒關係的，小莉。」中年男子輕輕啜了口咖啡。

「我知道我欠妳們太多太多了……任何埋怨都說出來吧，我不會生氣的。因爲，妳們是我的寶貝女兒。」短暫的沉寂被二女細細的笑聲打破。

「爸爸教我的事情眞得太多太多了，多到充滿我整個生命。」少女持續攪拌著咖啡上那化不開的奶泡。

「像我就永遠學不會爲了第三者放棄整個家庭。尤其，第三者還是個只剩半年生命的男人！」

「啪！」花瓶隨著男子起身的力道傾倒，淌下一滴滴的水珠和正盛開的玫瑰。一地的鮮紅花瓣，如他破碎的心。男人深邃的雙眼緊瞪著地上狼狽的女兒，漆黑的如無底深淵。發紅的右手緊握成拳頭，微微顫抖，彷彿壓抑著某種更深的情緒。用左手拇指和食指捏著鼻梁，嘆口氣的閉上雙眼。

「聽著，他從來就不是第三者，從認識妳母親前到現在。而且，我愛他。」

一張老舊的和式床鋪上，一名小男孩緊握床上發著高燒的另一男孩的手。

「你要忍住喔！長大後我要當醫生治好你的病！」你知道嗎，柏衡，小時候的我因爲你這句話而活了下來。我拼命的長大，爲了讓你治好我。但我現在不想長大了，時間可不可以停下來？所有人長大後都不快樂了，所有人都得不到幸福，如柏衡和你的家人。你知道嗎，柏衡，你的手還是跟小時候一樣溫暖，抱歉我無法回握你。對了，你還記得Primrose的中文嗎？是紅櫻草喔，它的花語是「無悔的愛」，所以別哭了，柏衡。能這樣被你握著離去，是如此幸福的事啊……

評語

一、故事情節之設計契合主題要求，敘述線索清晰，構思別緻，结局出人意表！

二、文筆细膩，時空交錯，綿邈流長。

三、在精緻的短文中，透著深摯的情感，以及不離不棄的真情，實在感人！

推測事件背後的真相㈤——劇

1166 黃敬宇

我和三個女人邊聊著天邊走進那家裝飾古典的西餐廳，餐廳內只有三、兩個客人在吃著飯後甜點，我們走向那張靠窗的桌子坐下，我心想這次絕對不能搞砸，服務生上了前菜，我們嘴吃著甜點還不忘閒聊著，但我的心跳逐漸地隨著一次次的上菜加快了起來，雖然仍在聊天但已經不知道自己在說什麼了。最後終於來了甜點和飲料，桌上的熱黑咖啡飄著令人玩味的白煙，我猶豫著，端起了咖啡杯小小的喝了一口。

端起了咖啡杯輕輕的喝了一口，一雙明亮的眼珠注視著我。「再是一次，怎麼樣？你一定可以的。」

「我眞的辦不到。」那熱切的眼神燒灼著我的皮膚，我下意識的避開它。

「你明明就可以辦得到，你天生是這方面的料子，你獨特的氣質，渾然天成的優雅動作，這些都可以讓你一夕之間變成大明星。」

「我從來沒演過戲，而且我也不會演戲⋯」

「你騙人！上次大衛主演的雙面人裡面明明就有你的演出，而且這部片子還因爲你精湛的演出一炮而紅，你不要跟我說你不會！」餐桌對面的女人不滿的大聲道。

「那是因爲大衛實在找不到人我才答應幫他演一個配角的，而且我⋯」

「哼！我知道你一定又是爲了你那什麼原則：不打女人、不抽煙、不拍照、不牽不認識的女人手，但是爲了演戲妥協一下是會怎樣？」

「……」

「不要不說話！你已經失業這麼久了。我好不容易才幫你找到這個機會，不要又白白浪費了。如果你要的話明天三點東城西餐廳試演。」

「我再考慮看看吧。」

「你…算了。人生是充滿許多妥協的，沒有人可以一直堅持什麼。更何況你堅持的不過是一些芝麻綠豆大的小事。」留下一句意味深長的話女人頭也不回的向門外走了。

「妥協是嗎。」我端起了咖啡杯喝了一口。

在劇組聚焦的燈光下，放下了咖啡杯，我拿起了橫跨在煙灰缸上的香煙用力深吸了一口，「啪！」我跳起來猛拍桌子，然後摑在對面的女人頰上，怒斥「放肆！」剎時間我彷彿變成了戲中的主角，他的情感強烈的映照在我身上，女人哭泣道「你憑什麼打我？」桌上的花瓶倒了，紅玫瑰散落一桌。

啪！啪啪！掌聲逐漸的大了起來。

「恭喜你！完美的演出。」

評語

此文將掌摑事件視為戲劇的演出。以我為敘述觀點，西餐廳既是我與他對話的地方，也是演出的舞台。作者巧妙地把引導文字的場景與事件融入故事首尾。

小說的重點擺在對話上，他的鼓勵、肯定與點醒；我的猶豫、思索與決定，藉此推動故事情節，我答應演出，立即轉入掌摑演出，轉折自然，節奏明快。

文字清淺乾淨，表意清晰。對話中，可見我無力的堅持與妥協，他銳利的言詞與說服的力量，因此結局自是水到渠成。

筆記

【青初】

【科普散文】

＊主題說明：

「人與自然」向來是科學家、文學家、哲學家等關注的課題，透過「科普散文」的寫作，不但使文學思考具有知識性與邏輯性，亦能使科學知識深化為人生哲學與情意陶冶。

＊科普散文概說：

科普作品的特色（科學性、文學性、趣味性和通俗性等），科普作品的寫作特色和思想內涵，讓學生從認識科學知識進而反思科學與生活的關係，探討科學與人生、世界的關係。

優秀的科普作品通過文學的形式和手段，把深奧的科學道理通俗化，把抽象的科學概念形象化，使讀者樂於閱讀，易於接受，在輕鬆愉快中獲取知識，激發他們關注世界，甚至進一步探究科學。

＊文稿內容：

任何科學相關主題之散文，惟不含科幻類型之創作作品。字數以1000字為限（圖說不計）

＊參考網站：

http://reader.lib.ntnu.edu.tw/ 科普閱讀推廣俱樂部

http://fun.nmns.edu.tw/writing2010/subject3.htm，歡迎參考優秀作品。

總評

當文學與科學相遇

當文學與科學在文字創作裡相遇，處處充滿感性與知性的驚人光彩。茫茫天宇，洪荒萬世，人類置身其間本何其渺小，當我們自以爲萬物之靈，自訂深奧題目，自找玄妙答案，共創人類文明盛世的同時，其實，有多少答案，早已在自然萬物的演化蛻變之中。只是人類呀，總忘記當我們以爲可以自訂世界規則之外，多少婆娑世界正自在生滅，看似無法，卻自成有法。

早在萬物的生死中遞嬗復遞嬗，其實，都是文學的好素材。高中三年，正值黃金年華，正是吸收知識與陶冶情性的大好時光。萬物靜觀皆自得，於年輕人平日思考的人生知識等課題，如愛情、生死、疾病、倫理、生命起源等，也難免讓人有想破頭又忍不住皺起眉頭的嚴肅層面。這是哲學的層面、知識的層面、更可以深入爲文學的美麗境界。

而科普作品的特色，正是科學性、文學性、趣味性和通俗性等，「人與自然」向來是科學家、文學家、哲學家等關注的課題，透過「科普散文」的寫作，不但使文學思考具有知識性與邏輯性，亦能使科學知識深化爲人生哲學與情意陶冶。

這次「當文學與科學相遇—科普散文寫作」徵文近五十篇，選出五篇優秀的科普作品。這些作品通過文學的形式和手段，把深奧的科學道理通俗化，把抽象的科學概念形象化，使讀者樂於閱讀，易於接受，在輕鬆愉快中獲取知識，激發我們關注世界，甚至進一步探究科學。

希望藉著這次科普作品的徵文，能進一步掌握科普散文寫作特色和思想內涵，讓我們從認識科學知識進而反思科學與生活的關係，探討科學與文學、人生和世界的關係。

攝影／李維原

生命起源可能不只一次 (一)

1264 周欣融

數日前，美國科學家發現了一種特殊的微生物，可以在高濃度的砷物質裡生存而不會被毒死，且DNA中的磷被砷替換還能持續生長。這種前所未見的細胞和我們所認知的生物不同，初步看來可被稱爲「異形生命」，與地球上的生物不同源，因此而證明地球上可能有不只一次的生命起源。

母親懷胎十個月後產下我們，是生理上的出生。長大後在社會中歷經磨練，或經由書籍、音樂的啓發而領悟不同的生命意義，或和其他人交流、切磋而開創出新的自我，不也都算是一種出生？甚至有人說，學會一種語言就好像在那個國家重生。由此可知，並不是精子卵子結合再經過十個月孵化後生出來才是所謂的出生，出生這個詞的定義可以有很多層次，生理心理抽象寫實，只要是符合「開創的」、「新的」、「再一次」，我認爲都算是一種出生。

從社群結構單純的學校，進到複雜如叢林的社會，難免會遇到挫折、遇到失敗，雖然令人難過懊惱，但是正因爲這樣的一個痛苦，可使我們從中學到很多。被風吹過的小草更堅韌，烈日照過的葉子更翠綠，餓其體膚苦其心志後，我們不但可避免再犯同樣的錯誤，面對失敗時逼出的堅毅和勇氣使我們能更有信心的面對挑戰；而且，低潮時期也最適合重新檢閱自己，我們在照顧傷口的同時，也該細細思考是否步調太快或者方法不對，爬起來後帶著嶄新的態度繼續往前走，從浴火中重生。

評語

作者以思想者的眼光看待自然科學，將地球生命起源的新發現，對應聯想出人文社會中生命成長的體驗與感悟，有別於一般科普文章著重知識性的介紹，本文則充滿了濃厚的哲理性與勵志感。

書籍和音樂是實體化的想法，作者用彼此都能了解的方法傳達。透過閱讀，我們能了解作者的人生觀和心路歷程，偉大的重生過程濃縮成渺小的文字，只要短短幾小時，就能了解新的態度和新的價值，這也是一種借鏡，閱讀別人的故事來修正自己那把刻著貞理的尺，監督自己是否規矩的不忘初衷。音樂也是一樣，只是它解讀的範圍更廣，人們因背景的不同，對同樣的音樂會有不同的感觸，就像有人痛恨金屬樂的暴力和吵鬧，但也有人聽到了更深層那份憤世嫉俗的孤獨脆弱，而進一步對照自身的理念是否太多藉口。

不管是在學校或在社會，總有人和我們競爭切磋，在追求更好的過程中，必須捨棄一些陋習以求進步。每克服一項缺點，就好像突破了一道拘束，引領我們走向更開闊、更多可能的未來，換言之，每擦掉一個汙點，我們就能在潔淨的畫布上塗上更多顏色，畫上更多圖案。而擦掉汙點的方法就是提升自己，競爭是最快的捷徑。

地球上的生物都有可能不只出生一次了，更何況我們那顆易於塑形的心？珍惜每一個重生的機會、時時檢閱自己的原則，相信屬於你的漂亮藍星就在不遠處。

科普散文

——愛情魔藥(二)/多巴胺

1269 宋俊洋

妙不可語，捉摸不定，是人們自古以來，對愛情千篇一律的註解。愛總給人一種出其不意，若有似無的模糊意象。然而科技日新月異的今日，科學家已逐步低將愛情「具體化」，透過無數的實驗，鐵證如山的科學結論定義了「愛情的模樣」。

諾貝爾醫學獎得主阿爾維特，卡爾森博士指出，人的腦中會分泌一種名爲多巴胺 (Dopamine) 的神經遞質，具有影響情緒之功能，凡舉情慾，感知，刺激感都在多巴胺的管轄範圍之內。甚至是「上癮」也和多巴胺有著密不可分的關係。經實驗證明指出，當有癮頭的人在吸菸(毒)的時候，腦中多巴胺會有明顯激增的現象，導致情緒頓時處於極度興奮的狀態，使人容易一而再再而三的身陷癮頭的泥沼中。

然而關於多巴胺的研究，人們最感興趣的還是它與愛情之間的關聯，有科學家指出，所謂的「一見鍾情」、「來電」，是腦中突然激增的多巴胺作祟所致。實驗結果更直指出一個令人瞠目結舌的現象－多巴胺會使人對愛情感生錯覺，令陷入熱戀的人認爲愛情能永垂不朽，使被愛沖昏了頭的人堅信貞愛得以海枯石爛。但是多巴胺本是種強烈的神經脈衝物質，人腦無法長期承受如此劇烈的情感衝擊，當大腦再也不堪負荷的時候，會分泌出其他神經訊息給予緩衝，維持平衡狀態。而多巴胺每一次的活動周期只有一到三年。當多巴胺反應逐漸回歸平衡時，「愛戀」的感覺便隨之分崩離析，甚至消散的無影無蹤！

這樣的研究結果固然讓許多人對愛情的本質感到失望，對「白頭偕老」感到遙不可及，感嘆人生在世或許就像歌詞「沒有什麼會永垂不朽」？但反過來想，在社會上，不是仍有許多人能夠相互扶持，一起走到老？或許多巴胺並非影響愛情的唯一元素？

要使愛情邁向永恆，光靠初始的的狂熱絕對是不夠的，光憑著痴情，不但久了大腦無法忍受，更會使自己心力交瘁。疲累的心，是無法繼續將戀情經營下去的。

除了對愛的熱切之外，信任感的建築更不可或缺。當兩人有著堅若磐石的信賴關係，縱使熱戀期結束，心中仍是暖如冬陽—因爲堅信著自己身邊仍有一個值得信賴的人無時無刻不爲自己著想、付出，即使兩鬢已斑白，仍能握著另一人的手入睡。

仔細想想，多巴胺不過是腦內分泌物質，都可以深層的左右人對愛情的視野，自己的心，又何嘗辦不到呢？

評語

服下這帖愛情的魔藥，是否真能天長地久，直至永遠？以科學證據來探討愛情，兩者之聯結頗有意趣，簡鍊的文辭能深入剖析愛情的本質。於眾篇之中，異軍突起。

科普散文㈢——過動症

1272 朱晏禎

「噢！好痛！」你狼狽的從地上爬起，目光快速掃視急著想找出絆倒你的元兇。赫然發現一位小腿截肢、拄著枴杖的人難爲情的看著你。頓時你內心湧生無限同情甚至扶他過馬路。然而當你抬頭看見的是平日和你常有磨擦的討厭鬼，正帶著得意洋洋的表情縱聲大笑，你怒火中燒，扯開嗓子朝那可惡傢伙大吼——「死過動兒！」

不過，在罵那可惡傢伙「死過動兒」之後，請捫心自問，對於過動兒，你了解多少？讓我來進一步說明。

過動症學名爲「ADHD〈注意力失調過動症〉」。腦照影清楚顯示，過動症患者腦部和抑制準備反應功能有關的三個區域，相較於一般人較不活化，且結構較小。由此可推論出過動症成因爲腦部發展異常。此外，多巴胺及正腎上腺素的缺乏、尼古丁、酒精、鉛等化學物質也是影響因素。簡言之，任何影響腦部前額葉功能正常發展，或者和紋狀體連結的因素都是過動症的成因。麻州大學醫學中心心理系主任暨精神神經學教授——Russell Barkley博士則認爲，過動症是一個發展性精神疾症，患者沒有能力爲了未來而規範自己現在的行爲。Barkley博士指出過動症的三大問題：持續專注、衝動控制和過度活動。患者有延宕滿足〈寧願付出後得到即時性獎勵，也不願長期累積等待更大的回饋〉的困難、控制衝動的困難、遵守指示的困難；動作太多的困擾以及表現不穩定的困擾，導致他們在人際互動、工作表現上時常出紕漏，爲人詬病。不但造成他人困擾，也增添患者內心的自卑和不安。

多數家長和老師一再抱怨過動兒老是心不在焉。繼而懷疑他們是否「根本沒有專注的能力」？針對此疑惑，可由學名及臨床統計的到解答。「注意力失調過動症」是失調不是沒有；而許多過動兒在玩電動時反而比一般人更爲專注。Barkley博士也說：「他們不在於沒有能力做到，而是無法像別人一樣保持穩定工作效率模式。」現今，配合藥物治療〈短效型利他能和長效型專司達〉以及認知治療，加上多方綜合規劃，便可將他們得的能力發揮到最大值。尤其是過動症的特質——活力充沛、充滿熱情、勇於冒險、創意十足、感情豐富……。當他們眞正投入於某件事，將展現令人驚艷的成果。就拿2008北京奧運奪得八金的菲爾普斯來說，在課堂上老是坐不住，在泳池裡如魚得水；課業表現平平，比賽一鳴驚人。而日常生活中也有更加平易近人的實例。諸如職場上業績高的嚇人的業務員、片場中情感收放自如的演員、文字技巧華麗動人的作家……也許你沒有發現，不過他們就在你身邊。

「對於奔放的流水而言，河床的岩石阻擋不了其前進的腳步，反而能激發更多水聲波韻。」過動症也許令人困擾，也許令人心煩。但只要進一步了解，便可發現他們的優點，甚至因他們身爲過動患者爲榮！

評語

文章明暢易讀，雖有部分醫學專有名辭，但無礙於對主題內容的認知與情感上親切的認同。首段以兩種假設性的情境對比入題，雖見匠心，然而表述未臻精確略是小瑕；末段結語則佳。

科普散文(四)

——科學與倫理／論生死

1277 吳彥霆

曾有一篇有趣的墓誌銘是這樣寫的——「啊！我終於知道了人生最大的祕密，可惜我不能告訴你！」多麼有意思啊！但在會心一笑之餘，它也引人思考——不論好奇、恐懼，我們就是忍不住要問「什麼是死亡？」自古至今，有多少人和始皇帝一樣想長生不死呢？想要長生不老嗎？那麼先了解人爲什麼會死亡吧！其實比起其他動物，人類呈現一種「幼態滯留」的現象，意即人類老化較晚發生或者說是其速率相對較緩慢，然而卻還是難逃死亡的命運！在現代科技的進步下，人類的平均壽命在過去六十年內提升了二十多歲，但這仍是有限的數字！

從科學角度來說，人是這樣死的：吐出最後一口氣，心跳停止。此時大多的細胞仍是活的，依然進行著代謝的工作，沒多久氧氣耗盡，細胞缺氧而喪失活性，最後細胞全數死亡，只剩下一具待分解的冰冷軀體。人類會老化是因爲細胞進行無數次的分化後便會受損，包括基因突變、蛋白質損壞或自由基分子破壞了膜狀構造等，最後只有四種命運：一、被挽救，二、自殺，三、變癌細胞，四、老化後停止分裂直到痊癒，也就是自我修復。在演化論上有此一說：「老化是爲了延續物種折衷後的結果！」人體有一定的能量，在維持細胞和製造生殖細胞這兩件事中必須分配一定的能量！根據「棄車保帥論」，生物選擇留下更好的子代，因此在這條件下，我們放棄了自己，終至死亡！

另一方面，道德或人倫論者則強調「活著有品質，死時有尊嚴」。從他們的觀點來看，死亡似乎是意識的終止，而宗教則以「到了更高層次的世界」來說明，他們看待死亡是認為死亡會把自己從生存的感官和卑俗的本質中釋放出來，也難怪人們會如此迷信，因為這將會是一種心靈上的解脫。事實上，人們會如此恐懼其實是來自於無知，對死亡的不了解使人們幻想，將之加上未知的驚恐，因為他們將失去世上依憑的一切，但其實在死亡的過程中，人的心智會逐漸喪失，不再思考，因為意識只是大腦運作的副產物！

既然人難逃一死，那麼至少要死得有尊嚴。近來多數國家已有立法設置「安寧病房」，提供大眾滿足身為人的尊嚴照顧，更有所謂「放棄急救」、「不施行心肺復甦術」的志願簽署。為了死亡的品質，不少人為了死得少些痛苦而簽下志願卡，算是目前死亡的最高品質了。

請不要因人會死而感到悲傷，隨著科技的演進，人的平均壽命仍在上升中，更何況我們是為了保有更優良的後代而死的。或許這是宿命，英文諺語不就說了：「生命是一個圓圈」。更有位希臘哲人說了：「死的只是我的肉身，我的精神將永遠存在！」是吧？

評語

此篇將科學與道德人倫，兩相並列、比較；巧妙融合而後論及生死之大事。寫來文字靈活，表達可謂深入淺出。

科普散文(五)

——昆蟲羅曼史

1283 孫聖恆

「昆蟲」，是世界上數量最多的生物，牠們的姿態千奇百怪、無奇不有，而牠們的羅曼史更是無比精彩！各種昆蟲都有不同的交配及求偶方式，爲了繁衍後代，牠們會不擇手段使出渾身解數來獲得美人芳心！

微風吹過，在炎熱的夏日午後，草叢中不時傳來悅耳的求偶之歌，原來是蟋蟀正在尋找伴侶。蟋蟀很好鬥，有非常強的領域意識，見到外來的同性別伙伴絕不手下留情，一律加以驅逐，而爲了找到伴侶，雄蟲會不辭辛勞地一直摩擦翅膀，在雄蟲右翅內側有一列齒狀突起，藉著和左翅的摩擦，發出「唧——唧——」的聲音，而雌蟲在前腳脛節上有一白色橢圓形的聽器，可以接收聲音，並找尋雄蟲，當雌蟲找到雄蟲後，便會爬上雄蟲背部，形成昆蟲界絕無僅有的「公下母上」狀況，雄蟲於是會將白色的精囊掛上雌蟲的尾部，以便完成授精。這就是蟋蟀的愛情史。

一隻蟬停在樹幹上，突然，一雙螳螂拳以迅雷不及掩耳的速度撲上來，瞬間可憐的蟬就在螳螂的血盆大口下了。螳螂的愛情史對雄蟲來說非常地坎坷，因爲爲了繁衍後代，牠必須把自己獻給雌蟲，補充雌蟲的體力，所以不時會看到無頭雄蟲和雌蟲交配的情景，爲什麼雄蟲無頭卻還能進行交配呢?原因是昆蟲不像人類一樣擁有中樞神經，而是一個個的神經球散佈在各個體節並能獨力運作，所以才會看到這麼觸目驚心的交配畫面，不過雄蟲偉大的犧牲卻能造福卵鞘中幾千幾百之的若蟲，眞可堪稱是最無私奉獻的父愛！

「空中蛟龍」——蜻蜓，又俗稱昆蟲界裡最厲害的飛行員，牠對愛情的堅持更是無人可以比擬的，在雄蟲和雌蟲交配時，牠們的姿勢就像一個愛心，雄蟲會一直陪伴著雌蟲，直到「蜻蜓點水」結束，雄蟲才會離開雌蟲。

最令我敬佩的愛情大師是野地蠅，雄蟲肯爲吸引雌蟲花好幾個小時製作昆蟲界的囍餅，雄蟲會自口中分泌白色分泌物，並塑形成圓錐形，等待雌蟲來領取囍餅。

昆蟲的羅曼史既多端又浪漫，人又何嘗不是呢？一場轟轟烈烈的愛情，本就是神聖的，藉由觀察昆蟲的交配及求偶行爲，可以發現連小小的昆蟲都能有這麼偉大的愛情，可見偉大的愛情是不管出身多卑微的，任何的階層都能有偉大的愛情！

評語

很有趣、吸引人的題材，寫來清暢自然，讀之生動有味。本文若能以原本的章法結構，在取材及立意上聚焦於昆蟲世界中為愛犧牲奉獻的各種現象作深入刻畫描寫，如此較諸泛泛簡介當更可觀！

筆記

攝影／1263黃湘怡

青初耘藍

【藍天日自明】

得獎篇

（醒來）

第八屆台積電青年學生文學獎短篇小說組二獎
收錄於九歌版《100年小說選》

（孕）

第十三屆台北文學獎青春組散文首獎

醒來

1151 鍾旻瑞

成年的一個月多前我的女友V像是忽然想起什麼一樣，有一天便傳了簡訊說，「我們分手吧。」我們沒有吵架也沒有冷戰，接到簡訊的當下我立刻回撥電話，每通卻只短暫響起一聲便被犀利快速的切斷，我幾乎可以聽見她按下按鈕的啪嚓聲響。

而V和我分手那天以後，我便患了嗜睡。

起初只是爲了逃避悲傷。

隔天早上，我們同時抵達學校大門，她和我對眼零點五秒便面如死灰毫無表情的從我身邊快速通過，我嘗試呼喚她卻越走越快，頭髮像是鐘擺隨著她的腳步晃動。到了班上心裡的不甘和羞辱滿溢，越想鼻頭便越酸，一點也聽不下老師講課，沒上幾節課，便趴下來睡了，一個夢也沒作。醒來時夕陽已西沉，我的左臉被西曬的毒辣陽光曬得紅熱，影子猖狂的斜躺下來比我身高還長，伸手抓背發現身上貼滿了班上同學惡作劇的紙條。教室裡已空無一人，唯有我，掙扎著，從了無邊盡的睡眠甦醒。才醒，悲傷失落的感受像突然吃胖那樣，沉重起來，壓得我胃也難受。

原本我以爲那天的長眠只是一場意外，但我一覺不醒的情況一點也沒有改善，連假日也是，才悠悠轉醒，早餐和著午餐吃了，便又跑回床上睡去，一天睡眠時間超過十四小時。班導又憤怒又憂心，在第七天氣急敗壞的把我用力搖醒，抓著我的領子去辦公室，在我面前打電話給我媽。媽不知如何是好，跟班導不斷道歉，然後解釋說我平常不會這樣懈怠的，會這樣子也許是……也許是生了什麼病，感冒發燒之類的，只是我自己沒有發現，還逞英雄的來學校上課，也許該帶他去看個醫生，「那孩子，最愛逞強了。」媽媽在電話的結尾這麼說。

然後我便回教室，收拾書包，在大家的注視下離開教室，不巧在走廊時正好打起下課鐘，撞見了離開教室的V，她見到我的瞬間震了一下，隨後又將視線移開我，望著遠方走開。我眉頭皺起，她到底想怎麼樣呢？

醫生問了我一些關於嗜睡的問題，你最近有沒有撞到頭？你有沒有長期依賴酒精？咖啡因？現在突然戒除？問到後來我意興闌珊，幾乎是反射性的搖頭。然後他問，「那你最近有沒有經歷什麼感情上的打擊？」，我驚嚇的心臟縮了一下，以為醫生參透了我的心，問這個做什麼？我小心翼翼的問。他解釋說，有些嗜睡症的病因是來自憂鬱症，你看起來沒有，只是例行性的問一下，你不要太緊張。

最後他說我的症狀持續不夠久，無法立即給我診斷是否得了嗜睡症，而嗜睡的處方藥，多半是興奮劑，不能莽撞開藥給我。

「再多觀察幾天吧。」

媽媽聽見我和醫生的對話，緊張的問我在學校發生了什麼事，我搖搖頭說沒有，她有點無奈的說，你眞的不必這樣，怎樣？我有點不開心的問，她皺眉回應，「這樣抑鬱。」她拿出手機，撥了電話給班導。

班導得知我的狀況後，就再也沒有試圖在上課的時候把我叫醒了。同學間也將我這樣癱軟如爛肉的睡眠視若無睹，我還是每天到學校，可是一到教室立刻便睡了，有幾天完全沒有和同學講到任何一句話。我離他們越來越遠，像是我被留在另一個世界。我有時候會想要保持甦醒，去便利商店買高濃度的咖啡，可是每次喝完嗜睡的毛病沒有改善，反而心悸的快要窒息。和對V時一樣的感受，難受的快要窒息。

後來我開始作夢。

那些夢總是與V相關的回憶。而且總是眞實的，讓我不想醒來。

第一個夢是我和V還未眞正交往時，有一次地理老師帶我們去野外實察。我和V的班級，正好被安排在同一天。那天一到目的地的山腳，便掃興的下起雨來，那些土黃的坡地，被雨淋的濕滑、滿是爛泥，我小心的走著，手突然感受到一陣重力下拉，我回頭看，一臉驚嚇的V腳呈半蹲，地上還被鞋子劃出兩道軌道，「對不起，我差點滑倒。」，V一邊道歉一邊將重心扶正，卻沒有要將手放開的意思，對看十五秒後，我繼續向前，她也跟著向前。

我感受到她餘悸猶存的顫抖，和她汗濕的手掌。我們就這樣維持牽手的姿態在山路裡行進，我的臉脹紅、心跳也加速起來，不知她什麼時候才會將手放開。後來，似乎是安心下來後發現其他人的訕笑，V突然迅速將手收回，低著頭快速向前將自己隱身在隊伍中。回程的車上，我和她對眼，她有點尷尬的向我比了一個「V」，然後用唇語說謝謝。

自此以後，我便開始叫她V。

夢走到結尾的時候，我淡出一般緩緩的轉醒。身上還留著當日狼狽不堪，鞋襪盡濕的沉重感，甚至手心裡彷彿還有V的汗水。又是已經放學了，我背起書包，準備離開學校。腦中恍恍忽忽想著方才的夢，眼角瞄見V和她的朋友站在校門口，手裡各拿著一杯飲料，我肩頭一沉，連招呼的勇氣也沒有，快速的穿過大門。

「欸！」

我回頭，竟是V在叫我。趴睡使得眼睛都失焦了，我走近想看清楚她的臉，卻隱約看見她向後退縮了一步。於是我站定，故作冷漠的說：「怎麼？」

「我上次碰到你們班的，他說，你生病了？」

「還不確定，也許是嗜睡症。」

「喔，那你還好嗎？」

我一時間不知道如何回答，抓抓頭，「就一直睡覺啊。」

「那……祝你早日康復。」她的臉尷尬的染上紅暈，聲音不自然的顫抖。我想起剛才的夢裡，她用相同的語氣怯懦的說，「對不起，我差點滑倒。」我不知道她這樣突如其來的示好有何意義，是後悔分手嗎？還是就只是關心我的病而已。和她分開後，我發現我爲了這短暫的對話心情整個都好了起來。

吃完晚餐後，我看著電視便在沙發上睡著了，臨睡前，還隱約看見老媽皺著眉頭，將毛毯蓋在我身上。我又作了一個和V有關的夢，這一次，是我們初次接吻的回憶。

那是夏天剛開始的時候。

我和V放學後約在巷口的咖啡廳，各點了一杯聖代，我芒果，她巧克力。V看起來心情很好，笑的時候臥蠶鼓鼓的安棲在眼睛下方，還有一對酒窩，左邊的比右邊的淺。我有點想吃吃看她的口味，問話剛出口，才想到我們從來沒有共食過什麼，也許她會害怕我的唾液，便打住不說。她逼問我剛想說什麼，我搖搖頭說沒事沒事，她有點生氣，皺著眉頭，用力的把我的聖代挖了好大一塊去。

「你不怕我的口水？」我嚇一跳問，她搖搖頭。我鬆了一口氣，低頭握著湯匙往她的聖代那挖，一邊開玩笑的說，「那我們就可以接吻了。」等我抬頭，她已從座位上站起，彎著腰將臉湊近，快速的、不著痕跡的，像鳥捕食獵物那樣，在我嘴巴上啄了一下。

我瞠目結舌看著她。她狡猾的笑起，靠躺在椅背上，咬著手中的湯匙，眼睛呈半月型。像愛莉絲夢遊仙境裡那隻亦正亦邪，總在愛麗絲碰到難以解決困境時，出現給予建議的貓。沒有那隻貓，愛麗絲早在夢裡死於非命了吧？

夢到這裡，我便醒了。冰冷快速的抽離。

就像是V像我提出分手的方式，沒來由的，在最好的時刻說她不快樂。

我發現我開始沉醉在這樣過於寫實的夢裡，無法自拔。甚至開始期待它的到來。比起面對醒時V的尷尬和不自然，也許我寧願長久的活在夢裡，活在回憶裡。

從V和我分手差不多一個月的時間，醫生開始願意給我一些微量的藥，每日一次。我總是背著媽媽，每天吃藥時間將那些膠囊從餐桌上的藥盒裡拿走，偷偷溜回房間，放進夾鏈袋裡，丟進一個洗乾淨的存錢筒，藏在那裡。把夢通往現實的鑰匙密封保存著。

誰能阻止我作夢？那些夢那麼眞實，那麼美好。

比眞實還要美好。

面對我一點都沒有改善的症狀，媽越來越擔心。我盡力在她的面前保持清醒，在她幫我約的掛號時間裝睡（後來我便眞的被這樣的行爲制約了，每每一到看病的時候我總會突然無力睡著。）而媽似乎也有感受到我的抗拒，總是趁我醒時問我到底發生了什麼，我總是搖搖頭然後閉上眼睛，身體會很聽話的沉沉睡去。

我繼續不斷作夢，一個個回憶重複經歷，清點、細數我和V相處的過程，有時候回憶裡的內容過於浪漫像是小說情節，我會懷疑我在無意識的狀態下擅自竄改了那些事實，將未曾發生過的事編纂進記憶裡。我學會一種逃避現實的方式。

而後某天，我從班長的口中得知，V和她們班的一個男生越走越近，然後好像快在一起了。當天的放學我便親眼撞見他們兩個一起回家，V一如既往，看見我時停頓了一下，又別開視線視若無睹的走開。我沒有什麼難過的情緒，只覺得心裡空空的。像是失去了什麼那樣，像是剛起床那樣口乾舌燥。

當天，我夢見V傳簡訊和我分手的那天。

看到簡訊我從書桌上跳起，焦慮的繞室疾走，眼淚都快被逼出來。趕忙的將電話撥給她。在現實裡沒有接通的電話，在夢裡竟接通了。

「喂。」她的聲音冰冷，像具死屍。

我歇斯底里近乎咆哮的對她狂吼：「妳憑什麼這樣？」

「妳憑什麼這樣一封簡訊逼著我長大？我們一起做過的那些夢呢？沒有你我該怎麼辦？」

她嘆了一口氣然後說：「你可不可以不要那麼脆弱？你不覺得你太細膩、太易感了嗎？你不覺得你把太多人、事、物看的太重要了嗎？如果他們都只是過客呢？你憑什麼覺得自己該永遠擁有他們呢？你沒有發現你因此變得尖銳又矯情嗎？你爲什麼要把自己想像成那些文藝小說中，強忍著悲傷，不願造成他人負擔的那些做作主角呢？」

她停了很久很久，我只聽的到自己因爲激動而產生的巨大喘息聲。像是從深井傳出的聲音，她說：「你將十八歲了啊，你還記得嗎？」

我哭著醒來，全身汗濕像是掉進一攤水裡。

我和V像是站在山谷的兩端，相互叫喊，我的問題一字一句具現化像是落葉隨著山谷間吹起的風搖擺，V的一席話卻以極快速的方式落下，擲地有聲，瞬間塵土飛揚煙霧瀰漫，地面被撞擊出巨大的、深黯的洞。

其實在不斷被拒接的後來我是痛哭失聲的回傳簡訊給她，「爲什麼？」她冷靜而果決的說：「我突然意識起我即將成年，然後我問我自己，你懷抱的那些理想、那些夢啊，真的有實現的可能嗎？為什麼我要跟你一起負擔失落的風險呢？尤其你那麼纖細、那麼脆弱，你一定覺得我是個現實的人吧，也許我是啊，也許十年後我們都沒有夢了，也許我們現在就該醒了。」

我亦如V一樣，霎時之間忽然發現自己再過兩天就將滿十八。

我像是一個在遊樂場門口排隊的小孩，我看著裡面那些七彩如夢似幻的繽紛氣球，那些或因恐懼或因興奮，尖叫嘶吼的雲霄飛車上的髮絲翻飛的乘客，那些在旋轉木馬上忘情擁吻的情侶，我幻想自己也在裡面，卻在買票入場的前一刻，打烊。我躺在地上哭喊叫喚，渴求遊園內的那些吉祥物忽然就又開始行動了而不再只是個空殼子。沒有用啊，沒有用。韶光已逝，青春不再。

什麼是夢？也許那都是我自己想像出來的。

心亂如麻，喉嚨乾得幾乎燒起，我走向餐廳像失水的魚大口大口喝水。我不能再這樣自溺啊。夢醒的時候到了，我彷彿聽見心中巨大的鐘塔噹噹噹喪心病狂的敲著。我蹣跚走回房間，雙腿還因為錯誤的睡姿麻痺著，我拿出那些能將我從無邊的夢中偷渡出來的藥丸，一顆顆平擺在桌上。我拿起一顆貼近嘴邊，只要鼓起勇氣吃下去，就不用再作夢了。

就不能再作夢了。

這樣的念頭一起，我頓時又雙眼朦朧，頭昏腦脹，雙手無力的將藥丸鬆開，眼睛闔上前，我看著那顆藥丸滾落，在地上旋轉幾圈後，掉進床底……

不知道什麼時候開始我已站在沙上，看看四周是海邊，卻想不起來。啊我想起來了，那是暑假時候的事啊，我們一群朋友浩浩蕩蕩說要享受成年前最後一個夏天，搭上駛往墾丁的火車，在那邊經歷了令人驚詫難忘的一個夜晚。

啊，對啊，我想起來了啊，我們在那樣美麗的海邊潑水、嘻鬧、追逐，放肆使用那些未來終有可能混濁老朽的笑容，之後完全不需假冒成年的輕易在遠離市區的便利商店買到啤酒，一群人初次面對無限暢飲的酒精，在民宿的房間裡不知節制的喝到滿臉漲紅，有人聒噪的分享起自己的內心的秘密，我愛誰、我對不起誰，有人只是癱倒在旁邊沉沉睡去，或不明所以的哭起。

我和V微醺卻還算是保持清醒，兩人穿上夾腳拖鞋搖搖晃晃的走到海邊的躺椅上。她靠在我肩膀上眼神迷濛就要睡去，我慢慢說著我所能想到我這一生一定要做的事。聽海潮規律拍打岸邊，星星在醉眼下迷幻的飛梭起來，整個世界都旋轉起來，整個世界都是屬於我們的，十七歲的我們的。

「嘿，妳願意相信嗎？有一天我將成為一個偉大的人。」我轉頭對她說，下巴輕靠在她的額頭上。

她慵懶的說：「我羡慕你是一個擁有作夢能力的，迷人的人，雖然我庸俗且平凡，但如果可以的話，我願意和你這樣一直作夢、一直作夢下去，不必醒來。」

「好啊，」我笑著回應。

「反正我也未曾真正醒過。」

——本文曾獲第八屆台積電青年學生文學獎短篇小說組二獎——

——亦收錄於九歌版《一〇〇年小說選》——

孕

1151 鍾旻瑞

那是什麼樣的感覺呢？是說，懷有一個正在成形的生命。

你無從體驗，因爲你是個男孩，甚至爲談論這個而感到害羞。你清楚記得，曾經參與的一場「女權運動」。在四年級，地點是你所屬的四年一班，時間是母親節前一週，學校關於敬孝道的系列活動展開。老師密謀著一場大改造，滿臉笑容走上台，班上男生桌上放置著老師吩咐的，從家裡帶來的排球大小的各式球類，討論昨天那場球賽。「接下來一週，你們離開教室都必須將這顆球，塞到衣服裡，像是有小baby那樣。」全班愕然，然後一陣嘈雜爆出男孩抗拒的驚呼和女孩的訕笑。

那樣的光景回想起來令你發笑，一群男孩臉上皆是不悅，挺著巨大的小腹，懷著空氣和橡膠皮囊組成的胎兒行走於走廊，惹來高年級錯愕的眼光，甚至啞然失笑。那非常難熬，必須換教室的下課你幾乎總是抱著肚腹飛快的穿梭走廊，沒事便盡量待在教室，選擇無人的時候才進入廁所。週五總算到來，你們不必再扮演懷有身孕的男孩，皮球不必再扮演你們的兒女。母親週的結束，媽媽們來到學校，你們朗誦卡片，她們輪流上台分享自己的感想，母子相視，媽媽們都欣慰的哭了，兒子們尷尬的別過頭，卻按捺不住心裡的小小的波濤，紅了鼻子和眼眶。那對十歲小男孩來說，或許便是第一次，爲感動而哭。

當你在家族聚餐中聽聞表哥的妻子有喜，腦中第一個回想起的，便是這段往事。

微笑，當天的表嫂總是笑的，用一種春天陽光的方式，不過度渲染卻也絲毫不壓抑的笑著。那時還是懷孕初期，她的腰依然纖細，除了難以掩飾的幸福氣氛外，沒有任何跡象可看出她已懷有身孕，卻依然招來大家過度的照顧與攙扶。親戚間的長輩，那些聒噪的婆婆媽媽，搶著分享自己的經驗談，她笑著回答，知道，我都知道。接著其中一個脫口問出，哎妳要不要喝點酒？場面凝結了半秒，大家都笑出了聲。孕婦，是不能喝酒的。同時擁有兩個人的生命，卻更加的脆弱。不能吃螃蟹，孩子會橫著出世，易造成難產；不能搬重物，會造成子宮收縮；不能碰剪子，會嚇到肚裡的孩子。不能不能不能……。這麼多的禁忌，卻依然讓所有的人發自內心的微笑，和祝福。

第一次你在健教課的影片見到胚胎時期的超聲波圖，覺得那像是宇宙。

黑色的背景，白色的星雲，隱隱約約看得到輕微的心搏，卻無法看清楚胎兒的形體，孩子一個動作，整個宇宙也隨著他翻轉起來，快速形成一個漩渦，再緩緩的平靜下來，脈動，回到穩定的脈動。什麼是什麼？有人問，原來沒有一個人看得懂子宮裡的宇宙，老師的雷射筆成為宇宙裡一顆發光的恆星，這裡是頭部，這裡是身體，你雖然稍微描繪的出輪廓，有人卻還是一臉狐疑，那下面那一撮呢？老師仔細端詳然後下結論，那是尾巴。尾巴？人類的開始是隻擁有四個腮的魚，再來尾和腮退化，才逐漸變成人型。

原來那不是宇宙，是一片海洋。

懷孕初期，孕婦常會有嚴重的噁心、嘔吐現象，甚至引起脫水。也會有不定時的下腹部抽痛，不需治療，休息即可。也會出現頻尿的症狀，有時合併尿痛，便需要就醫，可能有感染的現象。疲累、心悸或呼吸不順暢。血壓過低引起眩暈。頭痛、微熱。

所以，那到底是什麼樣的感覺呢？回家問媽媽。他說。那是位男老師。

媽媽翻箱倒櫃，找出她懷孕時期的體檢紀錄、媽媽手冊。翻開，你比預產期早了二十天出生，從射手座變成了天蠍座。天啊！八十一公斤，眞是不得了，爲了生你，我胖成這樣啊。媽媽驚呼。「妳那時愛吃什麼？」你充滿好奇的問，"You are what you eat"，Are you what your mother ate？但回答令人失望。呃……鐵板燒和西瓜牛奶，「就這樣？」嗯，就這樣。原來你是個滿是油煙味的孩子，還有西瓜。

你和你媽坐在餐桌前，像是進行一場專訪。「那妳那時候的心情如何？」知道懷孕以後，我做什麼事都很小心，怕你受傷或有什麼殘缺，不過在你姊姊之後，其實已經很有經驗了，沒什麼緊張。「那妳知道我是男生之後呢？」我眞的很高興，多了一對小肩膀，等你長大就可以爲我分擔很多事情了，也可以保護我和姊姊。「那……。」

「那妳有沒有想像過我的長相？」

你會像我。你在我肚子裡的時候，我就知道了。

據說胎兒在母親的子宮裡，唯一聽得清晰的，便是母親的聲音，其餘的聲音皆像摩擦塑膠袋或是收音機雜訊。只有母親的聲音，會清楚的傳達到海底，因此還未出世，還是一尾小魚時，孩子就有了對母親的記憶，也唯有母親能在保溫箱橫列的嬰兒中，辨識出自己的孩子。你又想起那畫面，小學的教室裡，媽媽和你對看，接著你們都哭了。

那種感覺是一個承諾，媽媽和孩子的。

我會很愛你。我還沒認識你，我就知道了。

——本文曾獲第十三屆台北文學獎青春組散文首獎——

筆記

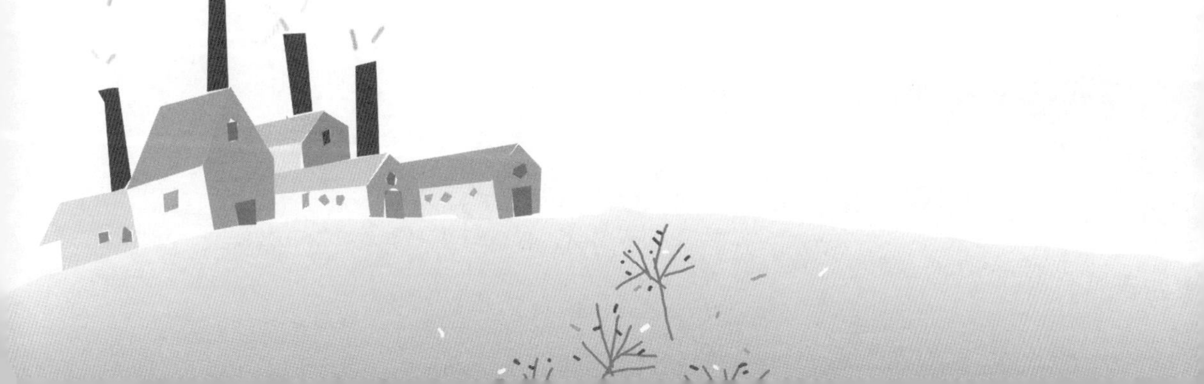

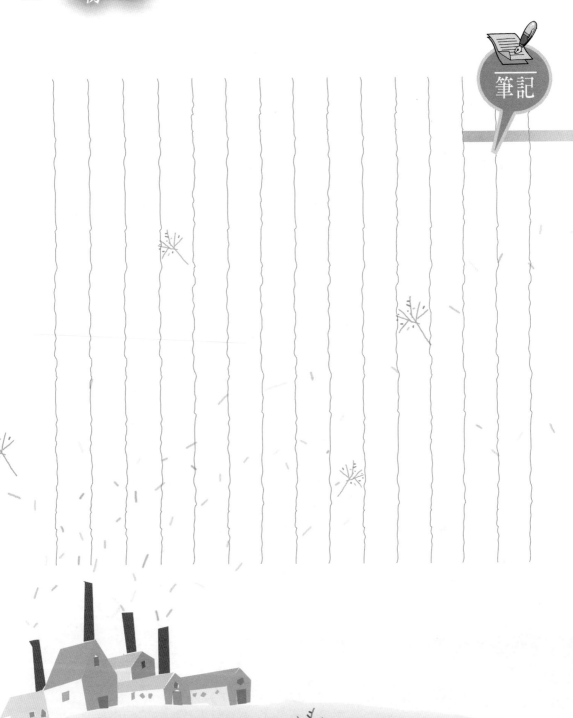

後記

賀興中　老師

「為配合一〇一年本校六十五週年校慶，每月徵文稿件如能編輯成書，豈不是可增添無數喜氣？」這樣的想法，就在一〇〇學年度國文科研究會同仁提出後成形！

決定產生後，艱鉅的工作隨之展開。首先，研究會面臨的最大問題是：出版印刷經費的來源。接著，該規劃及處理的細節繁多，包括：通知畢業同學，並取得授權；編排及校對書刊有誰願意負責承擔；版稅問題該用什麼方式處理；聯絡有經驗的出版商並能幫忙推銷；經費若取得，將如何使用，且獲得國文科同仁的一致同意；出書後如何與校慶事務連接發行等等。這一連串的問題，就在林秘書麗雲、陳組長玲玲、顧蕙倩老師熱心協助建議下漸次解決了！當然，許多同仁私下寶貴的建議也才能使得這次工作順利完成。

此書的誕生需要感謝的人實在太多，卓校長的大力支持；學務處教官室支援提供畢業學生的地址及電話；邢莉麗老師的稿件提供（若無她的保存，本書的作品恐已隨時間消逝）；以及家長會的大力支持，尤其是副會長趙筱瓏女士、林麗雲秘書及林志宏委員分別以個人名義贊助10萬元，購買數百本書籍，再回贈給學校，由校方全權處理。於此，特別要向無私無怨的六位編輯群（顧蕙倩老師、蔡佩均老師、李黛顰老師、楊可欣老師、江翊君老師、吳承和老師），表達最高的敬意！這六位老師在原本就極忙碌的教學中，自願投入此書文字引導、編排以及三校的繁重工作，對他們的感謝，自非言語所能形容！最後，要感謝的是本校攝影社的同學，他們配合本書的需求，無條件拍些與內容相關的照片，提供我們使用。

希望這本書的誕生，只是一個開端，而非絕響。有了這次的經驗，相信在日後的五年，或再五年，不論多久，若要將五年的作品再出版成書，一定可以提供相關的訊息，並能為本校同學的智慧結晶永續留存，盡一份心力！最後，再一次向為此書付出心力的每一位國文科同仁，致上由衷的謝忱，並祝我們大家最愛的學校——國立臺灣師大附中——六十五週年生日快樂！

國家圖書館出版品預行編目(CIP)資料

青初耘藍／國立臺灣師大附中學生合著 --
第一版. -- 臺中市：十力文化，2012.04
面；公分
ISBN 978-986-88216-0-6（平裝）

830.86 101005518

【青初・耘藍】

作者 藍天之子（國立臺灣師大附中學生合著）
總執行 國立台灣師大附中國文科教學研究會
總編輯 賀興中、顧蕙倩
編輯與引言組 顧蕙倩、楊可欣、蔡佩均
江翊君、吳承和、李黛顰
校對組 顧蕙倩、楊可欣、蔡佩均
江翊君、吳承和、李黛顰
攝影組 國立台灣師大附中攝影社
總務組 謝瑞雲
贊助者 國立台灣師大附中家長會副會長
趙筱瓏女士、林志宏委員
林麗雲老師
出版者 十力文化出版有限公司
網址 www.omnibooks.com.tw

ISBN 978-986-88216-0-6

出版日期 2012年4月14日
定價 320元

HSNU
附65th

大中師附